長編推理小説／ミリオンセラー・シリーズ

# 日本一周「旅号」《ミステリー・トレイン》殺人事件

西村京太郎

光　文　社

目次◆日本一周《ミステリー・トレイン》「旅号」殺人事件

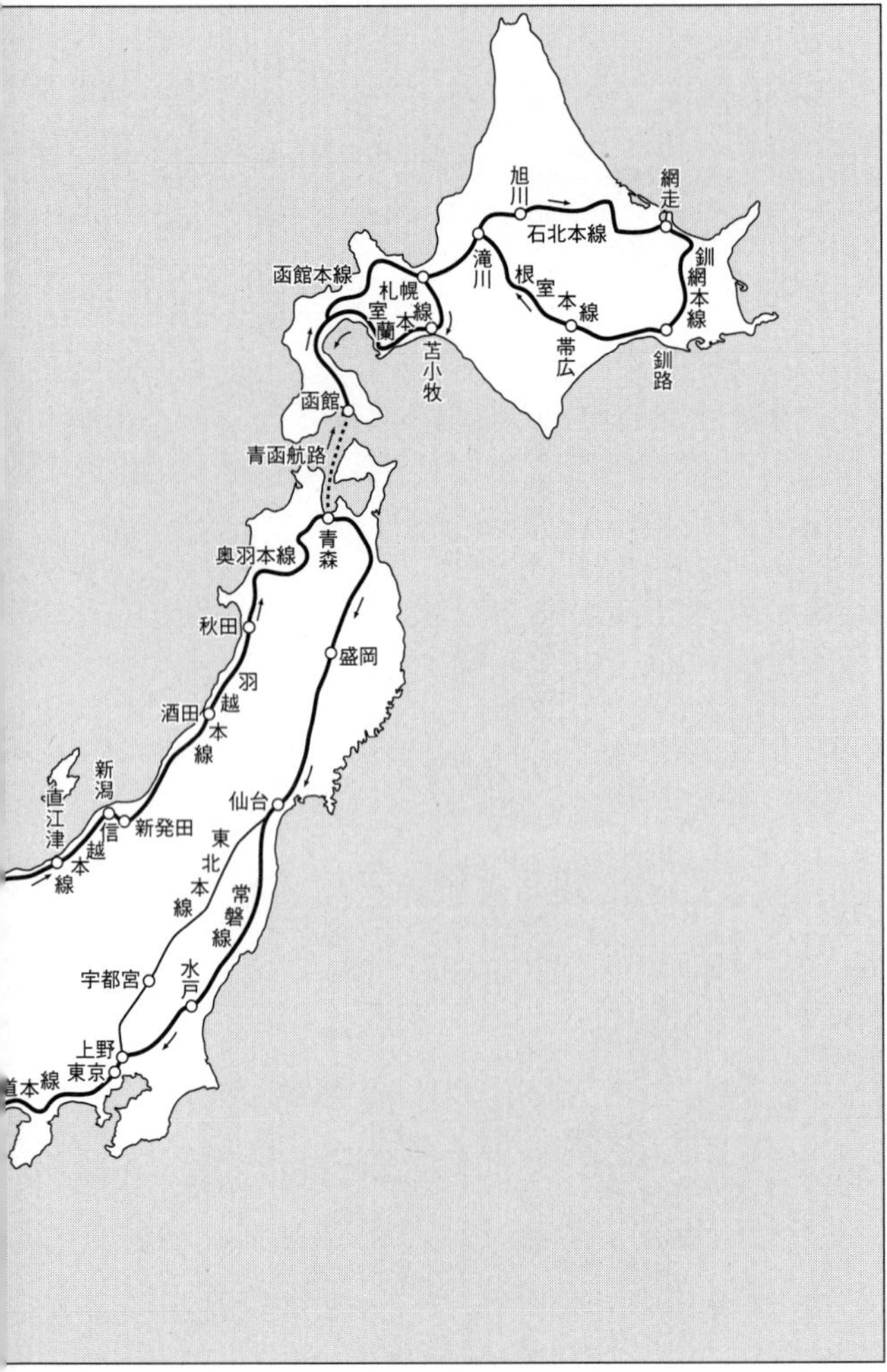

旭川
網走
石北本線
釧網本線
函館本線
滝川
根室本線
札幌
室蘭本線
苫小牧
帯広
釧路
函館
青函航路
青森
奥羽本線
秋田
盛岡
羽越本線
酒田
新潟
直江津
信越本線
新発田
仙台
東北本線
常磐線
宇都宮
水戸
上野
東京
道本線

# 日本一周「旅号《ミステリー・トレイン》」全コース

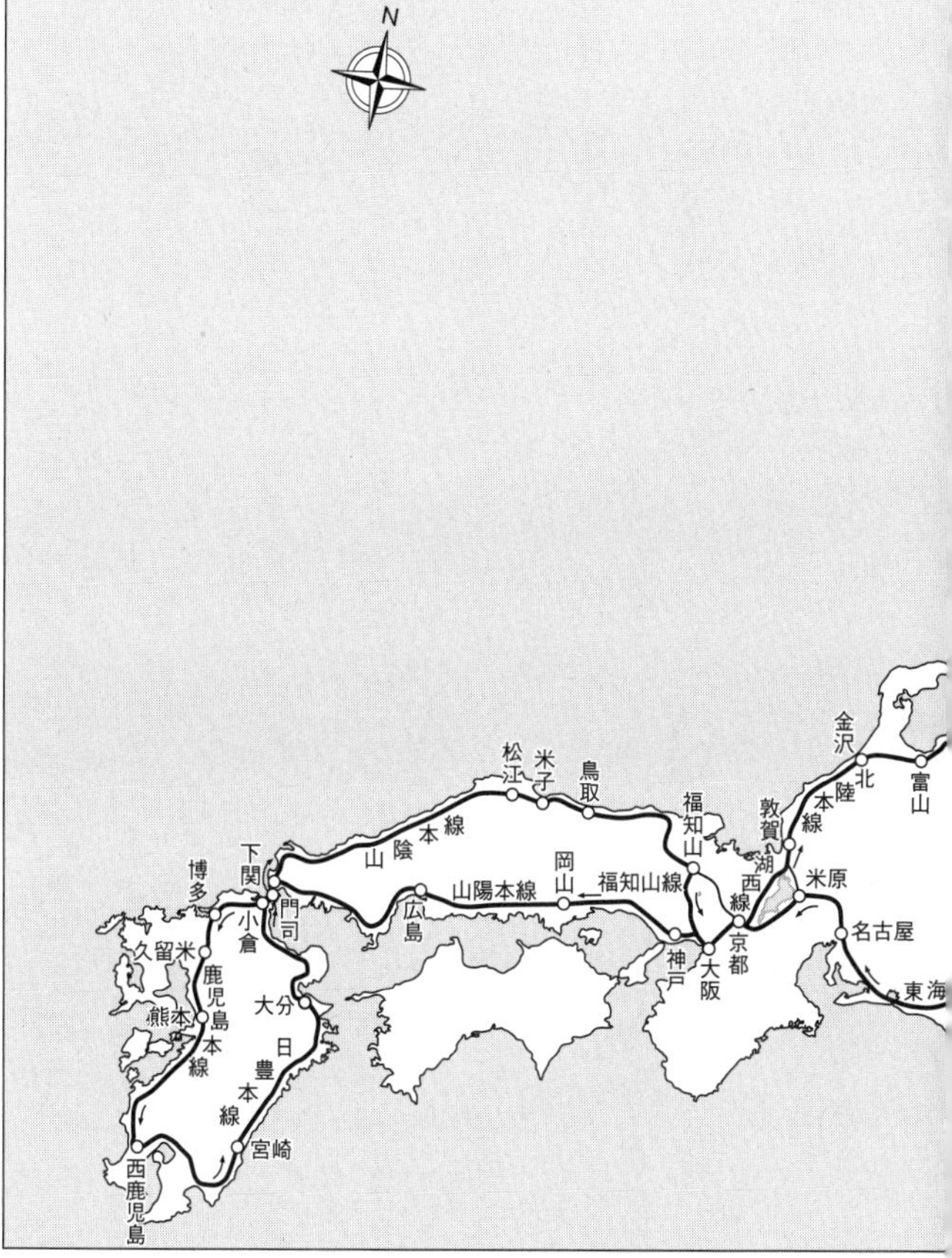

# 第一章　東京

## 1

　二十九歳の日下《くさ》功《かいさお》刑事は、ちょっと、癖のある男だった。

　勇敢だし、頭も切れるし、一本気なのだが、少しずつ、それが過ぎるのである。過ぎると、長所が欠点になってしまう。猪突《ちょとつ》猛進するし、自説が正しいと固執する。それに、一本気が、頑固《がんこ》に変わってしまう。

　二十九歳になって、まだ独身でいるのも、その一つの表われかもしれなかった。

　日下の両親は、まだ、父親が五十二歳、母親は四十七歳である。父が二十三歳、母が十八歳のときに生まれたことになる。

　日下は、妹と二人だけの兄妹だが、その妹はすでに結婚し、子供もいる。

　両親の願いは、最初は、家業の酒屋を、日下がついでくれることだったが、日下が、刑事になってからは、早く結婚してくれることに変わっていた。

「兄さんも早く結婚して、母さんたちを安心させてあげなさいよ」

と、妹の加代子までが、日下の顔を見るたびにいうのである。

ひとりで、マンション住まいをしている日下は、それが嫌《いや》でということもあって、めったに、両親のところに帰らなかった。

「たまには、家へ帰ってやれよ」

と、同僚の桜井刑事にいわれたりすると、

「親孝行なんてのは、おれの柄じゃないんでな」

と、いったりしていた。

その日下が、ある日、新聞で、日本一周旅行の計画が、国鉄で企画され、参加者を募集していると知ると、何を思ったのか、共済組合で四十万円を借り、旅行好きの両親に、切符を二枚、贈ったのである。

ブルートレインによる日本一周、十日間の旅で、大人一人が二十万円だった。

それを聞いた上司の十津川《とつがわ》警部が、

「思い切った親孝行をしたじゃないか。見直したぞ」

と、ほめると、日下は、

「親孝行なんかじゃありませんよ。うるさくてかなわないから、十日間だけ、他所《よそ》へ行ってもらうことにしただけです」

「無理に、偽悪家《ぎあく》ぶることはないじゃないか」

十津川は、笑ったが、日下は、ますます、肩肘《ひじ》を張ったような態度になって、

「よしてください。本気で、せいせいすると思ってるんです」

と、いうのである。

十津川は、苦笑してしまった。

十津川だって、若いときは、結構、偽悪家ぶっていたこともあった。照れである。しかし、常識人でもある十津川は、偽悪家ぶっても可愛いのは、せいぜい二十二、三歳までだと思っていたから、その年齢を過ぎてからは、きっぱりと止《や》めてしまった。三十歳近くなっても、偽悪家ぶるのは、嫌味である。

それなのに、日下が止《や》めないのは、つまり、頑固なのだ。

2

「旅号」と名付けられた日本一周ブルートレインの旅は、国鉄の東京鉄道管理局が、企画したものだった。

去年、同じ東鉄管理局が、映画会社とタイアップして企画した日本一周ブルートレインの

旅が、好評だったので、今年も、ほぼ同じルートでの旅行を計画したのである。

　去年は、二百五十名を募集したところ、切符は一日で売り切れてしまった。それを考え、募集人員を五十名増やして三百名とし、客車寝台の数も、六両から十一両としたが、それでも、二日間で、応募者は定員を突破してしまった。

　国鉄は、利用客の減少で、青息吐息だが、一人二十万円もする旅行に、人々が殺到するのは、何故なのだろうか？　おそらく、鉄道に対する愛着というものが、まだ、根強く、人々の間に残っているということなのだろう。それをうまく利用するかどうかは、国鉄幹部の腕と実行力にかかっているのではあるまいか。

　この計画を立てた東京鉄道管理局の富田営業部長は、そんなことを考えていた。前回と同じように、中年の夫婦が多いのは、やはり、子供がもう成人してしまって、夫婦二人だけの楽しい旅行をしたいという気持ちなのだろう。ヨーロッパやアメリカには、中年以上の夫婦が、のんびりと旅行を楽しむことが多いが、日本の夫婦も、欧米的な楽しみを味わうようになったのかもしれない。

　八月三日（火）から十日間のプランは、去年の日本一周のプランを、そのまま、踏襲することにした。

　ただ、前のとき、北海道に渡ってから、列車の手配で、多少の手違いがあったり、青森から上野へ帰る途中で、冷房装置《クーラー》が故障したりしたから、その点は、注意しなければならない

「旅号」日本一周時刻表

| 日 | 月日 | 時刻 | 駅 | 発着 | 経路 |
|---|---|---|---|---|---|
| 第一日 | 8/3 | 12・35 | 東京 | 発 | 東海道本線 山陽本線 鹿児島本線 （一泊） |
| 第二日 | 8/4 | 14・31 | 西鹿児島 | 着 | |
| 第三日 | 8/5 | 7・00 | 西鹿児島 | 発 | 日豊本線 山陰本線 |
| 第四日 | 8/6 | 17・30 | 京都 | 着 | （京都二泊） |
| 第五日 | 8/7 | | | | |
| 第六日 | 8/8 | 11・26 | 京都 | 発 | 北陸本線 信越本線 羽越本線 奥羽本線 |
| 第七日 | 8/9 | 6・45 | 青森 | 着 | |
| | | 7・30 | 青森 | 発 | 青函航路 |
| | | 11・20 | 函館 | 着 | |
| | | 11・55 | 函館 | 発 | 函館本線 |
| | | 16・44 | 札幌 | 着 | （一泊） |
| 第八日 | 8/10 | 11・10 | 札幌 | 発 | 石北本線 釧路本線 |
| | | 20・32 | 釧路 | 着 | （一泊） |
| 第九日 | 8/11 | 14・10 | 釧路 | 発 | 根室本線 室蘭本線 |
| | | 0・20 | 函館 | 着 | |
| | | 0・40 | 函館 | 発 | （一泊） |
| 第十日 | 8/12 | 4・30 | 青森 | 着 | |
| | | 5・07 | 青森 | 発 | 東北本線 常磐線 |
| | | 17・05 | 上野 | 着 | |

だろう。

　正式に決定した日程、経路は、上の表のとおりだった。

　国鉄側からは、この計画の立案者の富田と部下二人が、添乗《てんじょう》員として同行、また、万一に備えて、内科医一人、それに、もちろん、三名の車掌が、同行することになった。

「なにしろ、お年寄りが多いから、乗客の健康には、くれぐれも注意してほしいね」

　と、富田は、局長の小林に念を押された。

　これからも、国鉄としては、いくつものイベントが、用意されている。行先不明のミステリー列車、釣り列車、お座敷列車、などなどである。いずれも、増収を狙《ねら》った苦心のイベント列車で、今のところ、どれも、人気がある。

しかし、こうした臨時列車で、団体客の中に病人が出たり、怪我《けが》人でも出たりしたら、そのうえ、万一、死者でも出たら、このあとのイベントが、すべて、ご破算になってしまう恐れがある。

小林の危惧《きぐ》は、そのためだった。

「同乗する川島医師は、優秀な内科医ですから、小さな病気は、問題ないと思いますし、外科手術を必要とするような病気があったときは、臨時停車して、大病院へ運びます」

と、富田は、いった。

「そうしてくれ。何よりも大事なのは、乗客の安全だからね」

「私は、問題は、むしろ、車両の整備だと思います。去年の日本一周のときには、局長もご承知のように、青森と上野の間で、最後尾の車両のクーラーが故障し、急遽《きゆうきよ》、その車両の乗客に、他の車両へ移ってもらうことになりました。幸い、病人は出ませんでしたが、今度は八月上旬で、暑い盛りです。クーラーが切れてしまうと、ブルートレインの車両は、窓が開きませんから、文字どおり灼熱《しやくねつ》地獄になります。今回は、クーラーの故障は、絶対にないようにしてもらわんと困りますね」

「それは、伝えておこう。ところで、ヘッドマークは、全部、用意したんだろうね？　去年は、一つ足りなくて、大あわてしたんじゃなかったかね？」

「そうなんです」と、初めて、富田は、微笑した。

「今年も、途中で何回か、機関車を交換します。その機関車の一両に一つずつヘッドマークをつけるとすると、やはり最低、六つは必要ですので、その手配もすませてあります」

「すると、準備は、万全だということだね？」

「われわれがすべき準備は、すべて、やりましたが――」

富田は、笑いを消した顔でいった。

「まだ何か心配かね？」

「何かといわれると困るんですが、なにしろ、三百名の乗客を乗せて、十日間の旅行をするわけですから、どんな不測の事態が生まれるかわかりませんから」

「君も、意外に心配性なんだな」

「今の時期だと、台風の心配もありますし」

と、富田は、いった。

「そういえば、台風十二号が、発生したということをきいている。本土をそれてくれると有難いがね」

3

出発の八月三日は、朝から上天気だった。

富田が心配している台風十二号は、小笠原の南で、足ぶみをしている。

夏の太平洋高気圧が強力なので、台風十二号は、頭を押えられて、北上出来ずにいるらしい。

日本一周が終わるまでの十日間、台風が、足ぶみしてくれたらいいと、富田は、思った。

「旅号」の出発一時間前に、十番線ホームでは、国鉄の副総裁も出席して、華やかなセレモニーが催された。

乗客代表に、ミス・「旅号」から、花束が贈られた。

三百人の乗客が乗るブルートレインは、すでに、入線して、鮮やかなブルーの車体を見せている。

三百人の乗客は、各車両ごとにグループを作り、お互いに、自己紹介をし合った。これから十日間、同じ車両で過ごす仲間である。そんな気持ちもあってか、和気あいあいのうちに、話がすすんでいた。全員が、「旅」の文字と、ＪＮＲのマークをあしらったワッペンをつけている。

日下が、本多《ほんだ》一課長の許可を得て、東京駅に駆けつけたのは、出発の二十分前だった。

日下が、ホームにあがって、両親を捜していると、

「兄さん！」

と、妹の加代子が、甲高い声で、日下を呼んだ。

ホームの中央辺りで、加代子が、手をあげている。

傍《そば》に、両親が、ニコニコ笑いながら立っているのが見えた。

その辺りには、同じ6号車の乗客が、集まっていた。

「おい、功」

と、父親の晋平《しんぺい》が、日下を呼び、傍にいる若い女を、

「私たちの隣りの席の和田由紀《わだゆき》さんだ」

と、紹介した。
二十五、六歳の、落ち着いた感じの女だった。
彼女は、日下に向かって、微笑した。明るい、かげりのない笑い方だった。

「東西商事にお勤めのお嬢さんだよ」

母親の君子が、横から付け加えた。

まるで、見合い話の紹介のような感じのいい方に、日下は、苦笑しながら、いった。

「おやじと、おふくろを、よろしくお願いします。二人とも、わがままで、いろいろと、お

世話をおかけすると思いますが――」

「私のほうこそ、よろしくお願いしますわ」

和田由紀は、日下と、彼の両親を等分に見ながらいった。

「東西商事というと、本社は確か、新宿西口でしたね」

日下は、由紀に向かっていった。

東西商事といえば、日本を代表する商社の一つである。そこで、どんな仕事をしているのだろうか。それに、十日間も、休暇をとって、たった一人で、日本中を旅行するというのは、どんな心境なのだろうか？

和田由紀という女は、初対面の日下に、そんなことを考えさせる魅力を持っていた。何となく、気になる女といったらいいかもしれない。

「新宿西口のノッポビルですわ」

と、由紀がいう。確か、超高層ビルの一つが、東西ビルというのだった。

ホームのアナウンスが、間もなく発車しますので、乗客の皆さんは、車内にお入りください、と繰り返した。

妹の加代子が、売店で、甘栗とみかんを買ってきて、両親に渡した。

両親は、それを抱えるようにして、車内に入ると、ちょうど、中ほどの座席に、腰を下ろした。ホームの日下と、加代子に、手を振った。和田由紀は、その前の座席に、向かい合って、腰を下ろし、日下に向かって、軽く、お辞儀をした。

十日間日本一周の「旅号」は、十二時三十五分に、東京駅を出発した。

4

列車が見えなくなってしまうと、日下は、久しぶりに、妹の加代子と、八重洲口にある喫茶店で、お茶を飲んだ。

昔は、子供扱いしていた妹なのに、今では、子供も出来て、大人っぽくなったことに、ときどき驚く。女は、変わるものだなと思う。

「兄さんは、ああいう人、どうなの？」

と、加代子が、コーヒーをかき回しながら、興味津々という顔で、日下にきいた。

妹が、何をいっているのか、すぐ、わかったが、日下は、白っぱくれて、

「何のことだい？」

「和田由紀という女の人のことよ。なかなか、美人だったじゃないの」

「そうかねえ」

「母さんは、まるで、お見合いの相手みたいに、兄さんに紹介したじゃないの」

と、加代子は、クスクス笑った。

「おふくろは、いつもそうさ。若い女を見ると、すぐ、おれの結婚相手にどうだろうと考えるらしいんだ。弱るよ」

「あの女の人とは、今日から十日間、母さんや父さんは、一緒に過ごすわけでしょう。もし、気に入ってしまったら、大変だわよ。旅行から帰って来たら、母さんは、毎日でも、彼女と一緒になったらどうだって、すすめるわよ」

「そういうのは、願いさげだね」

「でも、兄さんも、あの人を、気に入ったんでしょう?」

「会ったばかりで、気に入るも、気に入らないもないだろう」

と、日下は、笑った。

「でも、甘い顔をしてたわよ」

と、加代子は、笑ってから、

「それにしても、ちょっと、変だったわ」

「何がだい?」

「ホームに、見送りの人が、沢山来てたでしょう。それなのに、彼女には、一人も、来てなかったわ」

「それは、今日がウイークデイだからさ。会社の同僚が見送りに来るというわけにもいかないんだよ」

「会社の人が駄目でも、家族がいるはずだと思うんだけど。私たちみたいな」

「他人の詮索は止めといたほうがいいね。ひっそりと、静かに出発したくて、誰にもいわなかったかもしれない。理由は、いくらでも考えられるさ」

と、日下は、決めつけるようにいってから、

「おれも、三食昼寝つきのお前みたいに、のんびりしていられないんでね。そろそろ、失礼するよ」

と、立ち上がった。

「あの人、名前、何ていったっけ？」

加代子が、きいた。

「和田由紀――さんじゃなかったかな」

と、いってから、日下は、何となく、赤くなった。

案の定、妹は、ニヤニヤと笑って、

「やっぱり、ちゃんと、名前を覚えてるのね」

5

警視庁の捜査一課に戻ると、日下は、十津川と、本多一課長の二人に、

「送ってきました」

と、報告した。

十津川は、「日本一周か」と、呟《つぶや》いて、

「羨ましいねえ」

「両親は二人とも、これといって趣味のない人間ですから、いい思い出になると思っています」

「今日は、車中泊かね？」

と、本多がきいた。

「国鉄で貰《もら》った予定表ですと、今夜は、ブルートレインの中で一泊し、明日の午後二時三十一分に、西鹿児島駅に着くことになっています」

「東京から西鹿児島まで、二十四時間以上かかるのか。ずいぶん、ゆっくり走るんだね」

「臨時列車なので、途中の時間調整が多いらしいんです。いつもの一般列車を、先に通さなければならないんだと思います。去年の日本一周列車の場合も、他の列車を通過させるための待合わせ時間が長いので、乗客をホームに降ろして、体操をさせたそうです」

「そういうのんびり旅行も、たまにはいいんじゃないですか」

と、十津川がいうと、本多は、太った身体《からだ》をゆするようにして、

「われわれに、もっとも必要な旅行かもしれんね」

「しかし、課長、退職するまでは、行けそうもありませんよ。まさか、そういうのんびり旅行で、事件が起きるとは思えませんからね」

と、十津川は、笑った。

十日間といわないまでも、一週間ぐらいの、のんびりした旅行に出たいと思うことが、よくある。

難しい事件を、苦心惨憺《さんたん》して解決したあとなど、ふっと、行く先を決めない気ままな旅行に出たいと思う。しかし、そう思っているうちに、次の事件が起きてしまうのだ。

社会は、ますます複雑化していくから、今後、凶悪事件が減少するという期待は持てない。むしろ、アメリカの例を見ても、ますます、増加するにちがいない。

それを考えると、やはり、のんびりした旅行は、退職後ということになってくる。

そんな十津川の気持ちを反映するかのように、殺人事件発生の知らせが飛び込んできた。

田園調布《でんえんちょうふ》の高級住宅地区で、中年の男が、死体で発見されたのだという。

日下も、捜査員の一人として、駆けつけた。

被害者は、会社役員をしている男で、現場の状況から、顔見知りの犯行と考えられた。

聞き込みから、すぐ、容疑者が浮かび上がってきて、被害者の弟が、指名手配された。

たぶん、今日、明日中に逮捕されるだろう。

一息つくと、日下は、両親のことが、心配になってきた。

といっても、何か列車事故が起きるのではといった心配ではなかった。日本の国鉄は、目下、批判の嵐の中に置かれているが、去年一年間、人身事故はほとんど起こしていないという事実も、一方にある。

だから、日下は、「旅号」が、事故を起こして、という不安は感じていなかった。間違いなく、列車は、明日、第一の宿泊地である西鹿児島駅に着くだろう。それに、両親は、今のところ、病気一つしたことがないし、乗り物に弱いということもないから、病気の心配もなかった。

日下が心配したのは、二人とも、お節介《せつかい》が好きだから、その面で、他の人たちに迷惑をかけているのではないかということだった。

父親も、母親も、好人物である。息子の日下が、歯がゆくなるほど、人のいいところがある。

父など、他人《ひと》におだてられて、保証人にされたり、名前だけの役員にされたり、そのたびに、他人の借金を背負わされて、そのときには、懲《こ》りたはずなのに、次に頼まれると、また引き受けてしまうのである。

母も同じだった。「お父さんのお人好しにも、困ったものだよ」と、日下になげくくせに、母自身も、結構、人がいいのである。

人がいいから、他人の面倒をみようとする。それが、相手にとって、迷惑かどうかを、あまり考えないところがある。

(それに――)

日下は、東京駅のホームで紹介された和田由紀という女性のことを思い出した。

なかなか、魅力的な娘だったと思う。それはいいのだが、母親は、すっかり、気に入って、息子の嫁にどうかと考えているようだった。

たぶん、旅行中、彼女に向かって、息子である日下のことを、あれこれ話し、同時に、彼女のことも、あれこれきき出しているにちがいなかった。

(さぞ、彼女が、迷惑しているだろうな)

と、日下は、思う。

両親は、しきりに、彼の結婚を心配しているが、日下には、今のところ、まだ、結婚の意志はなかった。

これはと思う相手にめぐり合えないせいもあるし、ひとりでも、結構、楽しくやっているということもあったからである。

だが、両親は、一日も早く、日下に、結婚させようと思っている。

両親を、今度の旅行にやったのは、たまには、親孝行をという気持ちのほかに、あまり結婚しろとばかりいうので、少し、遠ざけてやりたい気持ちもあったのだが、和田由紀という魅力的な女性が同行していることで、どうやら、逆効果になりそうである。

6

日本一周列車「旅号」は、名古屋を出た辺りで、ベッドのセットが始まった。

名古屋駅で乗り込んで来た作業員が、なれた手つきで、各車両の座席を、ベッドにセットしていく。

昔は、大変な作業だったが、今は、ボタン一つで、機械的に、座席が、ベッドにかわっていくようになっている。

日下の両親がいる6号車には、子供はいなくて、大人ばかりだったが、それでも、通路に出て、わいわいいいながら、若い作業員たちが、次々と、ベッドをセットしていくのを眺めていた。

日下の両親のように、四十代、五十代の乗客もいるのだが、みんな、子供にかえったみたいに、はしゃいでいる。

6号車のベッドは、二十分足らずで、すぐにセットされたが、時間が早いせいか、誰も眠ろうとはせず、ベッドに腰を下ろして、トランプをやったり、寝転がって、週刊誌を読んだりしている。
四、五人かたまって、お喋《しゃべ》りを楽しんでいる連中もいる。

日下の両親は、相変わらず、和田由紀をつかまえて放さなかった。放さなかったのは、父親のほうではなく、母親の君子のほうで、すっかり、由紀という娘が、気に入ってしまっていた。

「ご両親は、何をなさっていらっしゃるの？　よろしければ、教えていただけないかしら？」

君子は、魔法びんから、紅茶を、由紀についでやりながら、きいた。

父親の晋平のほうは、

「母さん。そんなことをきくのは、失礼だよ」

「構いませんわ」

と、由紀は、ニコニコ笑った。

「両親は、札幌で、洋服屋をやっていますわ。私は、東京へ出たくなって、ひとりで上京して、東京の大学に入り、卒業してからも、東京で、勤めることにしたんですわ」

「札幌なら、この列車は、北海道にも行くから、ご両親にも会えるわね」

「ええ」

「どうして、おひとりで、こんな長い旅行に出ることになさったの？　普通、若いお嬢さんは、ハワイとか、グアムに、行くんじゃないかしら？」

「ええ。でも、私は、外国旅行が、あまり好きじゃないんですよ。うちの会社は、一年に二十日間の有給休暇が貰えるんですけど、去年は、一日も、とらなかったんです。そしたら、上司から、とったほうがいいといわれて、今度のこの列車の旅行に応募したんですわ。汽車旅行というのが、もともと、好きでしたし――」

「結婚については、どうお考えなの？　まさか、独身で、ずっと、通すつもりじゃないんでしょう？」

「そんな」と、由紀は、笑った。

「いい人がいたら、いつでも、結婚したいと思いますわ」

「結婚の相手に、何か条件がおありなの？　背が高くなくちゃいけないとか、財産があったほうがいいとか」

「背は、私より低いと困りますけど」

「あなたは、どのくらい、おありなの？　ごめんなさい。立ち入ったことをきいて」

「いいえ。一六二センチですわ」

「お父さん。功は、何センチでしたっけね？」

君子は、小声で夫の晋平にきいた。

「私より、だいぶ大きいから、一七五センチぐらいあるんじゃないかな」

晋平が答えると、君子は、ほっとした顔で、

「一七五センチあれば、大丈夫でしょう？」

と、由紀を見た。

由紀は、黙って微笑している。別に、君子との会話を、嫌がっている気配《けはい》はなかった。

「結婚する相手の職業は、どうかしら？　何か、ご注文が、おありかしら？」

君子がきくと、由紀は、クスッと笑って、

「それ、警察官という仕事を、どう思うかってことですの？」

「ええ。まあ、そうなんですけど——」

「警察官も、立派なお仕事だと思いますわ。男らしいし——」

「それを聞いて、安心しましたよ」

と、君子も、ニコニコした。

晋平のほうは、困った婆さんだという顔をしていたが、それでも、由紀が、警察官が好きだといったときは、ニッコリした。

「それじゃあ、警察官の奥さんは、嫌だということは、ありませんのね？」

君子が、念を押した。

「ええ。でも、最後は、愛情があればということになりますけど」

と、由紀は、慎重ないい方をした。

7

大阪駅を出るころから、乗客も、おいおい、ベッドにもぐり込んでいった。

隣りの5号車で、子供の騒ぐ声が聞こえていたのだが、それも、聞こえなくなった。

すでに、夜の十時を回っている。

十一時になると、通路の明かりも消えて、常夜灯だけになった。

和田由紀も、日下夫婦も、自分のベッドに入り、カーテンを閉めた。やがて、どのベッドからも、軽い寝息がもれてきた。

4号車にいた東京鉄道管理局の富田は、十二時近くなると、全車両を見て回ることにした。

窓のカーテンを閉め、乗客の夢をのせたブルートレインの「旅号」は、時速約七十キロで、夜の闇の中を、西に向かって、快走している。

富田は、単調な車両の音を聞きながら、1号車から、最後尾の11号車まで、ゆっくりと、通路を歩いて行った。

途中で、車掌長の石井と会った。二人は、一緒に、全車両を見て回ることにした。

「今のところ、何もありませんね」

と、石井車掌長は、歩きながら、小声でいった。

閉まっているカーテンの奥から、大きないびきが聞こえてきたりする。

「何かあったりしたら、大変だからね」

富田は、厳しい顔でいった。

最後尾の11号車まで見たが、何事もなかった。

富田は、11号車のデッキのところで、煙草に火をつけ、石井にも、すすめた。

「夜が明けるのは、関門《かんもん》トンネルを、通過した辺りだね？」

「そうです。門司《もじ》で、停車して、乗客全員の駅弁と、お茶を用意することになっています。これは、電話をかけて、確認してあります」

「食堂車がついていないから駅弁を食べることが、これからも多くなると思うんだが、なるべく、その地方の特徴のある駅弁が欲しいねえ。幕の内弁当風のものじゃあ、すぐ、あきるだろうしね」

「そうですね。門司で用意する駅弁の場合も、乗客の皆さんのアンケートをとりまして、電話で、注文しておきましたが、やはり、特殊弁当が、人気がありますね。九州の駅弁ということで、小倉の『おこわ無法松べんとう』とか、『やぐら弁当』、博多《はかた》の『釜めし』『博多ちらしずし』なんかは、人気が集まっています」

「いろいろと、ご苦労さん。それから、私と同じ4号車に、医者が乗っているから、何かあったときには、すぐ、連絡してください」

と、富田は、いった。

8

下関《しものせき》で、ここまで「旅号」を牽引《けんいん》して来たEF65型の電気機関車は、切り離され、関門トンネル専用のEF30型電気機関車につけかえられる。海底トンネル内は海水のしたたりがあって、普通の鋼鉄では、錆《さび》が出来るので、ステンレス製の電気機関車EF30型が使用されるのである。

九州に入って、門司に着くと、ここでまた電気機関車の交換が行なわれた。関門トンネル専用のEF30型が、外《はず》され、代わりに、ED76型電気機関車になる。

その交換が行なわれる間に、石井車掌長たちは、三百人の乗客のための朝食用の駅弁を、車内に運び入れた。

夜は、まだ、完全に明け切っていない。

乗客の大半は、寝入っていて、列車が、門司に着いたことも、電気機関車が、直流から、交流のものに交換されたことも知らずにいるだろう。

鉄道に興味を持っている小学生や中学生の乗客の中には、通路に出て来て、窓のカーテンを開け、顔を窓ガラスに押しつけるようにして、ホームを見つめている者もいる。

電気機関車の交換を終わった「旅号」は、鹿児島本線を、一路、終着の西鹿児島に向かって、南下していった。

博多を過ぎたところで、完全に夜が明け、ベッドの解体作業が始まった。

今日も、いい天気である。カーテンを開いた車窓から、眩しい夏の太陽が射し込んでくる。

ベッドから出た乗客たちは、ベッドが、座席になるまで、通路に出て、流れていく九州の景色を見つめている。本州の景色と、さして違わないのだが、それでも、九州へ来たという気持ちで眺めると、新鮮に見えるらしく、誰もが、あかずに視線を走らせていた。

日下の両親も、和田由紀も、洗面をすませ、着がえをして、通路に出ていた。

由紀は、自動焦点カメラで、窓の外の景色を、ぱちぱち撮っていたが、日下の両親が来ると、

「よかったら、お撮りしましょうか」

と、声をかけた。

君子は、夫と二人で並んで撮ってもらってから、今度は、自分たちのカメラを持ってきて、由紀の写真を、何枚も撮った。息子に見せるために撮った写真である。

ベッドが座席にかわっていくころ、注文してあった駅弁と、お茶が、配られてあった。こんなときは、日下の父親は、日ごろのお節介を発揮して、車掌に協力して、6号車の二十八人分を運んできて、みんなに分けていく。

駅弁を食べながらの楽しいお喋りが始まった。

晋平は、サラリーマンだという二十五歳の乗客と二人で、6号車の端から端へ、駅弁とお茶を配っていったが、最後に近くなって、

「あれッ」

と、声をあげた。

7号車に近い13番の上の寝台が、まだ、カーテンが降りたままになっていたからである。

もちろん、解体もされていない。

ブルートレインのB寝台車は、二段ベッドで、1から17まで、それぞれ上、下にあるから、三十四人の乗客が、乗れることになる。

しかし、今度の日本一周の場合、高年齢者が多く、上のベッドを使うのが骨の人もいたり、また、余裕を持たせる意味もあって、一つの客車に、二十七人から二十八人ということに制限してあった。

この6号車も、乗客は二十八人で、下のベッドは全部利用されていたが、上のベッドは、十一しか、利用されていない。

13の上は、その利用されているベッドの一つだった。B寝台車の場合、四つのベッドが向かい合う形で、構成されている。

13番は、14番と向かい合っているのだが、14の上は、使用されていないので、13下と、14

下の乗客は、片側の座席に並んで腰を下ろしていた。

中年の夫婦だった。その二人に、駅弁とお茶を渡しながら、

「このベッドは、どうしたんですか？」

と、まだ、カーテンの閉まっている13上のベッドを指さした。

「気分でも悪いらしく、寝ているんで、ベッドを解体しに来た作業員の人に、もう少し、寝かせておいてあげてくださいって、お願いしたんですわ」

と、夫婦の妻のほうが、いった。

「その駅弁とお茶は、ここへ置いていってください。起きてきたら、渡しますから」

と、夫のほうが、ニコニコ笑いながら、付け加えた。

「確か、あそこに寝ているのは、村川という男の人でしたね？」

晋平は、気になって、閉まっているカーテンを、少し開けて、のぞいてみた。

ベッドの主は、反対側に顔を向けて、寝ていた。車内は、クーラーがきいていて、寒いくらいなので、毛布を、肩のあたりまでかけている。

「東京の人で、自分で、喫茶店をやっているとかおっしゃってましたよ。新宿西口の何とかという喫茶店ですよ。私は、サラリーマンなんですが、定年になったら、喫茶店でもやりたいと思ってるんで、この旅行中に、村川さんから、喫茶店の経営について、いろいろと話をききたいと思っているんです」

小柄な夫のほうが、そんなことをいった。

「そうだ。喫茶店をやってるんでしたね」

晋平も、思い出して、微笑した。

東京駅で、この列車に乗ってから、大阪を過ぎて、ベッドに入るまでの間、6号車の中で、お互いの自己紹介みたいなことを、乗客同士で、やったのである。

新宿西口のビルの一階にある「やまびこ」という喫茶店の主人で、名前を、村川誠治だと話していた。年齢は、三十九歳。

店の名前が、「やまびこ」なので、知らない人は、主人の村川が、山好きで、それでつけたのだろうと思うらしいが、実際は、別の理由でつけた名前だった。

村川は、鉄道マニアで、新しく大宮と盛岡間を走り始めた東北新幹線が、「やまびこ」という愛称で呼ばれると聞いて、つけたのである。「やまびこ」とする前の店の名前は、「ゆうづる」だったという。これも、鳥が好きでつけたのではなく、上野と青森を結ぶブルートレインの名前からとったのだった。

そのくらいのマニアだから、今度の日本一周列車の企画を知ると、さっそく応募したのだという。自分が留守にしている十日間は、店を、妻に委《まか》せてきたともいった。

日下晋平は、そんな会話を思い出した。

「気分が悪いんなら、お医者を呼んできたほうがいいんじゃないかな。そうだ。私が、4号車へ行って、連れて来よう」

晋平は、そういうと、返事も待たずに、通路を、4号車に向かって、走り出した。

9

4号車でも、乗客が、駅弁の朝食をとっていた。

晋平は、そこで、富田を見つけて、病人のことを話した。

富田は、ちらりと、前に座っている内科医の川島に眼をやってから、

「それで、どんな具合なんですか？」

「よくわかりませんが、たぶん、疲れか、風邪じゃないかと思いますね。昨日、ベッドに入るまでは、元気でしたから」

「すぐ行きます」

と、富田は、いった。

晋平が、帰ったあと、富田は、川島医師に、

「すぐ、一緒に行ってもらえますか？」

「いいですとも。そのために、この列車に乗っているんですから」

五十六歳になる川島は、食べかけの駅弁を横に置くと、気軽く立ち上がり、医療カバンを

手にとった。

富田と、川島は、ゆれる通路を、6号車のほうへ歩いて行った。

「軽い病気だと思いますがね」

先に立って歩きながら、富田が、いった。

「急に、寝台車に乗っても、なかなか眠れないんじゃないかな。だから、たぶん、睡眠不足なんだと思いますね」

と、川島が、いった。

確かに、急に寝台車に乗っても、すぐに眠れるものではない。単調な車輪の音（正確にいえば、車輪が、レールの継ぎ目を拾う音だが）を、子守唄がわりにするという人もいるが、あの音が、耳について、眠れないという乗客もいるのである。

6号車に入ると、さっきの日下晋平が、デッキに立っていて、

「こっちです。こっちです」

と、二人を、13番のベッドに連れて行った。

「何という人ですか？」

川島医師は、閉まっているカーテンを開けながら、晋平にきいた。

「村川さんという男の人ですよ」

「村川さん。どうしました？」

川島医師は、梯子《はしご》をのぼり、上半身を、ベッドの中に入れるようにして、声をかけた。

晋平や、駅弁を食べ終わった夫婦、それに、富田たちは、下から、医者の動きを見守っていた。

川島医師が、黙ってしまっている。そのうちに、梯子を降りて来た。むっとしたような顔で、集まっている人たちを見つめてから、

「富田さん」

と、呼んだ。

そのただならぬ気配に、富田は、嫌な予感を覚えながら、小声で、

「どうしたんです?」

「死んでいますよ。あの乗客は」

と、川島医師は、怒ったような声でいった。

# 第二章　西鹿児島

## 1

「死んでる？」

富田は、思わず、大声になってしまった。

何かあるなとは思ったが、死までは、考えていなかったからである。4号車に知らせに来た乗客は、昨夜まで元気にしていたといったからである。

病気と思っていたら、酔い潰《つぶ》れていて、川島医師が怒ったのか、あるいは、ひょっとして、伝染病の疑いがあるので、川島が、厳しい表情になっているのかもしれないとは考えたが、まさか、死んでいるとは思わなかった。

富田も狼狽《ろうばい》したが、見守っていた乗客も、びっくりして、顔を見合わせている。

晋平などは、まだ、半信半疑の顔だった。医者が、死んでいるといっても、晋平は、昨夜、楽しく話し合った記憶が、まだはっきりと残っているからである。

「本当に、村川さんは、死んでるんですか？」

と、晋平も、きいた。

「間違いなく、死んでいますよ」

川島医師は、冷静な口調になって、いった。

「どうしたらいいんですか？　列車を停めて、近くの救急病院へ運びますか？」

富田は、蒼《あお》い顔で、きいた。

まだ、「旅号」は、東京を出発して、最初の宿泊地である西鹿児島へ着いていないのである。それなのに、もう、こんな事件が起きてしまった。

「死亡して、すでに、一時間以上たっていると思われますから、手おくれだと思いますがね。死因を調べるためには、大きな病院へ運んだほうがいいでしょう」

と、川島医師がいった。

西鹿児島までは、まだ、七時間近くかかる。そこまで、死体をのせて走るわけにはいかなかった。

富田は、すぐ、車掌長の石井を呼んだ。

6号車で、死人が出たことを話してから、

「久留米《くるめ》で降ろして、医大病院へ運びたいから、連絡してくれないか」

「わかりました」

「私が、付き添っていく。死因を確かめなければならないし、家族にも、連絡しなければならないからね。そのあとで、列車を追いかける。西鹿児島で一泊し、明日の出発の予定は、午前七時だから、それまでには、西鹿児島へ行けると思うよ」

と、富田は、いった。

石井車掌長が、列車の無線電話を使って、連絡をとった。

久留米駅を通じて、病院へも、連絡してくれるはずだった。

2

三十五分後に、「旅号」は、久留米駅に、臨時停車した。

ホームに、白い服を着た救急隊員二名が、担架を持って、待っていた。久留米駅の助役も、付き添っている。

富田が、まず、ホームに降りて、改めて、事情を、助役と、救急隊員に話した。

毛布にくるまれた死体は、6号車から運び出され、担架に乗せられた。

6号車の乗客は、死んだことを知っているので、全員が、客車の通路に並んで、窓ガラス越しに、見守っている。

富田は、川島医師と、石井車掌長に、あとのことを頼んでから、担架に付き添って、ホームから、改札口のほうへ歩いて行った。

駅前に、救急車が、停めてある。富田も、死体と一緒に、それに乗り込んだ。

救急車は、けたたましいサイレンを鳴らして、久留米医大病院へ向かって、走り出した。

車の中は、むっとする暑さである。

川島医師は、たぶん、心臓発作か、脳溢血《のういっけつ》だろうといっていた。今、改めて、死体を見ると、その顔が、ゆがんでいるように見える。死ぬ瞬間の苦痛が、そのまま、凍りついてしまっているように見えてならない。

(病死にしても、列車内は、国鉄の責任だから、何かいわれるだろうな)

と、富田は思った。

川島医師を乗せておいて、よかったなと思う。医者が乗っていなければ、そのために、死んだといわれかねないからである。このところ、国鉄は、叩《たた》かれ続けているから、どんなことでも、批判の対象にされるのだ。

医大病院に着くと、すぐ、診察室へ、死体は運ばれ、外科部長の宮本医師が、死体を診《み》ることになった。

富田は、廊下の椅子《いす》に腰を下ろして、結果の出るのを待った。

一時間ほどして、宮本医師が、廊下へ出て来た。

「やはり、病死ですか？」

と、富田は、きいた。そうでなければ、困る。死因に疑問でも出てきたら、今度の旅行そのものが、中止になりかねないからである。

「これから、解剖に回します」

宮本医師は、落ち着いた口調でいった。

富田は驚いて、

「解剖というと、死因に何か不審な点があるんですか？」

「いや、そうじゃありません。死体に外傷はないし、手足の硬直具合からみて、おそらく、心臓麻痺と思いますが、それを、確認したくて、解剖に回すわけです」

「どのくらいかかりますか？」

「二時間で、結果は、わかると思います」

死体は法医解剖室に回された。

富田は、待合室で、死んだ乗客の所持品を調べた。

二十万円近く入っている財布と、キャッシュカード。それに、名刺入れ。

同じ名前の名刺が十二枚入っていた。


〈喫茶「やまびこ」　村川誠治〉

と印刷された名刺で、新宿西口の住所と、電話番号が、記入されている。

(喫茶店をやっている人だったのか)

と思いながら、富田は、待合室の電話を借りて、その喫茶店に連絡をとった。

最初に、ウェイトレスらしい若い女が、電話口に出た。

富田が、村川誠治さんのことでというと、中年の女性の声に代わった。

「村川の家内でございますが――?」

と、相手がいった。

富田は、小さな咳払《せきばら》いをした。辛《つら》い電話で、とっさに、どういったらいいか、わからなくなったからである。

「村川さんは、日本一周の列車に、昨日、東京駅から、お乗りになりましたね?」

「はい。主人が、どうかしたんでしょうか?」

「お気の毒ですが、車内で、急死されました。それで、列車から、降ろし、今、久留米の医大病院に運んできております。申しおくれましたが、私は、今度の旅行の責任者で国鉄の富田と申します」

「――」

「奥さん。大丈夫ですか?」

「申しわけございません。あんまり突然のことなので、びっくりしてしまって――」

「わかります。医者は、おそらく、心臓麻痺だろうと、いっています」

「昨日、あんなに元気で出かけたのに――」

「こちらへ来ていただけますか？　遺体の確認もしていただきたいので」

「すぐ、参ります。あまり旅行をしたことがないので、どう行ったら、よろしいんでしょうか？」

「羽田から、飛行機で福岡まで来て、あとは、国鉄の鹿児島本線で、博多から久留米が、一番近いと思います。久留米駅で降りたら、タクシーで、大学病院へ来てください。時間がわかれば、私が、久留米駅まで、お迎えにあがりますよ」

3

三百名の乗客が、二百九十九名に減った「旅号」は何事もなかったように、西鹿児島に向かって、走り続けた。

6号車の乗客は、さすがに、しばらくは沈んだ様子だったが、列車が、八代《やつしろ》を過ぎ、右側の車窓に、海が見えだすと、やっと、元の明るさを取り戻した。

透明な美しい海である。

列車は、海岸すれすれに走るので、海底の小石まで見える瞬間がある。

この辺りは、山が、海近くまで迫っているので、左側の車窓には、緑の濃い山肌が、蔽《おお》いかぶさってきていた。

列車は、海岸線を蛇行し、ときには、短いトンネルを抜ける。そのたびに、海の景色が変化して、乗客の眼を楽しませてくれた。

「こんなきれいな海は、東京の近くにはないねえ。こういうところで、のんびりと過ごしたいな。泳いだり、釣りをしたりしてさ。寿命が、延びると思うよ」

と、乗客の一人が、いった。

小さな海岸に、民宿の看板がある家が見え、泳いでいる人の姿が、飛び込んできたかと思うと、可愛らしい、小さな漁港が見えたりする。

海水浴場といっても、ひっそりと静かで、のんびりとしている。

「われわれも、老後を、こういう所で、楽しみたいものだね」

日下晋平も、妻の君子に向かって、そんなことをいった。

透明で美しい海の景色が、乗客の心を、明るくしてくれた。誰もが、ひどく、はしゃいだような気分になってきて、そのうちに、五十年輩の男性が、

〽われは海の子、白波の――

と、歌い始めた。

彼にとって、青春時代のシンボルのような歌なのかもしれない。

その歌は、車窓の海の景色や列車のゆれと、よくマッチしていて、他の乗客も、唱《うた》い出し、大きな合唱になっていった。

それが、ふいに、止んだ。

誰かが、通過した駅名を見て、「水俣《みなまた》だ！」と、叫んだからである。

間違いなく、今、この列車が通過した駅には「水俣」の駅名が書いてあった。

この美しく、透明な海は、水俣の海だったのである。

「これが、水俣の海か――」

と、誰かが、呟《つぶや》いた。

みんな、暗い眼つきになってしまった。水俣病という言葉が人々の脳裏に浮かび、ベッドで死んでいた村川誠治という乗客を、思い出させたからである。

この辺りから、列車は、海岸から離れ、山間《やまあい》に入っていった。

4

しばらくの間、車窓には海と山と、そして、小さな町しか見えなかったが、人口五十万の鹿児島の町に入ると、さすがに車窓には、ビルの群れが見え、道路を埋める車が現われてくる。

「旅号」が、終着の西鹿児島に着いたのは、予定より、五分おくれて、十四時三十六分だった。

鹿児島市の表玄関だけに、○番線ホームを入れて、七番線ホームまである大きな駅である。西鹿児島というので、西鹿児島という町があると思っている人もいるが、そういう町はない。

鹿児島市内には、もう一つ、鹿児島という駅もあるのだが、こちらは、はるかに小さい駅である。

列車から降りた乗客は、ホームで、駅長や、ミス・鹿児島の歓迎を受けてから、駅員に案内されて、改札口に向かった。

改札口を出ると、駅前には、大型バス三台が、迎えに来ていた。

今日、乗客が泊まるホテルは、鹿児島市内で、一番といわれる鹿児島観光ホテルである。

駅からホテルまで、五十人乗りの大型バスが運んでくれる。

まず、半分の百五十人が、三台のバスに分乗して、ホテルに向かった。

日下夫婦や、和田由紀は、二陣目になり、駅前の広場に残された。

駅前は、どこの地方都市でも同じだが、バスや、タクシーの乗場があり、大通りがあり、その大通りの両側に、繁華街が広がっている。西鹿児島の駅前も同じだった。

ちがっているのは、いかにも南の国らしく、ソテツが植えられ、花時計があり、そして、屋久杉の巨大な切り株が、展示されていたりすることだろう。

最近建てられたらしい鹿児島出身の偉人たちの銅像も、駅前を、飾っている。何となく、ごちゃごちゃと、賑やかなところが、南国鹿児島の感じだった。

バスが戻って来るまでの間、二陣の乗客たちは、駅前を歩き回ったり、記念写真を撮ったりしている。

日下の両親も、珍しそうに、花時計をのぞき込んだり、駅前にかかげられている桜島の地図などを見たりしていたが、そのうちに、君子のほうが、

「お父さん。由紀さんの姿が見えませんねえ」

と、きょろきょろと、周囲を見回した。

「あんまり、お前さんがうるさく話しかけるんで、どこかへ逃げちゃったんじゃないのか。あの人だって、私たちより、自分と同じくらいの若い人と話をしたいんだろうからね」

晋平は、ニヤニヤ笑いながらいった。

「私は、別に、自分の都合で、あの由紀さんと話をしてたんじゃありませんよ。息子のお嫁さんに、どうだろうかと思うから、いろいろと、お話ししているだけですよ」

と、君子が、文句をいったとき、駅の構内から、当の和田由紀が、三十歳前後の男と、何か喋《しゃべ》りながら、出て来るのが見えた。

その男も、6号車の乗客の一人だった。確か、名前は、笹本貢《ささもとみつぐ》といったはずである。すらりとした長身で、自己紹介のとき、「デザイン関係の仕事をやっています」と、いったのを、晋平は、覚えていた。仕事に行きづまりを感じたので、何か、変わったことをして、気分を転換させたいと思って、今度の旅行に応募したともいっていた。

ファッション関係のデザインだという。そういわれてみると、男の服装は、二十八人の乗客の中では、飛び抜けて、ファッショナブルである。ラフだが、気がきいているのだ。

由紀は、笹本とのお喋りに夢中になっていて、晋平や君子の存在に気がつかず、花時計のほうに歩いて行き、そこで、笹本が、由紀の写真を撮りだした。駅の構内のＫＩＯＳＫで、新しいフィルムを買ってきたのだろう。

「あの二人、なかなか似合いじゃないか」

晋平が、いうと、君子は、とんでもないという顔で、

「あんな遊び人みたいな男に、由紀さんが、似合うもんですか」

「遊び人とは、母さんも、古いいい方をするねえ。ファッションデザインの仕事をしているというから、ちゃんとした仕事があるじゃないか」

「本当かどうか、わかったものじゃありませんよ。あの顔は、どう見たって、女たらしの顔ですよ。由紀さんという人は、しっかりはしていても、どこか子供っぽいところがありますから、そこが、私は、気に入ってるんですけど、女たらしにつけ込まれますよ」

「あの笹本という人は、そんな悪い人には見えないがねえ。お前さんは、まるで、自分の娘を心配するみたいに、あの由紀さんのことを心配するじゃないか」

晋平は、からかい気味に、君子を見た。

「ひょっとすると、私たちの娘になるかもしれない人ですからねえ」

「前にも、お前さんは、同じようなことをいってたことがあったぞ。そうだ。あれは、北品川の自動車屋の娘だった。お前さんが、勝手に、功の嫁に決めて、ひとりで張り切ってたが、結局、上手《うま》くいかなかったじゃないか」

「あれは、お父さん。功に会わせるのを忘れたからですよ。今度は、東京駅のホームで、功も、由紀さんを見て、気に入ったようですからね。由紀さんさえ、功が気に入ってくれたら、上手くいくんですけどねえ」

「お前さんも、変わったねえ」

晋平は、感心したようにいった。

妻の君子は、息子の功が二十四、五のころまでは、どちらかといえば、その結婚に、消極的だった。親戚なんかが、見合い写真を持ってくると、あれこれ、難くせをつけたり、まだ息子の結婚は早過ぎるといって反対するのは、主として、君子のほうだった。

それが、去年あたりから、急に、息子の結婚の世話をやきはじめたのである。三十歳近くなっても、いっこうに結婚しようとしない息子の態度に、あわてたこともあるだろうし、そろそろ、孫の顔を見たくなったということもあるのかもしれない。

「あんな男は、由紀さんに、ふさわしくありませんよ」

と、君子が、笹本の顔を睨《にら》んだとき、第一陣を、ホテルに送った大型バスが、駅前広場に戻って来た。

5

五十人乗りの大型バス三台に乗って、第二陣の百四十九名の乗客は、ホテルに向かった。

鹿児島市内には、まだ、市電が、のんびりと走っている。東京から来た乗客には、それが珍しくて、バスの窓から、盛んに、カメラを向けていた。

バスは、市の中央を流れる甲突川《こうつき》を渡ると、西南戦争で有名な城山《しろやま》に向かって、曲がりくねった道を、登っていった。

その途中に、マンションが建っていたりする。

「こんなところに住んでいたら、歩いて、登ったりは大変だから、車を持っていないと、暮らしていけないなあ」

と、誰かがいった。

城山は、標高わずか一〇七メートルの山だが、道路の傾斜は急だった。その中腹のマンションでも、どこかで飲んでいたら、歩いては、登って来られないだろう。

鹿児島観光ホテルは、その山頂にあった。

新館から本館へ回るのに、ホテル専用のトンネルをくぐり抜けるほど広いホテルである。入口門を入ると、両側に、ソテツなどの亜熱帯植物を植えた庭園を、バスが通り抜けて、入口に着く。東京だったら、たぶん、この広い庭園を潰《つぶ》して、別館を建ててしまうだろう。九州らしい、ぜいたくな造りだった。

ロビーで、各自の部屋を割り当てられ、これからの予定を聞かされた。

夕食は、ホテル内のレストランでとってもいいし、市内に出て、自由にとってもいい。明朝までの行動は自由だが、明日は、午前七時に西鹿児島駅を出発するので、六時までに、ロビーに集合すること。

それだけの注意を受けて、解散ということになった。

日下の両親は、カギを貰《もら》うと、エレベーターで、五階にあがった。

ツインの部屋に入ると、窓から、桜島が、正面に見えた。かすかに、噴煙があがっているのもわかった。

「とうとう、九州まで来たんですねえ」

君子は、ちょっと疲れた声でいった。

「旅行もいいものさ」

晋平は、そういうと、洗面所で、ごしごし顔を洗った。

「どうしているでしょうね？」

ベッドに腰を下ろしたまま、君子がきいた。

「由紀さんのことかい？」

晋平が、タオルで、顔を拭きながら、きき返した。

「そうじゃありませんよ。功のことですよ」

「あいつなら、相変わらず、事件を追いかけてるんじゃないか。警官なんだからな」

「警察の人間だって、休暇はとれるんでしょうにね。あの子も、私たちと一緒に来ればよかったんですよ」

「まあ、いいじゃないか。あいつが、私たちのために、この旅行に応募してくれたんだ。せいぜい、あと九日間を楽しく過ごそうじゃないか」

晋平が、笑いながらいったとき、部屋の電話が鳴った。

傍にいた君子が、手を伸ばして、受話器をとった。誰が、電話してきたのだろうと、いぶかしがりながら、「もし、もし」というと、

「よかった。日下さんでしょう？　他の人の部屋にかかってしまったら、どうしようと思って」

「ああ、由紀さんね」

「ええ。日下さんは、夕食を、どこでおとりになるか、もう決まっていますの？」

「いいえ。まだ、決めていませんけど」

「じゃあ、私が、おいしい郷土料理を食べさせてくれるお店を知っているんで、ご案内しますわ。安くて、おいしいんです。もし、よろしかったら、六時に、ロビーに、降りて来ていただけませんかしら？」

「喜んで、ご一緒させてもらいますよ」

君子は、ニコニコして電話を切ると、夫の晋平に向かって、

「由紀さんが、おいしい郷土料理の店へ案内してくださるんですってよ」

「しかし、あの人は、鹿児島は初めてだといってたんじゃなかったかね。それなのにどうして、そういう店を知ってるんだろう？」

「それが、お父さんの悪い癖ですよ」

「どこがだい？」

「詮索しなくてもいいことを、詮索する癖ですよ。いいじゃありませんか。そんなこと」

「しかし、何となく、おかしいからねえ」

「本で調べたのかもしれないし、ホテルのフロントで、きいたのかもしれませんよ。とにかく、由紀さんが、私たちを、夕食に招待してくれたんですからね」

「何時だい？」

「六時に、ロビーで待ち合わせですって」

「今はと、――三時三十分か。あと二時間半あるのか。私は、ひと休みするよ」

晋平は、ごろりと、ベッドに転がったと思うと、すぐ、軽い寝息を立て始めた。

6

午後四時二十分。

久留米医大病院で、富田は、東京から飛行機と、列車を乗りついで駆けつけた村川誠治の妻、久仁子《くにこ》と会っていた。

小柄で、色白な女だった。

遺体の解剖をした宮本外科部長が、その久仁子に向かって、

「ご主人の死因は、心臓麻痺と思われます」

と、いった。

富田は、医者が同席してくれたことに、ほっとしていた。

久仁子は、蒼白い顔で、宮本を見つめて、

「でも、先生。主人は、とても元気だったんです。それなのに、どうして、突然、心臓麻痺なんかで——？」

「原因を知りたくて、いろいろと調べたんですが、はっきりしません。動脈硬化もすすんでいないし、心臓は肥大気味ですが、これとて、心臓麻痺を引き起こすほどのものじゃありません。肝臓は少し悪かったようですね？」

「去年、急性肝炎で、二カ月ほど入院しましたけれど、治って、退院したんです」

「お酒は、お好きだったんじゃありませんか？」

「はい」

「それででしょう。しかし、死ぬほどのものじゃありません。その他、腎臓や、脾臓もきれいですから、心臓に負担をかけることはなかったと思いますね。血圧はどうでした？」

「高いほうでした。上は一六〇くらいで、下は一〇〇を越すことが、多かったですから」

「一六〇と一〇〇ですか。低くはありませんが、心臓麻痺を引き起こすほど、高くはありませんね」

「そうすると、なぜ、心臓麻痺を起こしたか、わからないのですか？」

と、富田がきいた。

「いくつかの理由が考えられますがね。たとえば、何か、非常に恐ろしいことにぶつかって、そのショックで、心臓がやられたとか、あるいは、何か持病があって、その苦痛を和らげるための薬を飲んだが、その量を間違えて、ショックを起こしたとかですねえ」

「持病など、何もありませんでしたわ」

と、久仁子は、強い調子でいった。

「そうでしょうね。私が診たところでも、健康体でしたし、薬の作用によって、心臓麻痺を引き起こしたとも思えないのです」

「すると、何かのショックでということになりますか？」

富田が、念を押した。

「その可能性が大きいのですがね」

「しかし、先生。村川さんは、ブルートレインのベッドに寝ていて、死んでいたんです。強いショックを受けるようなことがあったとは思えないんですがねえ」

「そうでしたね。それで、私も、正直いって、困惑しているのですよ」と、宮本は、正直にいった。

「といって、薬の作用でとも思えない。できれば、もう一度、解剖し直して、調べたいのですがね」

「止《や》めてください！」

久仁子が、急に、ヒステリックにいった。

それまで、感情をじっと抑えて、宮本医師の話を聞いていたのが、耐えられなくなって、感情が、爆発した感じだった。

「すぐ、東京へ連れて帰って、あげたいんです。病死であることに間違いないのなら、もう、遺体をいじらないでください」

「わかりました」

と、宮本医師が、肯《うなず》いた。

富田は、電話で呼び寄せた九州鉄道管理局の営業部長に、あとのことを頼んで、「旅号」のあとを追うことにした。

まだ、「旅号」の旅は、始まったばかりである。富田は、その全行程について、責任を負わなければならないのである。

7

午後六時に、日下の両親は、ホテルのロビーで、和田由紀と落ち合った。

「本当に、いいんですか？」

と、君子は、遠慮がちに、そのくせ、嬉しそうに、由紀にきいた。

「私だって、ひとりで食べてもつまりませんもの」

と、由紀が、微笑した。

「しかし、私たちみたいな年寄りよりも、さっきの笹本さんみたいな若い人のほうが、楽しいんじゃないかと思ってねえ」

晋平がいうと、由紀は、クスクス笑って、

「あの笹本さんは、写真を撮らせてくれっていうもんだから、仕方なく、撮ってもらっただけなんです。ああいう二枚目の男の人って、私の好みじゃないんです」

と、いった。その一言で、君子は、嬉しくなってしまったようだった。

「そうでしょう。そうでしょう」と、浮き浮きした声でいった。

「お父さん。やっぱり、私のいったとおりじゃありませんか」

「何のことですの？」

由紀が、不思議そうにきいた。

「あなたは、賢明だから、あんな女たらしみたいな男の人には、絶対に騙《だま》されないって、いってたんですよ」

「母さん。まだ、どんな人かわからないのに、そんなふうにいうのはいけないよ」

晋平が、軽くたしなめた。が、君子は、由紀に向かって、

「ねえ。由紀さん、あの笹本さんて人は、油断の出来ない男でしょう？」

と、きいた。

由紀は、困ったなという顔になって、

「それは、どうかわかりませんけど、女性には優しい男の人ですわ。私は、あんまり優し過ぎる人は、どうも苦手なんですけど」

「それごらんなさいな」

君子が、得意気にいったとき、彼女の言葉を裏書きするように、当の笹本が、若い女を連れて、ロビーに降りて来た。

二人は、肩を並べて、ロビーを出て行き、そこに待っているタクシーに乗って、街へ出て行ってしまった。

「やっぱり」

と、君子は、ひとりで、肯いてから、

「今の若い女の人は、あれは、私たちの6号車の乗客じゃありませんよ。きっと、このホテルで見つけた女ですよ。ね、やっぱり、女たらしだったんだわ」

「笹本さんだって若いんだから、旅の途中で、女の子と楽しく遊んでもいいじゃないか」

晋平が、いった。

由紀は、ニコニコ笑いながら、そんな日下夫婦の言葉のやりとりを聞いていたが、

「私たちも、行きません？」

と、誘った。

8

由紀が、タクシーで、日下夫婦を案内したのは、鹿児島市の繁華街である、天文館《てんもんかん》通りといわれるところだった。

商店街であると同時に、飲食街でもあり、同時に、クラブやスナックが並ぶ通りでもある。まだ七時だというのに、ピンクキャバレーの前には、客引きが、何人もたむろして、しきりに、客を誘っている。その間をすり抜けるようにして入ったのは、「かろく」という郷土料理の店だった。

「電話しておいた和田ですけど」

と、由紀がいうと、仲居が、三人を、奥の座敷に案内した。

「わざわざ、電話しておいてくださったのね」

君子は、嬉しそうにいった。

「ええ。有名なお店だそうですから、予約しておいたほうがいいと思って」

と、由紀が、微笑した。

飲みものとして、ビールと、さつま焼酎を頼んだ。

若い由紀も、ビールをコップに二杯ばかり飲んで、眼のふちを朱《あか》くしている。晋平は、もっぱら、焼酎を、美味《うま》そうに飲んでいた。

さすがに、海沿いの鹿児島の町だけに、出てくる魚は、いずれも新鮮だった。刺身も、東京の料理屋に比べて、美味く見える。それに、名物のさつまあげも、作り方が違うのか、柔らかく、美味い。

三人は、お喋りをしながら、ゆっくりと、九州の魚料理を楽しんだ。

その店を出たときは、九時を少し回っていた。

裏通りの客引きの数は、さっきより一層増えている。若い男がほとんどだが、中には、ホステスらしい若い女まで、通りかかる人たちに、誘いかけていた。

東京の盛り場では、客引きが、自粛しているといわれるが、この鹿児島の盛り場では、大っぴらで、その間を通り抜けるのは、大変である。

三人は、まっすぐ、大通りへ出て、そこから、タクシーを拾って、鹿児島観光ホテルに帰った。九時二十分だった。

9

初めて来た街というのは、人を興奮させるものである。それに、初めて見る桜島の姿。老人でも、そうした興奮は同じだった、というより、日下の両親は、まだ二人とも若い。ツインのベッドに入ったものの、なかなか眠れなくて、二人は、ぼそぼそと、お喋りをした。

「今日は、由紀さんに、ご馳走《ちそう》になってしまって、悪かったねえ」

と、晋平がいう。

「私も、払いますって、何度もいったんですけど、由紀さんが、強引に支払いをすませてしまったものですからねえ」

「どうしたらいいかな？　あんな若い娘《こ》におごられて、どうにも心苦しくてかなわんよ」

「そうですねえ。鹿児島市の次は、京都で二泊の予定でしょう。京都に着いたら、今度は、私たちが、懐石料理でも、ご馳走したら、どうですか。京都は、私も、一応は知っていますから」

「そうだな」

「それにしても、あの由紀さんを、ますます気に入りましたよ。お父さんだって、そうでしょう？」

「――」

「そうでしょう？　お父さん」

君子が、もう一度きくと、その返事みたいに、いびきが返ってきた。

翌朝六時十五分前に、二人とも、眼をさました。

カーテンを開けると、もう、夏の太陽の光が、射し込んできた。

今日も、上天気になりそうで、桜島が、くっきりと見える。

日下夫婦は、顔を洗い、身仕度をしてから、一緒にロビーに降りて行った。

本来なら、この時刻のロビーは、閑散としているはずなのに、今朝は、「旅号」の乗客たちで、一杯だった。

寝巻姿で、ロビーへ朝刊を取りに来た他の泊まり客が、びっくりした顔で、見つめている。

ここまで乗ってきたブルートレインの客車ごとに集まって、点呼をとることになった。

昨夜おそく、久留米から追いついた富田が、フロントで借りた椅子の上にあがって、

「各グループの人数を確認しながら、聞いてください。不幸なことに、皆さんの中の村川誠治さんという方が、昨日、列車の中で亡くなられました。私が、途中の久留米で、お降ろしして、医大病院で調べてもらったところ、心臓麻痺とわかりまして、東京から駆けつけたご遺族に、お引き渡しして参りました。大変に残念なことでしたが、これは、伝染病というの

ではありませんので、皆さんは、安心して、これからの旅をお楽しみください。バスは、五台待機しておりますので、まず、百五十人が、乗ってください。ここから駅までは、二十分で着きますし、西鹿児島駅の『旅号』は、皆さん全員が乗るまでは、発車しませんので、あわてずに行動してください」

と、呼びかけた。

「村川さんは、やっぱり、心臓麻痺だったんですねえ」

君子が、小さく溜息《ためいき》をついた。

「前の日まで、あんなに、元気にしていたのにねえ。心臓だって、丈夫そうに見えたんだがなあ。私に向かって、若いときは、テニスの選手をしていたと自慢していたんだよ」

晋平は、ぶぜんとした顔でいった。

そのとき、君子が、変な顔をして、

「由紀さんが、まだ、見えませんよ」

「そんなことはないだろう」

と、晋平が、いい返したとき、6号車のグループを点呼していた矢木という添乗員が、

「日下さん」と、晋平を呼んだ。

「人数が足りませんよ。二人も」

「和田さんがいないのかね？」

「彼女もいませんが、二十五人しかいないんです」

「自分を入れるのを忘れてるんじゃないのか？」

「そんなことはありません。ちゃんと入れてますよ。そうだ。笹本さんもいないんだ」

なるほど、由紀のほかに、笹本の顔も、見えない。

そんな晋平たちのグループのところに世話役の富田が、近づいて来た。

「どうしたんですか？」

「二人、まだ来ていないんです。笹本という男の人と、和田という女の人ですが」

と、晋平がいった。

富田は、舌打ちして、

「しようがないな。とにかく、部屋へ行って、連れて来ましょう。時間がない」

「私も一緒に行きますよ」

「私も」

晋平と、君子が、同時にいった。

え？　という顔を、富田がするのへ、君子が、

「和田由紀さんは、私たちの娘みたいなものですからね」

と、いった。

三人は、まず、フロントで、和田由紀と、笹本の部屋番号を聞き、内線電話をかけてみた。

どちらも、ちゃんと、ベルが鳴るのだが、電話口に出て来ない。

三人は、顔を見合わせた。どの顔にも、不安の色があった。どうしても、村川誠治のことを思い出してしまうからだろう。

部屋にいるのなら、あれだけ電話が鳴れば、出て来るはずだし、眠っていても、目を覚ますだろう。それなのに、返事がないということは――。

富田は、フロントに向かって、

「一三七四号室と、その隣りの一三七五号室のキーはどうなっています？」

と、きいた。

「どちらもお客様が、お持ちになっていらっしゃいますが」

「ということは、二人とも、ホテルの中にいるということですね？」

「そうですね。外出されるときは、ここに、キーを預けていかれることになっていますから。ただ、お客様の中には、ときたま、キーを持ったまま外出される方も、いらっしゃいますが」

「誰か、マスターキーを持って、私と一緒に来てください」

と、富田が、いった。

ボーイの一人が、マスターキーを持って、富田たち三人と、エレベーターで、三階にあがった。

一三七四、七五号室は、三階の廊下の端のほうにあった。

ボーイが、二つの部屋を開けた。

富田が、笹本の部屋に飛び込み、隣りの和田由紀の部屋には、日下夫婦が飛び込んでいった。

富田のほうは、ひょっとすると、ベッドの上に、笹本という乗客の死体が横たわっているのではあるまいかと、あらぬ想像を持っていたが、狭いシングルルームには、どこにも、死体などはなかった。

ほっとしながら、バスルームを調べたり、衣裳ダンスをのぞいたりした。ついでに、床に腹這《ば》いになって、ベッドの下も見てみたが、どこにも、笹本の姿はなかった。

隣りの一三七五号室に飛び込んだ晋平と君子は、床に倒れている寝巻姿の和田由紀を見つけて、駆け寄った。

「どうしたの？　由紀さん」

と、君子が、じゅうたんの上に腰をついて、由紀を抱き起こした。大柄な彼女の身体は、ぐんにゃりとして、正体がない。

「どうだ？　どうなんだ？」

晋平が、心配そうに、のぞき込んだ。

「息はありますよ。すぐ、お医者さんを呼んでくださいな」

「すぐ呼んでくる」

晋平は、部屋を飛び出すと、エレベーターでロビーに降り、フロントに、すぐ、救急車を呼んでくれるように頼み、一行の中の川島医師を引っ張って、一三七五号室に戻った。

川島は、君子だけを部屋に残して、あとの男たちを、廊下へ出してから、由紀の胸をはだけ、診察にかかった。

「どうなんでしょうか？　先生」

と、君子が、蒼ざめた顔できく。本当の娘みたいに、心配なのだ。

川島は、返事をせずに、黙って、診察を続け、それがすむと、今度は、立ち上がって、テーブルの上のコーヒーカップを手にとった。

ルームサービスでとったコーヒーらしく、コーヒーポットも置いてある。

川島医師は、そのカップに残っているコーヒーに、人差し指をつけて、それを舌でなめてみたり、匂《にお》いをかいだりしていたが、

「やっぱり、睡眠薬ですね。致死量ではないようなので、死ぬ心配はありませんが」

と、君子にいった。

「なぜ、睡眠薬なんかを、飲んだりしたのかしら？」

君子は、首を振った。どう考えても、わからないことだった。

「それは、あなたのほうが、ご存じなんじゃありませんか。この人の親代わりだと、聞きま

したが」

と、川島がいう。

「勝手に、親代わりになっているんですけどねえ」

君子が、いったとき、白衣姿の救急隊員が二人部屋に入って来た。彼らに、川島が、事情を説明した。

「それじゃあ、警察にも知らせておいたほうがいいですね」

と、片方の救急隊員がいい、部屋の電話を使って、警察に連絡し、そのあと、まだ正体のない和田由紀を、担架にのせて、運んで行った。

そうしている間に、第一陣の百五十人を西鹿児島駅に運んだ大型バス五台は、ホテルに戻って来て、残りの第二陣を乗せていた。

富田は、日下夫婦に向かって、

「とにかく、あとは、私に委《まか》せて、お二人も、バスで、西鹿児島へ行ってください」

「それは、出来ませんよ。由紀さんがどうなるか、わかるまでは――」

とんでもないという調子で、君子が、いった。

「彼女は、大丈夫ですよ。生命《いのち》に別状ないことは、この川島医師がうけあってくれていますからね。救急病院で、すぐ治って、列車を追いかけていくと思いますよ。私が、連れて行くことを約束してもいい。京都で一緒になりますよ。もう一人の笹本さんも、きっと、昨夜、街のクラブかスナックで飲み潰れてしまったんだと思うから、見つけて、列車に乗せますよ。だから、お二人とも、安心して、駅へ行ってください」

「由紀さんが気がついたとき、傍にいてあげたいんですよ」

君子は、頑固にいった。

「私も、同じですよ」と、晋平もいった。

「それに、私たち夫婦は、昨日の夕食を、彼女と一緒に、鹿児島の町の魚料理の店でとったんです。そのときの雰囲気では、睡眠薬を飲むようには、全く見えませんでしたからね。どうも、心配なんですよ」

「何がですか?」

「誰かに、睡眠薬を飲まされたんじゃないかと――」

「そんなことは、考えられませんね」

「じゃあ、なぜ、彼女が、睡眠薬を飲んだと思うんですか?」

「旅行に出ると、なかなか、寝つかれないという人が、よくいるんです。和田由紀さんも、それで、医者に頼んで、睡眠薬を持ってきたんじゃありませんかね。それを、間違えて、飲み過ぎてしまった。私は、そんなところだと思いますがねえ。だから、お二人は、バスに乗ってください。すぐ、出ますよ」

「いいえ。由紀さんのことが、はっきりするまで、私は、ここに、います」

君子は、てこでも動かないという顔になっていた。

富田と、日下夫婦が、押し問答をしているうちに、五台のバスは、時間が来て、出発してしまった。

その代わりのように、パトカーが、ホテルに到着した。

# 第三章　鹿児島市

## 1

鹿児島県警の刑事が、二人、やって来て、富田から事情をきいたあと、部屋を調べ始めた。

衣裳ダンスには、由紀のドレスが、かかっている。

ベッドの横には、白いスーツケースが置いてあった。

刑事の一人が、それを、ベッドの上にのせて、開けてみた。錠は、かかっていなかった。

もう一人の刑事は、机の上にあった由紀のハンドバッグの中身を調べている。

富田も、日下夫婦も、彼らの動きを、見つめているよりなかった。

そのうちに、ハンドバッグを調べていた刑事が、「あったぞ」と、小さな薬びんをつまみあげて、同僚の刑事に見せた。

「睡眠薬だ。たぶん、旅先で眠れなくて、飲んだんだろうが、量を間違えて、少し、余計に飲んでしまったんじゃないかね」

「不眠症なら、病院で、睡眠薬を貰《もら》えるからね」

と、もう一人の刑事がいった。

「それじゃあ、事故みたいなものですか？」

富田がきいた。

「そうでしょうね。自殺を図ったのなら、致死量を飲みますからね。生命《いのち》に別状はないわけでしょう？」

「そうです」

「それなら、単に、飲む量を間違えただけのことでしょう」

「刑事さん。誰かが、和田さんに、飲ませたということは、考えられませんか？」

晋平がきいた。

背の高い、細面の刑事が、

「何のためにですか？」

「もちろん、殺すためですよ。睡眠薬で殺せば、みんなが、自殺と思い込みますからね」

「それなら、致死量を飲ませるでしょう」

と、刑事は笑った。

確かに、そのとおりだろうが、晋平には、何となく、釈然としなかった。

警察が、睡眠薬のびんと、コーヒーのポットとカップを押収して、帰って行ったあと、富田は、ほっとした顔で、

「これで、一つは、片付きましたね」

と、日下夫婦を見た。

「本当に、片付いたと思いますの？」

君子が、眉をひそめて、きいた。

「自殺未遂でも、殺人未遂でもないことがわかりましたからね。あとは、和田さんが早くよくなって、あとの八日間を、一緒に旅行してくれることを祈るだけです。となると、残るのは、笹本さんですがね。私が、鹿児島の街を捜しますよ」

「笹本さんといえば、昨日の夕方、若い女の人と、ホテルを出て行くのを見ましたね」

と、晋平がいった。

「何時ごろですか？」

「六時ちょっと過ぎかな。町へ、夕食をとりに行ったんだと思っていたんですよ」

「若い女というのは、この旅行のメンバーの一人ですか？」

「いや、違うみたいでしたよ。顔は見覚えがなかったし、ワッペンをつけていませんでしたからね。このホテルで、知り合ったんじゃありませんか。小柄で、なかなか、チャーミングでしたよ」

「その女性と、今でも一緒にいるのかな?」

と、富田が呟《つぶや》いたとき、ボーイが、顔をのぞかせて、

「日本一周旅行の責任者の方、フロントに、電話が入っています」

と、いった。

## 2

富田は、フロントへ降りて、受話器をとった。

「東京鉄道管理局の富田ですが」

「日本一周旅行の責任者の方ですね?」

「そうです」

「こちらは、鹿児島県警の木下という者ですが、お話をうかがいたいので、これから、そちらへ伺います」

「ちょっと待ってください、乗客の一人が、睡眠薬を飲んだ件については、もう警察に話しましたし、了解を得たはずですが」

「いや、その件じゃありません。笹本貢という人の件です」

「じゃあ、笹本さんが見つかったんですか?」

「見つかりました。では、すぐ伺いますから、ホテルのロビーで、待っていてください」

木下という刑事は、ほとんど一方的に喋って、電話を切ってしまった。

富田は、笹本が見つかったということに、ほっとしながらも、木下の怒ったような口調が気になった。ひょっとすると、何か事件でも起こして、警察に留置されているのかもしれない。

軽犯罪ぐらいなら、何とかもらい下げられるが、もし、昨夜、どこかで飲んで、刃傷沙汰《ざた》でも起こしてしまっていたら、事《こと》である。それも、相手に重傷を負わせていたら、富田だけでなく、国鉄の責任も問われかねない。

(困ったことにならなければいいが――)

と、富田が、ロビーで呟いたとき、日下夫婦が、エレベーターを降りて来た。

「どうなさるんです？」

富田が、二人にきくと、君子が、

「これから、由紀さんが運ばれた病院へ行ってみようと思うんですよ。心配ですからね」

と、いい、夫の晋平を促して、タクシーで出かけて行った。

県警のパトカーが着いたのは、五、六分してからだった。
三十五、六歳の私服の刑事が降りて来ると、目ざとく、富田を見つけて、
「富田さんですね？」

「そうです」

「県警の木下です」

と、相手は、律義に、警察手帳を見せた。

「笹本さんが、何か事件でも起こしたんですか？」

と、富田は、きいた。傷害事件でも起こして、留置されていて、それで、昨夜は、ホテルに帰れなかったのではないかと、思ったからである。

「いや。笹本さんは、死にました」

「死んだ？」

「実は、今朝早く、市内を流れる甲突川で、水死体が見つかったんですが、背広に、笹本というネームが入ってましてね。それに、旅号のワッペンをつけていたので、こちらに連絡したわけです」

木下刑事は、たんたんとした口調でいった。

富田は、一瞬、言葉を失ったみたいに、黙っていたが、木下に、

「遺体を確認していただけますか？」

と、いわれて、「もちろん」と、肯《うなず》いた。

富田は、木下に促されて、パトカーに乗り込んだ。

走り出した車内で、富田は、腕時計に眼をやった。すでに、七時二十分である。一行は、

もう西鹿児島を出発しているだろう。

「なぜ、笹本さんは、市内の川で、水死なんかしたんでしょうか？」

と、富田が、きいた。

「私にもわかりません。酔って転落したのかもしれませんし、誰かに、突き落とされたのかもしれません。一カ月前にも、酔っ払い同士が、喧嘩《けんか》しましてね。片方が、川に突き落とされたことがありました。九州の人間は、喧嘩早いですから」

笹本の遺体は、医大病院に運ばれていて、パトカーは、そちらに急行した。

地下の死体置場で、富田は、遺体を見た。

富田は、今度の旅行に参加している三百人の乗客一人一人の顔を覚えているわけではなかったが、全員がつけているワッペンは、彼がデザインしたものだし、三百人の乗客の名簿は、持っていた。

まず、ワッペンを見たが、本物だった。それに、乗客名簿についている顔写真と、死体と、一致した。

名簿によれば、笹本貢は、昭和二十七年生まれとあるから、満で三十歳である。

職業は、ファッションデザイナーとなっている。

連絡場所は、東京の渋谷にある「及川《おいかわ》デザイン研究所」となっていて、個人の名前は出ていないから、結婚はしていないのかもしれない。

「警察としては、念のために、解剖したいのですがね」

と、横から、木下刑事がいった。

「というと、殺人の疑いが強いということですか？」

「いや、さっきもいったとおり、事故死か、他殺か、五分五分だと思っています。それで、死因を確かめ、どちらか判断を下したいのです」

「一応、家族に連絡してみます」

富田は、病院の電話を借りて、及川デザイン研究所へ連絡してみた。

電話口に、所長が出てくれた。

「ああ、笹本君なら、うちの人間ですが、彼が、どうかしましたか？」

と、所長がきいた。

「亡くなりました。鹿児島でです」

「亡くなった？」

と、所長は、一瞬、言葉を詰まらせてから、

「彼は、日本一周の列車に乗って、出かけているはずですが」

「そうなんです。笹本さんは、日本一周の旅号に乗られました。西鹿児島のホテルに泊まられたんですが、今朝、市内の川で、溺死《できし》体で発見されました。警察は、酔っ払って落ちて溺死したのか、喧嘩をして、投げ込まれたのか、どちらかといっているのです」

「そうですか。いい男ですが、酒と女に弱いほうでしたからね。もし、ご迷惑をおかけしたのなら、お詫びいたします」

「そんなことはありませんが、ご家族は、いらっしゃらないんですか？」

「結婚していませんし、自分では、天涯孤独みたいなことをいっていましたね。うちでは、職員のプライバシイには、立ち入らないことにしているので、本当かどうかはわかりませんが」

「そうですか」

「私が、さっそく、そちらに伺わなければいかんのでしょうが、実は、今夜、成田からアメリカに発《た》たなければならないのです」

「実は、死因を確認したいので、警察は、解剖したいといっているのです。ご家族がいるのなら、その同意を頂きたいと思いましてね」

「今も申しあげたように、家族はいないようなのですが――」

「わかりました」

と、富田はいって、電話を切ると、その旨を木下に告げた。

「じゃあ、解剖に回しましょう」

と、木下がいった。

木下は、その手続きをすませたあと、富田を、病院近くの喫茶店に誘った。

木下は、コーヒーを注文してから、

「私は、コーヒー党でしてね。一日一回は、飲まないと、何か、忘れ物をしたような気にな
ってしまいましてね」

といい、初めて、ニッコリとした。無表情に見えた顔が、笑った瞬間、急に、好人物の顔
になった。

木下は、本当に、美味《うま》そうに、一杯二百五十円のコーヒーを、口に運んでいる。幸福そう
な顔である。

富田は、相手が、なぜ自分を喫茶店に誘ったのかわからず、黙っていると、

「三百人もの乗客の世話をするというのは、大変でしょうね」

と、木下は、いった。

「大変ですが、これが仕事ですし、各鉄道管理局からの援助もありますからね」

「西鹿児島に来る途中で、乗客の一人が、心臓麻痺で亡くなったそうですね？」

木下は、カップを置いて、まっすぐに、富田を見つめた。その顔から、笑いは消え、好人
物らしさもなくなって、刑事の顔になっている。

「そうです。どうも、今回のイベントは、最初から、ついていません」

と、富田は、肩をすくめた。

去年の日本一周旅行は、列車の運行に、多少のミスはあったものの、一人の病人も出ずに、

無事、全員が、旅行を了《お》えたのである。

それなのに、今年の旅行は、第一ポイントの西鹿児島までで、すでに、二人の乗客が、死んでいる。

「責任者として、どう思われますか？」

「どう思うといわれましてもね」

と、富田は、困惑した表情で、

「昨日の村川さんは、心臓麻痺を起こしたんだし、今日の笹本さんは、私の眼の届かない街《まち》中《なか》で、酔って川に落ちたか、喧嘩して、突き落とされたわけでしょう。私には、どうしようもありませんよ。医者が同行していますが、三百人の乗客を、つねに監視しているわけじゃありませんから、その中の一人が、心臓麻痺を起こしたとしても、どうしようもありません。私としても、同じです。笹本さんの場合、外出を禁止して、ホテルに罐詰めにしておくわけにもいきませんからね」

「確かにそうですね」

「笹本さんの場合ですが、万一、酔って喧嘩して、川に突き落とされて、溺死したのだとしても、同じ乗客の中に犯人がいなければ、残りの乗客には、日本一周の旅を続けさせたいのですよ。国鉄としては、皆さんと、契約したわけですから」

「今ごろは、どの辺りを走っているわけですか？」

「そうですね」

と、富田は、腕時計に眼をやった。

「今朝の七時に、今度は日豊《にっぽう》本線回りで、小倉に向かいました。関門トンネルを抜けたあとは、山陰本線回りで、京都へ向かいます。そして、京都で二泊して、市内を見物です。今、この時間は、都城《みやこのじょう》辺りだと思いますね」

「笹本さんも、出来れば、誤って、川に落ちたのなら、いいと思いますが」

木下刑事は、語尾を濁した。あるいは、警察の人間らしく、事件と、決めてかかっているのかもしれない。

「解剖の結果は、いつわかるんですか？」

「昼前にはわかると思いますよ」

「つまり、そのときまでに、事故死か、他殺かもわかるというわけですね？」

「わかるかどうかというより、その解剖までには、警察としての判断を下すことになるでしょうね」

と、いういい方を、木下刑事は、した。

「では、私は、和田由紀さんのことが心配なので、どんな具合か、見てきたいのですが」

「ああ、睡眠薬を飲んだ女性ですね？」

「そうです。もし、何かありましたら、鹿児島観光ホテルのフロントへ、伝言しておいてください。事件が片付くまで、あのホテルに滞在するつもりです」

3

和田由紀が、救急車で運ばれたのは、ホテルに近い、前田という総合病院だった。

まだ、十時前なので、病院の入口は、閉まっている。

富田は、「職員専用」と書かれた入口から中に入った。

がらんとした待合室には、日下夫婦が、ぽつんと、並んで、腰を下ろしている。

(実の娘の容態を心配する両親みたいだな)

と、富田は、ほほえましさと、奇妙さを、同時に感じながら、

「どんな具合ですか?」

二人に、声をかけた。

「お医者さんは、大丈夫だから安心しなさいといってくれたんですけどね。まだ、気がつかないらしくて――」

君子が、心配そうにいった。

富田も、二人の横に腰を下ろした。眠たそうな眼をした看護婦が、三人を横眼で見ながら、通り過ぎていく。夜勤明けの看護婦なのだろう。

富田は、病院の匂《にお》いが、嫌いだった。父親が、長いこと入院した末に死んだからかもしれない。

三十分ほどして、病室から、医者が出て来た。

「気がつかれましたよ」

と、医者は、君子たちにいった。

「話が出来ますか？」

富田が、きいた。

「出来ますが、あまり、患者の神経に触るような話は、しないでください」

と、医者は、釘を刺した。

三人は、病室へ入って行った。

二人用の病室だが、もう一つのベッドは、空だった。

和田由紀は、眼を開けて、三人を見た。が、まだ、その眼は、ぼんやりしている。

「大丈夫？　由紀さん」

君子が、相手の顔を、のぞき込むようにして、きいた。

「何があったのかしら？」

と、由紀が、きき返した。

「あなたは、コーヒーに混ぜた睡眠薬を飲んで、今まで、こんこんと眠っていたんですよ」

富田がいうと、由紀は、小さく、頭を振って、

「あれは、やっぱり、睡眠薬だったの。まだ頭が、ぼんやりしてるわ」

「何があったのか、話してくれないかな」

と、晋平がいった。

「昨夜の十一時近くなって、急に、コーヒーが飲みたくなったんです。それで、ルームサービスで注文したんですけど、なかなか来ないので、バスに入っていたら、ベルが鳴りました。裸で出て行くわけにもいかないので、廊下に置いておいてっていったんです。サインはあとでするからって。バスを出て、寝巻に着がえて、廊下に置いてあるコーヒーを飲みました。何となく変な味がするなと思ったんですけど、コーヒーが好きだから、一杯目は、飲んでしまって、二杯目で、これは、何か入っていると、飲んでから、あわてて、洗面所で、吐いたんです。でも、そのあとのことは、よく覚えていないんです。気がついたら、ここに寝かされていて――」

由紀は、まだ、少し、もつれ気味の口で、いった。

「じゃあ、誰かが、あなたに、睡眠薬を飲ませたことになる」

晋平が、いうと、富田が、あわてて、

「ちょっと、待ってください。ねえ、和田さん。警察が調べたら、あなたのハンドバッグに、睡眠薬のびんが、入っていたんですよ。あなたが、量を間違えて飲んだんじゃありません

か？」

「睡眠薬なんて、私、持ってきていませんわ」

「じゃあ、なぜ、あなたのハンドバッグに、入っていたんです？」

「そんなこと、知りませんわ」

「しかしねえ――」

「なぜ、由紀さんの言葉を信用なさらないの？」

君子が、咎《とが》めるように、富田を見た。

富田は、「ちょっと待ってくださいよ」と、両手で、制するようなゼスチュアをした。

「いいですか。冷静に考えてもらいたいんです。私には、和田さんのいっていることが、本当か嘘《うそ》かわからない」

「それなら、なぜ、由紀さんの言葉を信用してあげないんです？」

君子が、また、いった。

富田は、また、手をあげて、

「まあ、私のいうことを聞いてください。和田さんが気がついたとなれば、警察が、事情聴取にやって来ますよ。そのとき、和田さんが、誰かに、睡眠薬を飲まされたといったら、どうなります？　その犯人は、今度の旅行のメンバーの中にいると考えるのが常識でしょう。警察は、当然、足止めをかけて、メンバーの一人一人を調べますよ。犯人が誰かわかるまでは、移動は、禁止される。三百人の人たちは、お金と、時間が、いくらでもあって、今度の旅行に参加したわけじゃないでしょう。中には、そういう恵まれた人もいるかもしれないが、大半の参加者にとって、十日間も休みをとるのは大変だったと思うし、二十万円という参加費も、楽ではなかったと思うんですよ。それが、台無しになってしまうんです。和田さんの話は、本当かもしれないし、メンバーの中に、犯人がいるかもしれない。しかし、その一人のために、他の人たちは、楽しみにしていた十日間の旅を、駄目にするかもしれないんです。もう一つ考えていただきたいのは、市内の川で、水死体で見つかった笹本さんのことですよ」

「え？」

と、由紀が、富田を見た。

「ああ、和田さんは、まだ、知らなかったんですね。ホテルにいないので、捜していたところ、笹本さんは、鹿児島市内を流れる甲突川に、浮かんでいたんです。酔って、川に落ちたのか、それとも、喧嘩でもして、相手に突き落とされたのか、警察は、どちらとも判断をつけかねているようですが、そんなときに、和田さんが、誰かに、睡眠薬を飲まされたと、いってごらんなさい。警察は、間違いなく、二つの事件を結びつけて考え、旅行を中止させて、捜査しますよ」

「――」

『『旅号』は、今ごろ、日向市《ひゅうが》辺りを走っているでしょう。右手に、日向灘《なだ》が続き、左手は、山脈《やまなみ》の景色の美しいところです。きっと、みんな、景色に見とれていると思いますよ。関門トンネルを抜けてから、山陰本線に入りますが、山陰も、美しい景色の連続です。そのあと、京都、青森、そして、北海道を回るんです。きっと、みなさん、期待しながら、今ごろ、列車に乗っていると思いますね。それが、駄目になるんですよ。警察は、犯人が見つかるまで、足止めをするでしょうからね。メンバーの中には、二度と、十日間もの休みをとって、今度のように旅行の出来ない人だって、沢山いると思うんです。そういう人たちのことを考えると、どんなことがあっても、旅行は、続けなければいけないと思うんです」

「じゃあ、私に、どうしろとおっしゃるの？」

由紀が、じっと、富田を見た。

「幸い、警察は、あなたが、睡眠薬の量を間違えて飲んだと思っています。それなら、事件でも、何でもないわけです。旅行は、続けられるんです。そうしてください。お願いします」

「わかりましたわ」

と、由紀が、肯いた。

4

午前十時三十分になって、笹本貢の解剖が終わった。

死因は、やはり溺死であった。死亡推定時刻は、八月四日の午後十時から十一時までの一時間。

血液中のアルコール度から見て、かなり、酔っていたことが、想像された。外傷は、ほとんどない。頭部、肩に、軽い打撲傷があったが、これは、甲突川に落下するときか、あるいは、流されているとき、何かに、ぶつかったためかもしれない。

この解剖結果だけでは、溺死は確認されたものの、酔って、川に落ちたのか、それとも、何者かに突き落とされたのかわからなかった。

鹿児島県警の意見も、二つに分かれた。

もし、和田由紀が、何者かに睡眠薬を飲まされたと証言していたら、警察は、笹本貢の死も、他殺の疑いがあると、判断したかもしれない。

しかし、事情聴取をした刑事に対して、由紀は、眠れないままに、睡眠薬を、余計に飲んでしまったと証言した。

そのため、県警としては、笹本貢の件については、現場付近の聞き込みは行なうとしながらも、事故死の可能性が強いとして、捜査本部を、設けなかった。

午後になって、由紀も、退院した。

いったん、鹿児島観光ホテルに戻った富田たちと、飛行機で、「旅号」を追いかけることにした。

「旅号」は、臨時列車だし、今度の旅行の目的は、ゆっくりと、日本一周を果たすことで、スピードは、考えていなかった。また、普通列車の運行も、さまたげないように、ダイヤが組まれている。そのため、待避して、普通ダイヤの列車を、先行させるので、自然に、スピードはおそくなってくる。

西鹿児島を七時に出発した「旅号」が、第二ポイントの京都に着くのは、翌日の十七時三十分の予定になっていた。実に、三十四時間三十分の旅である。

山陽本線経由ではなく、日本海側を回る山陰本線経由の旅とはいえ、臨時列車ならではのダイヤだった。

西鹿児島からエル特急に乗ると、七時間四十四分で、小倉に着く。小倉から門司までは、普通列車でも六分しかかからない。下関まででも十五、六分である。

山陰本線に、下関で乗ったとして、特急が、新大阪まで行っていて、この所要時間は、十一時間五十三分。合計すると、約二十時間である。

もちろん、接続の時間もあるし、都合のいい列車がない場合もあるだろうが、それにしても、「旅号」とは、大きな時間差がある。それだけ、「旅号」の場合は、待避時間が多いということである。

「旅号」は、門司に、十九時三十分に着き、電気機関車の交換と、他の列車の待避のため、四十五分間停車する。

現在、午後二時を回ったところである。

十六時三十分鹿児島空港発福岡行きの東亜国内航空に乗っても、十七時十分に福岡に着くから、「旅号」に、門司で、ゆっくり、乗り込むことが出来る。

空港まで、ホテルから、車で三十分あれば行ける。

「タクシーで鹿児島空港へ行きましょう。十六時三十分の便には、まだ、十分に空席があるそうですから」

と、富田は、晋平や、和田由紀に向かっていってから、晋平に、

「奥さんは、どこに行かれたんですか？」

「さあ、どこに行ったのかな？」

晋平も、周囲を見まわした。さっきまで、ロビーに一緒にいた妻の君子が、いなくなっていた。

「困りましたね。こういうときに、いなくなったんでは」

疲労のためか、富田は、つい、怒りっぽくなってしまっている。

「トイレにでも行ったんでしょう。すぐ、戻って来ますよ」

晋平は、のんびりした声でいった。

5

君子は、トイレに行ったのではなかった。

富田たちからは、見えない場所にある黄色い電話機にしがみついていて、電話していたのである。

相手は、東京警視庁捜査一課にいる息子の功だった。

百円玉を、積み重ねておき、それを、次々に投げ込みながらの電話だった。

「こっちの警察も、国鉄の添乗員の人も、ただの事故扱いなんだけど、私は、絶対に、そんなもんじゃないと思ってるのよ。由紀さんだって、誰かに、睡眠薬を飲まされたに決まってるわよ。笹本って人だって、酔って、川に落ちたなんて、私は、信じてませんよ」

「おれに、どうしてほしいんだい？」

日下がきいた。

「このあと、京都、青森、函館《はこだて》、札幌、釧路《くしろ》と、回るからね。きっと、また、何か起きると思うの。由紀さんは、西鹿児島じゃあ、危うく助かったけど、次には、本当に殺されてしまうかもしれないわ。お前の未来のお嫁さんの命が危ないんだよ」

「そんなふうに決められたら、彼女が、迷惑するんじゃないの？」

照れたような日下の声が、はね返ってきた。

「だから、休暇をとって、お前に、すぐ京都に来てもらいたいんだよ。京都からあとの旅行に、お前も、一緒に乗ってくれて、事件が起きるのを防いでもらいたいのさ。由紀さんが殺されるのを、防いでもらいたいんだよ」

「そんなことを、急にいわれても困るな。おれだって、忙しいんだ」

「でも、こうして、私の電話に出てるじゃないの？」

「今、一つの事件が解決して、待機しているんだよ。一時間後、いや、十分後に、殺人事件が起きて、飛び出さなきゃならなくなるかもわからないんだ。京都なんか、行けやしないよ」

「こっちだって、事件だよ。ひょっとすると、殺人事件と、殺人未遂事件かもしれないんだよ」

「たとえ、そうだとしても、管轄が違うよ」

「同じ人間だよ」

「しかしねえ――」

「すぐ、京都へ来て、私たちを助けてくれないんなら、勘当《かんどう》するからね」

君子は、きっぱりといった。

# 第四章　京都㈠

1

「勘当されかけているのかい？　お前さんは」

亀井《かめい》刑事が、若い日下をからかった。

「おふくろは、勝手なことをいうんで、困りますよ」

日下は、頭をかいた。

「日本一周の列車のメンバーの中で、殺人と、殺人未遂が起きているというのは、本当なのかね？」

十津川が、横からきいた。

「おふくろが、そういっているだけで、鹿児島県警は、酔って川に落ちての溺死、もう一人は、睡眠薬の量を間違えて飲んだんだといっています。もう一人死んでいますが、それは、心臓麻痺です」

「しかし、日下君。国鉄は、去年も同じような日本一周旅行をやっているんじゃないのかね？」

「そのとおりです。ほとんど同じルートで、期間も同じ十日間。それが成功したので、今回も、同じイベントを計画したんだと思いますね」

「そのときは、一人の死者も出なかったんだろう？」

「そうです。何かあったということは、聞いていませんから」

「それなのに、今度は、西鹿児島までで、すでに、二人の死者と、危うく死にかけた乗客を出しているというのは、どう考えても、異常なんじゃないかね？」

「異常かもしれませんが、どうにもなりませんよ。イベントの責任者である国鉄も、事件を調べた鹿児島県警も、単なる事故と、病死と、断定しているわけですから。管轄外のわれわれが、調べることは出来ませんよ」

「別に、うちが捜査しようとはいってないよ。ただ、見過ごしには出来ないと思うんだがね。また、同じような事件が起きるかもしれないんだろう？」

「おふくろは、それを心配しているみたいなんですが」

「どうだね。親孝行をしに行く気はないかね？」

十津川は、日下に向かって、微笑した。

「しかし、警部。はっきりと、事件が起きているというわけじゃありませんから」

「だが、事件の可能性もあるし、引き続いて事件が起きる可能性があるんだろう。もし、そうなら、誰かが、それを防がなければならないんだ。君なら、最適任じゃないかね？」

「私も、そう思うね」

と、亀井もいった。

「しかし、私は、今度の旅行に応募していないんです。国鉄側が、拒否したら、参加できませんが」

「その点は、私が、国鉄側と交渉しておくよ。乗客二人が死亡して、二人の欠員が出来たんだから、問題はないと思うね」

と、十津川がいった。

「問題は、費用ですね」と、亀井がいった。

「まさか、国鉄は、欠員が出来たからといって、タダで、日下君を乗せてはくれないでしょう。京都から参加するとすれば、多少の割引はしてくれるでしょうが」

「そうだな。費用は、われわれで、カンパしようじゃないか。日下君の親孝行のためだ。それに、もし、旅行中に、事件が起きれば、公用になって、費用も出るだろうが、それまでは、あくまでも、個人の資格で、参加するんだ。だから、一応、休暇届けも出したまえ」

「いいんですか？」

日下は、十津川を見た。

「いいさ。私もね、君のおふくろさん同様、今度の国鉄の日本一周旅行には、何か事件が起きているような気がしているんだ」

十津川は、そういい、国鉄本社に交渉するために、電話に、手を伸ばした。

2

富田たち四人は、タクシーで、鹿児島空港に着くと、福岡行きの八一二便に乗った。

晋平と君子は、自分で勝手に西鹿児島に残ったのだからと、福岡までの運賃は、自分たちで出した。

和田由紀の分については、一応、富田が支払った。睡眠薬の件について、こちらのいうとおりの証言をしてもらったことがあるからである。

DC―9による福岡までの飛行は、雲もほとんどなく、機体がゆれず、快適だった。

福岡空港に着くと、四人は、タクシーで、博多駅に出て、そこから、列車で、門司に向かった。

十七時三十三分に博多を出る快速に乗った四人は、十八時五十三分に、門司に着いた。

まだ、「旅号」は、到着していなかった。

富田が、博多駅の駅舎から、東京鉄道管理局に、連絡をとっている間、晋平たちは、博多駅の構内の食堂で、夕食をとった。

「今ごろ、『旅号』の中じゃあ、例によって、駅弁を食べているんじゃないかな」

晋平は、カツライスを、美味《うま》そうに、食べながら、妻の君子にいった。

「そうですねえ。みんなと一緒に食べる駅弁も、おいしいもんですね。山陰本線に入ったら、あの地方は、かにめしがおいしいんじゃないかしら」

と、いってから、君子は、横にいる由紀に、

「身体は、大丈夫？」

「ええ。もう大丈夫ですわ。ただ、睡眠薬のことを、信じてもらえなかったのが、残念ですわ」

由紀は、口惜しそうにいった。

「私たちは、由紀さんの言葉を信じてますよ。あなたは、あのホテルで、ルームサービスでコーヒーを頼んだんでしょう。ボーイが持ってきたとき、お風呂に入っていたんで、廊下に置いておかせた。あなたを憎んでいる人が、ドアの前に置いてあるコーヒーポットに、睡眠薬を、投げ込んだに決まっていますよ」

「私も、そう思うんですけど、国鉄の人も、警察も、信用してくれそうもなくて。現に、添乗員の富田さんは、私に、嘘の証言をしてくれって、いいましたわ」

「事なかれ主義なんですよ」

「こんなときに、倅《せがれ》の奴が、一緒にいてくれると、助かるんだがね」

晋平が、溜息《ためいき》まじりにいった。

君子が、クスッと笑って、

「ひょっとすると、あの子が、京都から合流するかもしれませんよ」

と、いい、電話連絡したことを話した。

「息子さんって、東京駅でお会いした方ですの？」

由紀がきいた。

「ええ。あれでも、なかなか、頼りになる子なんですよ。警察でも、二十五歳のときに、捜査一課の刑事になったくらいですから」

と、君子は、息子の自慢をした。

3

十九時三十分に、「旅号」が、門司駅に到着した。

十二両編成のブルートレインが、停止すると、三百人近い乗客は、一斉に、ホームに降りて来た。

午前七時に、西鹿児島を出発してから、今まで、車窓の景色は美しくても、やはり、座り疲れてしまったのだろう。

誰も彼も、ホームに降りると、伸びをしたり、体操をしたりしている。

6号車の二十三人は、ホームに、晋平たち三人がいるのを見つけると、歓声をあげて、取り囲んだ。

「もう大丈夫ですか?」

と、心配そうに、由紀にきく男の乗客もいれば、日下夫婦に、

「どうやって、門司まで来たんですか?」

と、きく乗客もいる。

君子は、得意そうに、飛行機で来たといった。

「よく晴れてたもんだから、みなさんの乗っている列車だって、ちゃんと見えましたよ」

「嘘をいいなさんな」

と、晋平がいい、どっと、笑い声が起きた。

国鉄側では、ホームで、お茶の接待をした。

ここで、関門トンネル用の電気機関車に交換し、さらに客車の中は、ベッドがセットされた。

出発までの時間、ベッドに入ってからの寝酒にするのか、ホームの売店で、ウイスキーの

ポケットびんを買っている乗客もいれば、九州の土産品を買っている乗客もいる。

「どうも、わかりませんわね」

君子は、ベンチに腰を下ろして、夫の晋平に、いった。

「何がだい？」

「みんな楽しそうにやっていますもの」

「いいじゃないか。みんな、楽しむために、今度の旅行に参加したんだから」

「でも、6号車の人たちまで、はしゃいでいるのは、どうなのかしら？　自分たちの仲間が、現実に二人も死んでいるんですからねえ」

「お前さんだって、さっきは、冗談をいって、みんなを笑わせていたじゃないか」

「あれは、みんなの気持ちを暗くしちゃいけないと思って、わざと、冗談をいったんですよ。下手な冗談なのに笑ってくれたんで、ほっとしたんです」

「みんなも、同じじゃないのかね」

「同じって？」

「6号車の人たちは、仲間が二人も死んでしまうし、由紀さんは、睡眠薬を飲んで、病院へ連れて行かれたりしたから、当然、薄気味わるく思っているはずだよ。だから、逆に、はしゃいでいるのかもしれない。お前さんみたいにね」

「そうでしょうかね？」

「そうさ。みんな怖いんじゃないかな。次は、自分が死ぬかもしれないんだから」

「あなたも、怖いんですか？」

「怖いねえ。もし、私が死んだら、あとのことを、頼むよ」

晋平は、冗談とも、真剣ともつかぬ調子で、君子にいった。

「いやですよ。縁起でもない」

君子が、いい返したとき、間もなく、発車するというアナウンスがあって、二人は、ホームのベンチから、腰をあげた。

4

6号車に乗り込むと、君子たちは、由紀と向かい合って腰を下ろしたが、

「あなたは、まだ、身体が完全じゃないんだから、早くお休みなさい」

と、君子は、由紀にいった。

由紀は、大丈夫ですといっていたが、やはり、まだ、身体がだるいのか、三十分もすると、上のベッドに入って、カーテンを閉めた。

すぐには眠れないらしく、門司の売店で買った週刊誌の頁《ページ》を繰っている音がしていたが、
列車が、下関に着き、また、機関車を、ディーゼル交換して、山陰本線に入ったころになる

と、その音も聞こえなくなった。

「眠ったようですね」

君子が、ほっとした顔でいったとき、通路を通りかかった乗客の一人が、

「ちょっと、お話を伺いたいんですが、構いませんか？」

と、二人に、声をかけた。
二十七、八歳の男の乗客で、自己紹介のとき、確か、浜野と名乗ったはずである。
「どうぞ。かまいませんよ」

と、晋平がいった。

浜野は、長身を屈めるようにして、二人と向かい合って、ベッドに腰を下ろして、

「前に、自己紹介しましたが、浜野です」

と、改めて、名刺を差し出した。

〈新日本新聞社会部　　浜野　栄一〉

「ほう。新聞記者の方ですか」

晋平は、その名刺を、妻の君子にも見せた。

「じゃあ、取材で、この旅に参加なさったんですの？」

君子が、探るように、相手を見た。

浜野は、手を振って、

「いや、この旅は、息抜きに参加したんです。ところが、鹿児島で、メンバーの人が、亡くなったり、睡眠薬騒ぎが起きたりしたでしょう。それで、何となく、寝た子が起こされましてね。お二人は、鹿児島に残って、いろいろと、事情をきかれたんだと思いますが、それを話していただけませんか。いや、記事にはしませんよ。今もいったように、仕事を忘れて、この旅行に参加しているわけですから」

「私は、由紀さんのことが心配だったから、ホテルに残っただけですよ」

と、君子が、いった。

「彼女の場合は、結局、どういうことだったんですか？」

「警察はね、由紀さんが、睡眠薬の量を間違えて飲んだんだと思ったみたいですけどねえ」

「誰が、そういっているんですか？」

「由紀さんは、そんなことはいってませんよ。睡眠薬なんて——」

君子が、いいかけると、晋平が、脇《わき》から、

「それは、まあ、いいじゃないか」

と、押さえるようにいった。

「そうですわね。本人だって、思い出したくないかもしれないし——」

「笹本さんは、酔っ払って、鹿児島市内の川に落ちたということを聞いたんですが、それは、本当ですか？」

と、浜野は、質問を変えた。

君子は、上のベッドを気にしなくていい話になったので、ほっとしながら、

「警察は、そう決めているみたいですわね」

「誰かに、突き落とされたということは、考えられないんですかね？」

「もし、警察が、そう思ったら、この旅行のメンバー全員が、事情をきかれるんじゃありませんか？」

晋平が、横からいった。

浜野は、「ふん、ふん」と、鼻を鳴らしながら、聞いていたが、

「そうなると、別に、何の問題もなかったわけですね。最初の村川さんは、病死だし、次の笹本さんは、自分で川に落ちて溺死。そして、和田さんは、自分の不注意で、睡眠薬を飲み過ぎたわけですからね」

「だからこそ、警察は、われわれの旅行を、中止させずにいるんでしょう。殺人の疑いでもあったら、全員が、足止めされていたと思いますよ」

晋平がいうと、浜野は、「なるほど」と、肯いた。

「それを聞いて、安心しましたよ。これから先も、妙な事件が起きるのは、かないませんか

らね」

「浜野さんは、また、誰か死ぬと思っているんですか？」

今度は、晋平がきいた。

「私は、新聞記者で、事件にはなれていますが、他の乗客の中には、かなり、心配している人がいるみたいですよ。今、日下さんがいわれたことを、他の人たちへも伝えて、安心させてあげますよ」

浜野は、そういって、自分の席へ帰って行った。

車窓の外は、もう、完全に、夜の気配になっている。闇の中に、黄色い家の灯が、すうっと、通り過ぎていくのが、ロマンチックで、同時に、寂しい。

「やっぱり、みなさん、心配しているようですわね」

と、君子がいった。

そうなら、どうしても、息子に来てもらいたいと、君子は、思った。

晋平は、じっと、浜野のくれた名刺を見ていた。

「新聞記者か――」

5

十時を過ぎて、日下夫婦も、ベッドに横になり、カーテンを閉めた。

ディーゼル機関車DD51に牽引された十一両の客車寝台は、夜の山陰路を、青い閃光《せんこう》となって、走り続けた。

乗客たちは、疲れて、眠っている。

富田も、4号車の端のベッドに、川島医師と上下に分かれて寝ていたが、なかなか、眠れなかった。

事件が続けて起きて、その収拾に追われて、ほとんど眠っていないから、肉体的には疲れているはずなのに、次々に、いろいろなことを考えてしまって、眠れないのである。

「先生」

と、富田は、上のベッドから、下にいる川島に声をかけた。

「何ですか？　眠れないんですか？」

「ちょっと、話をしたいんですが、かまいませんか？」

「いいですよ」

川島は、ゆっくり起きあがった。

端の席だけは、上下に片側だけのベッドしかない。

富田は、下に降りて、川島と並んで、腰を下ろした。片側だけだから、壁に向かい合う恰《かっ》好《こう》になる。

川島は、煙草を取り出して、富田にすすめた。

「眠れないんなら、睡眠薬も用意してきましたよ。軽い薬ですが、今まで、飲んだことがなければ、よく効きますよ」

「その睡眠薬なんですがねえ」

富田は、眉をひそめて、煙草を吸った。灰が、寝巻の膝の辺りに落ちてくる。いつもの富田なら、すぐ、神経質に叩《たた》き落とすのだが、今は、気付かずにいる。

「その睡眠薬は、現在、市販されていないでしょう?」

「ええ。市販されていません。医者が、患者を診察して、必要ならば、与えるわけです。今は、私が持ってきた薬も、診察してからでなければ、与えられません」

「REという睡眠薬ですが――」

「ああ、和田由紀さんが飲んだ薬でしょう。私も、同じものを持ってきていますよ」

「彼女は、びんに入れて持っていたんです。医者が診察して、与えたとしても、一びんも、一度に、与えますかね?」

「それは、あり得ませんが、こういうことはあると思いますよ。たとえば、不眠症で、一日に、二錠ずつ貰っているとします。それを、一錠だけ飲んで、残りは、溜《た》めていくわけです。あるいは、不眠症が治ったのに、それを告げずに、貰い続けているうちに、溜まったということもあるでしょうね」

「なるほど」

「何を考え込んでいるんです？」

「彼女が、不眠症に見えますか？」

「さあ。診察していないので、わかりませんね。しかし、彼女は、睡眠薬を飲んだんだし、REのびんも持っていたんでしょう？　それなら、文句はないんじゃありませんか？」

「ところが、彼女は、そんな睡眠薬なんか、持ってこなかったといっているんですよ。ルームサービスで、コーヒーを注文し、それを、ドアの外に置いておいただけだというんです」

「つまり、そのときに、誰かが、睡眠薬を、コーヒーに入れたというわけですね？」

「そういうことだと思います。しかし、もし、それが事実なら、犯人が、この乗客の中にいる可能性が出てきて、警察は、足止めして、全員を調べるに決まっている。このイベントが、めちゃくちゃになってしまいます。それで、彼女を説得して、睡眠薬は、自分で持ってきて、量を間違えて飲んだということにしてくれと頼んだんですよ。彼女が、そのとおりに、警察にいってくれたんで、こうして、日本一周旅行を続けていられるんですがねえ」

「彼女のいうことが、本当だと思っているんですか？」

「もし、事実だったらと考えると、眠れなくなりましてね」

「なぜです？」

「考えてもみてくださいよ、先生。もし、彼女の言葉が事実なら、乗客の中に犯人がいることになります。それだけじゃありません。川で溺死した笹本さんだって、ひょっとすると、乗客の誰かが、突き落としたのかもしれない。そんなふうに思えてくるんです」

「なるほど」

「私の第一の役目は、乗客の安全です。二人の乗客が死にましたが、このあとは、一人の怪我人も出したくないんですよ。私も、もう四十九歳で、子供も二人あります。仕事の失敗はしたくない」

「和田由紀さんですがね。誰かに睡眠薬を飲まされたというのは、嘘だと思いますよ。おそらく、大騒ぎになってしまったので、照れかくしに、嘘をついたんじゃないかな」

「なぜ、そういえますか？」

「確かに、廊下に置かれたコーヒーに、誰かが、睡眠薬を混入することは出来るでしょうね。しかし、富田さん。部屋の中にあったハンドバッグに、睡眠薬の入ったびんが入っていたでしょう。ドアは閉まっていたんだから、誰にも、それは、出来ないはずですよ。したがって、睡眠薬を、自分で、持参したことになるんじゃありませんか？」

「そうだ。そうですよ。そのとおりなんだ」

富田は、ぱっと、眼を輝かせた。

川島は、その変わりように、あっけにとられて、

「眠れないのなら、睡眠薬をあげましょうか？」

「いや、これで、ぐっすり眠れますよ。二人の死者が出たのは、偶然なんだと思いながら、和田由紀さんの証言で、自信がなかったんです。それで、また、京都で何か妙なことになるんじゃないかと、心配していたんですが、先生にいわれて、すべて、偶然なんだという確信が持てました」

「それは、よかった」

と、川島医師も、微笑した。

「もう十二時ですか――」

富田は、はじめて、気がついたように、腕時計を見て、立ち上がった。

「どこかに行くんですか？」

「一応、全部の客車を見て回ってから、寝ることにします。それが、私の仕事ですから」

富田は、通路に出た。

窓は全部、カーテンが降りてしまっているが、デッキに出ると、ドアについた小さな窓から、外の景色が見えた。

富田は、煙草をくわえて、小窓の外に流れていく夜景を見つめた。

遠く、暗く見えるのは、日本海だろう。そして、きらきらと光っているのは、いか釣り舟の灯だろうか。

富田は、初めて、景色を楽しめる気分になっていた。

6

出雲市駅《いずもし》が近づくころ、夜明けを迎えた。

やがて、左手の車窓に、宍道湖《しんじこ》が見えてきた。湖の向こう側に見える低い山脈は、島根半島である。

「旅号」は、松江で、停車した。待避線に入って、他の普通列車をやり過ごすので、一時間近い停車になる。

ホームには、簡単だが、朝食が用意されていて、列車から降りた乗客を喜ばせた。やはり弁当だが、温かいもので、カップ入りの味噌汁もついている。

乗客たちが、朝食をとっている間に、何本もの列車が、追い抜いていった。

食事をすませた日下君子は、高架になっているホームから、下へ降りて行き、駅の構内の電話で、東京の息子に、連絡をとってみた。

まだ、午前九時を過ぎたばかりだったが、それでも、警視庁の捜査一課につないでもらうと、息子の功が、すぐ、電話口に出た。

「今、松江だよ。京都に着くのは、午後五時三十分の予定になっている。お前も、京都に来てくれるんだろうね？」

「十津川警部は、オーケーしてくれたんだが、一週間以上の休暇を貰わなきゃならないからね。上のほうの許可が必要なんだよ」

「捜査一課長さんのかい？」

「そうだよ。母さんの話では、和田さんは、誰かに睡眠薬を飲まされ、二人の死んだのも怪しいことになるけど、もし、それが違っていたら、そんなあいまいな言葉で、捜査一課の刑事が一人、長い休暇をとって、列車に乗り込んだというので、マスコミの恰好のエサにされるからね。おれが、いくら個人の資格で参加したといったって、それは、通らないんだ。だから、課長や、刑事部長は、なかなか、うんといわないんだよ」

「お役所仕事だねえ」

君子は、溜息をつきながら、百円玉を、また一枚、投げ込んだ。

「上に立つ人ほど、慎重なんだよ。十津川警部も、説得してくれているから、大丈夫だと思うけれどね。『旅号』が、京都に着くのは、午後五時三十分だろう。新幹線なら、三時間で、京都まで行けるんだ。まだ、時間は、十分にあるよ」

「こっちは、もう百円玉がなくなっちゃったよ。こんなときに、男のいいところを、娘さんに見せるもんだよ」

「男の何だって？」

功が、きいたが、その途中で、電話は切れてしまい、ぷーんという金属音だけになってしまった。

7

日下は、受話器を置くと、困ったなというように、肩をすくめた。

それを見て、亀井が、十津川に、

「なぜ、課長は、うんといわないいんですか？　かたいことをいえば、有給休暇をとるのは、公務員たるわれわれの権利ですよ。年間二十日間ある有給休暇を、事件に追われて、ほとんど、とっていないわけですからね。日下君だって同じです。十二日までの休暇は、確かに長いですが、日下君にとっては、親孝行だし、事件の匂いもあるんですからね」

「押さえているのは、課長じゃなくて、刑事部長らしいんだ」

「部長ですか。あの人は、事なかれ主義だからなあ」

亀井も、溜息をついた。

三上刑事部長は、T大出の秀才で、警察畑では、出世コースを歩いている。こういう人間は、やたらに物わかりがいいか、まったく、官僚的かのどちらかになってしまう。中間というのがないのだ。それは、たぶん、すべてを頭で考えるからだろう。物わかりがいいのも、性格から出たのではなく、上に立つ者は、物わかりがよくなければならないと、頭で考えた結果なのである。

「京都に五時に着くには、東京駅を、二時には出発しなければなりませんよ」

亀井は、時計を見た。

「まだ、五時間あるから、何とかなるさ」

十津川が、いった。

「しかし、警部。あの部長が、急に、物わかりがよくなるとは思えませんがねえ」

亀井が、苦笑しながら、いったとき、本多捜査一課長から、すぐ来るようにと、十津川に電話がかかった。

「奇蹟が起きたかもしれんよ」

十津川は、亀井に、ニヤッと笑って見せてから、課長室に急いだ。

課長室には、本多のほかに、三上刑事部長もいた。

三上は、日下の出した休暇願いを、手に持っている。

「この休暇願いだがね」

と、三上は、十津川にいった。

また、文句をいわれるのだろうかと思ったが、本多課長は、ニコニコ笑っている。

「理由は、さっきお話ししたとおりで、おわかりいただけたと思いますが」

と、十津川は、三上にいった。

「親孝行かね」

「それに、日下君の両親の乗っている日本一周列車の中で、すでに、二人の乗客が死亡しています。病気と、事故死ですが、私は、何かあるような気がしてなりません。日下君が乗れば、次に起こるかもしれない事件が防げます。国鉄側の了解は、すでに取りつけましたし、京都から乗る費用も、用意出来ています」

十津川は、熱を込めていった。事件そのものよりも、若い日下刑事に、親孝行をさせてやりたかった。

「本当なら、こんなに長い休暇は、許可できないのだがね」

と、三上は、難しい顔でいってから、

「私も、部下の気持ちは、よくわかるつもりだ。両親の乗った日本一周列車で、二人も死者が出たら、それは、心配だろう。その気持ちを汲んで、特に許可することにした」

「ありがとうございます」

「休暇をとって、その列車に乗るのだから、身分は、一私人になるわけだが、もし、列車の中で事件が起こったら、マスコミは、そう思ってはくれん。警視庁捜査一課の、ばりばりの現職刑事が乗っていながら何だということになる。だから、日下君には、もう絶対に、事件が起きないようにしたまえと、君からいうことだ。それを条件に、この休暇を許可する」

三上は、それだけいうと、いつものせわしない足取りで、部屋を出て行った。

十津川は、首を振りながら、本多を見た。

「どうなってるんですか？　どうして、急に、部長は、物わかりがよくなったんですか？」

「私にもわからんよ。突然、この部屋に入って来て、日下刑事の休暇を許可するといったんだ。三十分前に、けんもほろろで、拒否したのにね」

「その三十分の間に、何かあったんですかね？」

「あの人は、政治的に動く人だが、まさか、一刑事の休暇について、上から圧力もかかるまい。まして、それを許可する方向にね。まあ、いいじゃないか。理由が何であれ、許可は出たんだ」

8

十津川の知らせは、日下刑事たちに、歓声をもって迎えられたが、亀井は、皮肉な眼つきになって、

「部長の突然の物わかりのよさが、気になりますねえ」

「課長も、首をひねっていたよ」

十津川は、笑った。

十津川は、時刻表を取り出してから、日下に向かって、

「『旅号』の京都着は、何時だったかね？」

「十七時三十分の予定です。さっき、おふくろからの電話では、順調に走っているようですから、予定どおり着くと思います」

「十七時三十分だとすると、十四時二十四分東京発のひかり一五五号に乗れば間に合うね。十七時十七分に京都に着く。それまでに、今まで、あの列車で起きた事件の概要をつかんでおいたほうがいいね」

「鹿児島県警にきいてみます」

日下は、すぐ、連絡をとった。

「旅号」では、二人の死者と、一人の病人が出ている。

病死の村川誠治については、鹿児島県警では、わからなかったが、あとの二人については、捜査一課の木下という刑事が、電話で、日下に説明してくれた。

「鹿児島市内の甲突川に浮かんでいた笹本貢ですが、事故死として処理しました」

「それは、酔って川に落ちたということですね？」

「そうです」

「目撃者でもいたわけですか？　それとも、事故死の何か証拠でも？」

日下は、メモをとりながら、きいた。

「現場近くの聞き込みをやりましたが、目撃者は、見つかりませんでした。われわれが、事故死と断定したのは、積極的な意味ではないんですよ。他殺と断定できる証拠がないので、事故死としたわけです」

「なるほど」

「笹本が、若い女と、市内で、夕食をとったことはわかっています」

「ほう」

「鹿児島観光ホテルから、笹本が、若い女と一緒に、タクシーで町へ出るのを、何人かが目撃していますし、二人で、夕食をとった店もわかっています。しかし、その店へ来たのは六時三十分くらいで、死亡推定時刻は、十時から十一時ですから、いったん、ホテルへ戻った公算が大きいのです」

「その女は、『旅号』の乗客の一人ですか？」

「いや、違います。同じホテルに泊まっていた別のグループの一人らしいのです。美人なので、笹本が、夕食に誘ったというところのようですね」

「では、和田由紀のほうは、どうですか？」

「彼女自身が、警察に話したところでは、不眠症なので、睡眠薬を持って、今度の旅行に参加した。ホテルへ入ってから、寝るときに、量を間違えて飲んでしまったというのです。本人が、そういうのでは、事件にはならないので、捜査は、打ち切りました」

「不眠症ですか」

「そういっていましたね。ただ、おかしなことが、一つあるんですよ」

「どんなことですか？」

「彼女が、救急車で運ばれたあと、警察で、ホテルの彼女の部屋を調べ、ハンドバッグの中にあった薬びんを見つけました。REとかいう睡眠薬の錠剤が、二十六錠入っていましたよ」

「どこがおかしいんですか？」

「その薬びんに、本人の指紋が、ついていなかったんです」

「本当ですか？」

「間違いありません」

「薬びんに、本人の指紋が、ついていないということは――」

と、日下は、いったん、言葉を切ってから、

「誰かが、彼女に睡眠薬を飲ませ、自殺に見せかけようと、薬びんを、ハンドバッグに入れておいたということになりますね？」

「そのとおりです。しかし、その方法がわからない以上、本人のいう説明を信じるより仕方

がありません」

「何者かに、睡眠薬を飲まされたとすると、なぜ、和田由紀は、嘘をついて、自分の不注意だと主張したと思いますか？」

「これは、想像でしかありませんが、もし、彼女が、何者かに睡眠薬を飲まされたとなると、同行者の中に犯人がいる可能性がありますからね」

「なるほどね。日本一周の乗客たちが、足止めされるのを心配して、国鉄側が、彼女に嘘をつかせたのではないかというわけですね」

「そうなんです。しかし、彼女が、自分のミスだと主張し、それに反論するだけの証拠がない以上、どうすることも出来ませんでしたよ」

木下刑事が、電話の向こうで、苦笑いしているのが、わかるような気がした。

「彼女の住所はわかりますか？」

「話を聞いたとき、念のために、控えておきました。住所は、世田谷区八幡山《はちまんやま》の第一富士見コーポ三〇八号室ですね。勤務先は、新宿西口の東西商事会計課となっています」

「ありがとう」

「どうされるんですか？」

「まだわかりませんが、何となく、気になりましてね」

とだけ、日下は、いった。

電話を切ると、腕時計に眼をやった。

和田由紀は、東京駅で会ったとき、まだひとりで、両親は、北海道にいるといっていた。とすれば、八幡山のマンションには、彼女ひとりで住んでいるのだろう。

日下は、東京駅へ行く途中で、西新宿の東西商事に寄ってみることにした。捜査一課長や十津川警部たちに挨拶してから、日下は、警視庁を出ると、まず、自宅に戻って、下着と洗面具などをボストンバッグに放り込み、西新宿に向かった。

ここに、東西ビルという超高層ビルがあり、東西商事本社は、その一階から五階までを占めている。

日下は、二階にある会計課に行き、彼女の上司である会計課長に会った。

「石田誠」という名刺をくれてから、三十七、八歳に見える課長は、

「和田さんが、何か、事件でも起こしましたか？」

と、心配そうにきいた。彼女のことを心配しているというよりも、部下に、何か事件でも起こされると、上司として困るという感じだった。

「いや、そんなことはありません。ただ、彼女が、睡眠薬を常用していたかどうかを知りたいのですよ」

「睡眠薬ですか？　そんな話は、聞いたことがありませんねえ。もっとも、私は、医者じゃありませんから、断定は出来ませんが」

「誰にきいたら、はっきりわかりますか？」

「厚生課に、内科の医者がいます。七月十五日に、全社員の健康診断をしたばかりですから、わかるかもしれませんよ。青柳という医者です。電話しておきます」

と、石田は、いった。

同じ二階に、厚生課がある。その隣りが、内科診療室になっていた。歯科診療室も、レントゲン室もある。大きな会社ほど、こういう施設に恵まれている。

日下は、その内科診療室で、青柳という医者に会った。
三十五、六歳の若い医者である。なかなかの好男子で、同じ部屋にいた小柄な看護婦が、明らかに、彼に惚れているのがわかる態度を見せていた。
「会計課の和田由紀さんですか」

と、青柳医師は、キャビネットから、一枚のカルテを抜き出して見ていたが、

「ああ、全くの健康体ですね。内臓は、きれいなものです。血圧も正常。悪いところはありませんよ。睡眠薬を常用してたなんて、何かの間違いでしょう」

「以前に、不眠を訴えてきたことはありませんか？」

「ありませんよ」

青柳がいったとき、奥から、若い女が顔を出して、彼に、

「先生、どうも。もうよくなりましたから」

と、いって、診療室を出て行った。

「今の人は？」

「奥にベッドが二つありましてね。気分が悪くなった社員が来て、ときどき、休んでいくんです」

「すると、この部屋には、誰でも、自由に入れるわけですか？」

「そうですね。勝手に寝ていく人もいますから」

「ここには、薬も置いてあるんですか？」

「ええ。もちろん、薬剤師もいますよ」

「REという睡眠薬もありますか？」

「ええ、あります。最近は、ストレスが溜まることがあって、不眠を訴えてくる人が、多いですからね。中年の管理職の方が多いですね」

「薬剤師の方を呼んでくれませんか」

「いいですとも。小山さーん」

青柳が、呼ぶと、奥から、眼鏡をかけた、女の薬剤師が出て来た。まだ二十代だろうが、骨ばった感じで、魅力のない女だった。

「REという睡眠薬が、置いてありますね？」

と、日下がきくと、小山という薬剤師は、眼鏡の奥から、じっと、日下を見つめて、

「ありますけど」

「数量は、控えてありますね？」

「もちろん。確か、百二十錠入りのびんが二つと、もう一びんには、三十六錠残っていたはずですけど」

「なくなっていないか、調べてみてくれませんか」

「ちゃんとありますわ」

「と思いますがね。とにかく、調べてください」

と、日下は、強くいった。

小山は、むっとした顔で、奥へ入って行った。

日下も、青柳医師と一緒に、そのあとに続いた。

奥に、ベッドが二台並べてあり、その横が、薬剤室だった。

小山薬剤師は、戸棚を開けて、そこに入っている薬を調べていたが、急に、「あれッ」と、大きな声を出した。

「おかしいわ。百二十錠入りのＲＥのびんが、一つなくなっているわ」

## 9

日下は、東京駅に駆けつけ、十四時二十四分発のひかり一五五号に乗った。

座席に腰を下ろしてから、東西商事の内科診療室から、睡眠薬ＲＥが、一びん紛失しているのは、どういうことだろうかと、考えた。

和田由紀が、盗んだというのが、もっとも妥当な考え方である。

気分が悪いからといって、あの部屋のベッドで休んでいて、薬剤師が、どこかへ行った隙《すき》に盗むというのは、簡単だったろう。

(しかし、盗んだ理由は、何だろう？)

不眠症だったが、医者にいうのが嫌だったので、盗んだのだろうか。

十日間の日本一周旅行に出るにあたって、眠れないのではないかという不安から、一びん持って出発した。

最初の西鹿児島で、ホテルに入ったが眠れず、そのため、睡眠薬を、必要以上に飲んでしまった。それが、明らかになるのが嫌で、何者かに飲まされたという嘘を口にしたのだろうか？

それとも、薬びんの紛失は、「旅号」の事件とは、無関係なのだろうか？

東西商事の社員の中には、彼女以外に、睡眠薬の欲しい人間がいて、その人物が、持ち去ったのかもしれない。社員なら、誰にでも、睡眠薬REを、あの内科診療室の薬剤室から盗み出すチャンスは、あったわけである。

鹿児島観光ホテルで、和田由紀が、自分で睡眠薬を飲んだか、あるいは、何者かに飲まされたかのいずれにしろ、使われた睡眠薬は、東西商事の内科診療室から盗まれたものとは別のものだという可能性もある。

(わからなくなったな)

と、日下は、舌打ちした。

「旅号」で起きた事件は、すべて、あいまいである。日下自身が、三つの事件を見ていないから、なおさら、あいまいの度合いが強くなってくる。

6号車のベッドの中で死んでいた村川誠治という喫茶店の経営者は、病死となっているから、これは、あいまいの度合いは少ないだろう。しかし、これについても、日下の母の君子は、とても元気だったのに、突然、心臓麻痺で死ぬのは、おかしいと、電話でいっている。

和田由紀の睡眠薬事件と、ファッションデザイナーの笹本貢の水死は、一層、あいまいである。事故にもとれるし、何者かによる犯行ともとれる。が、そのどちらと決めるだけの証拠は見つかっていないらしい。

夏の強烈な太陽が射し込んできて、顔が熱くなってくる。日下は、窓のカーテンを閉めて、また、考え込んだ。

すべてを、病死、事故、事故死と片付けることも出来る。それが当たっていれば、日本一周の「旅号」について、心配することはない。

しかし、もし、病死に見せかけた他殺、何者かによる睡眠薬の混入、そして、川へ突き落としての他殺であったら、これから先も、「旅号」で、事件が起きる可能性がある。少なくとも、犯人は、和田由紀を殺し損なったのだから、また、狙うだろう。

それに、三人とも、「旅号」の6号車の乗客なのだ。再び、誰かが狙われるとすれば、また、6号車の乗客ということになるのではないか。しかも、その乗客の中には、日下の両親が入っている。

のどが渇いたので、車内の売り子から、罐ビールを買って飲んだ。

10

ひかり一五五号は、午後五時十七分に、京都に着いた。「旅号」が、一番線ホームに着くまでには、まだ、ちょっと時間がある。

五時を過ぎていても、西陽が強く、そのうえ、盆地の都市らしく、風がない。ホームに立っていると、くらくらするような暑さである。

汗かきの日下は、クーラーのきいた列車からホームに降りたとたんに、じわっと、腋《わき》の下に汗が、吹き出してくるのを覚えた。

日下は、一番線ホームに近い烏丸《からすま》口から改札口に出ると、地下街《ポルタ》に入り、冷房のきいた喫茶店に入った。

観光都市らしく、東京からやって来た若い女の二人連れがいたり、子供を連れた外国人がいたりする。

再び日下は、ポルタから地上へ出て、入場券で改札口に入った。

まだ、相変わらず、西陽が強い。

日本で一番長いといわれる五六四メートルの一番線ホームでは、「旅号」の歓迎準備が始まっていた。

「歓迎・ブルートレイン旅号」の横断幕が張られ、京都駅の駅長と、助役一人が、駅員に、あれこれ、接待の指示を与えている。

花束を持った舞妓が二人、ベンチに腰を下ろしている。

その他、鉄道マニアらしい少年たちが、十五、六人、カメラを持って、うろうろしていた。

新聞社や、テレビの取材陣も来ている。

十七時三十分。

DD51に牽引された十一両編成の「旅号」が、ゆっくりと入って来た。とたんに、一番ホームに、テープの琴の音が流れた。

「旅」の文字をあしらったヘッドマークを、西陽にきらめかせて、「旅号」が近づくと、それを、カメラにおさめようと、少年たちが、白線の外まで踏み出そうとするのを、駅員たちが、押し戻した。

列車が停まると、乗客たちが、ホームに降りて来た。

添乗員の富田と、乗客を代表して、七十五、六歳の老人に、二人の舞妓から、花束が渡された。

冷たいお茶が、駅員たちと、KIOSKの女性によって、乗客に配られてから、長身の駅長が、歓迎のスピーチをした。

このあと、乗客たちは、駅前に用意されたバスで、東山ホテルに向かうことになっている。

日下は、6号車の辺りまで歩いて行き、両親を見つけて、声をかけた。

母の君子は、ニコニコして、

「来てくれたんだね、お前」

と、いったが、父の晋平のほうは、「うむ」と、肯いただけである。

和田由紀も、元気で、日下を見て、微笑したが、さすがに、顔色は、まだ、蒼白かった。

「これからあと、私たちと一緒に、旅行してくれるんだろう?」

と、君子がきく。

「だから、京都へ来たんだよ。上のほうで、国鉄側の了解をとってくれたんでね」

日下は、簡単にいった。

由紀も聞いているし、6号車の他の乗客もこちらを見ていたから、めったなことはいえなかった。何か起こりそうだから、捜査一課の刑事がやって来たと知れば、動揺が起こるだろう。


一行は、京都駅から、車で十五、六分のところにある東山ホテルに落ち着いた。

京都で、一、二を争う大きなホテルである。歴史も古い。

日下は、ホテルに着いてから、責任者の富田にあいさつした。

「ああ、本社から、電話がありましたよ」

と、富田は、いった。

どんなふうに話してくれたのだろうかと、日下が、黙っていると、富田は、続いて、

「6号車の日下さんご夫婦の息子さんだそうですね」

という。どうやら、刑事ということは、話してないらしい。

「二人も死んだので、両親が心細がりましてね。京都から先は、一緒に行ってくれと、電話でいってきたものですから、いろいろと、お願いしまして」

「なるほど。日下さんは、サラリーマンだとお聞きしましたが？」

「ええ、あまり有名でない会社で働いています。幸い、休暇がとれましたので、参加させて

いただきました」

「夕食のときに、皆さんに紹介しましょう」

と、富田は、いってくれた。

夕食を、六時半から、三階の大広間で、三百人近くが、一斉にとることになった。

富田は、夕食を始める前に、京都には、二日間を予定していて、明日は、自由行動だが、市内観光のバスも用意されている。それに乗る人は、午前九時に、ロビーに集合してくださいといい、続けて、日下を、紹介した。

日下は、ただ「よろしくお願いします」とだけいって、母の君子の隣りに腰を下ろした。

「母さん」

と、日下は、食事をしながら、小声で、いった。

「何だい？」

「おれが、警察の人間だということは、誰にもいわないほうがいいな。あの富田というリーダーも、知らないようだからね」

「でも、由紀さんは、知っているよ。お前のことは、全部、話しちゃったからね」

「彼女にも、ここで、口止めしておくつもりだよ。乗客の皆さんに、無用な心配は、かけたくないんだ。警察の人間が、途中で加わったとなると、何かあるんじゃないかと、不安がるだろうからね」

「でも、もう、何かあったんだよ。私はね、今だって、由紀さんが、睡眠薬を飲まされたんだと、信じているんだからね」

君子は、頑固にいった。

夕食がすみ、みんなが、ぞろぞろと、広間を出たところで、日下は、由紀をつかまえて、

「ちょっと、話したいことがあるんですが」

「それじゃあ、いったん部屋へ入ってから、あとで、プールへ行きません？　泳ぎながら、お話をしたいわ」

由紀は、微笑しながらいった。

「プールへですか？」

「このホテルにはプールがあって、夜の九時までやっているんですって。今年の夏は、まだ一度も泳いでいないんで、泳いでみたいんです」

「しかし、僕は、水着を持ってきてないんだ」

「私も。でも、貸し水着があるんですって」

「身体は大丈夫なんですか？」

「もちろん、大丈夫。じゃあ、プールで」

と、由紀は、ひとりで、はしゃいだ口調でいい、自分の部屋に消えてしまった。

日下も、両親と同じ階に、シングルルームを与えられている。その部屋に入って、ホテル

の案内を見ると、プールのことものっていた。

部屋のタオルを使ってくださいと書いてある。日下は、バスルームからタオルをとり、それを持って、部屋を出た。

プールは、新館の五階の高さのところに造られている。

日下が、新館へ通じる廊下を歩いて行くと、同じように、プールへ行くらしい白人の大男と一緒になったり、すでに、泳ぎ終わって、帰って来る家族連れにぶつかったりした。

新館側に渡って、エレベーターで五階にあがると、そこが、プールへの入口である。

ホテルのプールというのは、料金が高いが、その代わりに、盛夏でも、あまり混んでいないのが取り柄である。この東山ホテルのプールも、ホテル利用者が大人千円、外部の利用者は、三千円と高い。

貸し水着はあったが、日下は、気色が悪いので、三千円の水着を買った。更衣《こうい》室で水着になって、プールへ出て行った。

このホテルのプールは、浅い一般用と、二五メートルの深い競泳用、それに、飛込み専門のものと、三つに分かれていて、かなりの広さである。

夜間照明が、その三つのプールを、美しく照らし出している。

京都の夏は、風がないので、夜になっても暑苦しい。そのせいか、八時に近いこの時刻でも、百人近い人たちが、プールで遊んでいた。

外国人が多いのは、やはり、世界的な観光都市の京都だからだろう。外国人客は、チェアに腰を下ろして、お喋りを楽しんでいるのが多い。

日下は、眼で、由紀の姿を探しながら、プールサイドを歩いて行った。

なかなか見つからない。立ち止まって、競泳用のプールのほうを見たとき、ふいに、背後《うしろ》から、ぽんと、背中を押された。

「あっ」と、声をあげて、浅い一般用プールに落ちてしまい、水の中で、立ち上がって、ふり仰ぐと、ビキニ姿の由紀が、クスクス笑っていた。

そんなことをする女には見えなかったので、日下は、あっけにとられて、彼女を見たが、急に、親しさを感じたのも事実だった。

それに、なかなか見事なプロポーションをしている。

「こらッ」

と、日下がいうと、由紀は、彼の見ている前で、鮮《あざ》やかに、飛び込み、そのまま、クロールで、すいすいと、泳いでいった。

日下は、全力で泳いでいって追いつくと、

「うまいもんだね」

と、声をかけた。

「高校時代に、選手だったことがあるの」

「それでか。水着もよく似合ってるじゃないか」

日下がいうと、由紀は、水の中で、ポーズをとるような恰好をしながら、

「借りたものだから、ちょっと、きつくて――」

と、笑った。

その胸のあたりの盛りあがりが、眩しかった。

二人は、水からあがると、競泳用プールの脇を歩いて行った。

この東山ホテルは、東山の高台にある。そのホテルの五階の高さにあるプールだから、プールの端に立って、京都の中心部が眼下に見下ろすことが出来た。

街の灯が、きれいだった。

二人は、手すりにもたれて、夜の京都の街を眺めた。

「君に一つだけ、頼んでおきたいことがあってね」

「ご両親のこと？」

「いや。僕が刑事だということは、他の乗客には、内緒にしていてもらいたいんだ。二人も乗客が死んで、その代わりに、捜査一課の刑事が乗って来たりすれば、みんな、疑心暗鬼になる心配があるからね」

「そうね。わかったわ」

「もう一つ、君が睡眠薬を飲んだ件について、本当のことを知りたいんだがね」

「それは、刑事としての興味、それとも、日下さんの息子さんとしての興味？」

「両方かな。君が、うっかりして、睡眠薬の量を間違えたということになっているけど、本当は、どうなの？」

日下がきくと、由紀は、すぐには答えずに、じっと、京都の夜景を見ていたが、

「私は、睡眠薬がなければ眠れないということはないわ。もちろん、今度の旅行にだって、睡眠薬なんか、持ってこなかったわ」

「やはり、国鉄に頼まれて、嘘の証言をしたわけか」

「富田さんて、リーダーの人が、これが事件ということになると、旅行が中止になって、他の乗客のみなさんが困るというから、嘘をついたの。そのことは、別に、口惜しいとは思っていないし、みなさんのためにしたことだから、むしろ、嘘をついて、よかったと思っているくらいだわ。ただ、誰が、私に睡眠薬を飲ませようとしたのかと、それを考えると、気味が悪くて。なるたけ、考えないようにしようと思っているんだけど——」

「睡眠薬は、コーヒーに混入されていたそうだね？」

「ルームサービスで頼んだコーヒーのね。ボーイさんが運んできたとき、私がちょうど、バスを使っていて、ドアの外へ、置いておいてもらったのもいけなかったんだわ」

「そのときに、誰かが、睡眠薬を混入させたわけだね」

「他に考えられないわ。まさか、ボーイさんが、お客のコーヒーに、睡眠薬を入れるわけは

ないでしょう？」

「飲んだとき、変だなと思わなかった？」

「二杯目を飲みかけて、変だと思って、あわてて、吐いたわ。でも、そのときは、もう、気分が悪くなってしまって――」

「吐いたので、致死量をまぬかれたのかな」

「え？」

「いや、何でもないんだ。コーヒーは好きなの？」

「一日一回は飲まないと、気がすまないの。眠れなくて困ってる人が、コーヒーを注文するはずはないと思うんだけど」

と、由紀は、笑った。かげりのある笑い方になっているのは、話が話だからだろう。

プールに音楽が流れた。気がつくと、間もなく、九時である。

「ひと泳ぎしてから、あがりましょうよ」

由紀は、手すりから離れると、しなやかな身体を躍らせて、プールに飛び込んだ。

日下は、続いて、飛び込もうとして、それをやめると、腕を組んで、泳いでいく由紀を見つめた。

（彼女のいうとおりなら、まだ狙われるかもしれない。そのときには、守ってやりたいが）

# 第五章　京都(二)

## 1

何事もなく、京都の第一日が明けた。

朝食は、七時から九時までの間に、勝手に、とることになっていて、朝食の券が、各自に渡されていた。

日下は両親と一緒に、七時少し過ぎに、一階のレストランへ降りて行った。

トーストに、ミルクかコーヒー、それに、ベーコンと、卵がつくという典型的な朝食が用意されている。

6号車の仲間も、三人ほど来ていた。日下と両親は、軽くあいさつしてから、隅のテーブルに腰を下ろして、朝食を食べた。

「今日は、どうするの？」

と、日下は、両親にきいた。

「九時から、観光バスで、市内見物をするつもりよ。お前も一緒に行ってくれるんだろうね？」

母の君子が、トーストに、ジャムをぬりながらいった。

「この暑いのに、だらだらと、つながって回るのは、あまり、ぱっとしないね」

「でも、由紀さんも行くんだよ」

「へえ。彼女も行くの。母さんが、しつこく誘ったんじゃないのかね？」

「少しは、誘ったよ。ああいう若い娘さんと一緒に、京都見物をするのは、楽しいものね」

君子は、息子が一緒に来るものと、決め込んでいる話し方だった。

炎天下の市内見物というのは、あまり、ぞっとしないが、由紀が一緒なら、楽しくないこともないと、日下は、思った。

バスで、市内見物を希望する者は、九時に、ロビーに集まることになっていた。

九時までに、ロビーに集まったのは、八十人くらいだった。

君子がいったように、由紀も、姿を見せていた。

バスが、二台、用意された。

日下と両親、それに、由紀は、先頭のバスに乗った。四人のほかに、6号車の乗客は、見当たらなかった。

バスでの市内観光に出かけない人たちは、ホテルでゆっくり休養をとるか、気ままに、タクシーを拾って、好きな寺院や、史跡を訪ねたりするのだろう。

九時半に、二台のバスは、それぞれ、四十人くらいの「旅号」の乗客を乗せて、東山ホテルを出発した。

日下は、由紀の隣りに座った。というより、両親が、無理矢理、二人を並んで座らせたのである。

今日も、相変わらず、強烈な太陽が照りつける暑い一日になりそうだった。が、観光用の大型バスのうえに、クーラーがよくきいているので、さほど、苦痛ではなかった。

小柄なバスガイドが、今日の観光コースを描いた紙をくれたが、それによると、当たりさわりのないコースだった。京都御所、金閣寺、清水寺《きよみずでら》、南禅寺《なんぜんじ》といった、誰でも知っている名所の名前が、並んでいる。

どこに行っても、団体客がいて、暑苦しかったが、それでも、日下は、来てよかったと思った。

京都には、高校のとき、修学旅行で来て以来で、御所や、金閣寺などを見て回っていると、そのころのことが、懐かしく思い出されてくるからである。

それに、由紀と一緒のことも、楽しかった。彼女も、京都は、高校の修学旅行以来ということだった。

「あのときは、やたらに眠かったわ」

と、由紀は、笑った。

日下の両親も、楽しそうだった。

(おやじや、おふくろにとって、京都は、何年ぶりなのだろうか?)

二人とも、元気で、旅行好きである。しかし、一般的な日本人の家庭と同じで、両親も、暮らしに追われていて、せいぜい、一泊二日ぐらいの旅行しかしていなかったはずである。

「今日も、プールで泳がないか」

と、清水寺で、日下は由紀を誘った。

「いいわ。ただ昨日よりは、少し早くがいいんだけど」

「何か用があるの?」

「ホテルの最上階に、ちょっと洒落《しやれ》たバーがあるの。そこで、飲みたいから。一緒にどうかしら?」

「いいね」

と、日下は、いった。

## 2

陽が落ちて、すぐ、日下は、電話で誘っておいて、プールへ出かけた。

今日の日中は、京都で最高の気温を記録したといわれていただけに、夜に入っても、暑さは厳しく、そのせいか、プールは、昨日よりも、混んでいた。

プールの横に、水着のまま入れるカフェテリアがあるのだが、そこも、今日は、家族連れや、若いアベックで、一杯だった。

由紀は、今日は、ワンピースの水着を着ていた。ビキニよりも、そのほうがかえって身体の曲線が、はっきりと出ていて、日下を、楽しくさせた。

今夜は、あまり泳がずに、チェアに腰を下ろして、お喋りをした。

「あなたのご両親は、心配なさっているんじゃないかしら？」

ふと、由紀が、いたずらっぽい眼つきをした。

「なぜ？」

「大事な息子が、私に誘惑されやしないかと思って」

「もし、そうなったら、うちのおふくろは、万歳と叫ぶんじゃないかな。おふくろは、僕を、君とくっつけたがっているからね。どうも、困ったものさ」

「でも、いいお母さんだわ。気さくだし、正直だし、もちろん、お父さんもね」

「君のご両親は、確か、札幌にいるんだったね？」

「ええ」

「きっと、いいご両親だろうね」

「どうかしら。でも、なぜ？」

「君のことを、いろいろと知りたいんだよ」

と、日下は、いった。

彼が読んだ本に、人間は、誰かを愛し始めると、その相手の過去や、家族関係を知りたくなると書いてあったのを思い出した。

（おれは、愛し始めているのだろうか？）

「そろそろ、飲みに行きましょうよ」

由紀が、チェアから立ち上がって、いった。

3

新館の最上階に、十一時までやっている小さなバーがあった。

プールからあがった日下と由紀は、そこで、水割りを飲んだ。ホテルのバーだけに、安い。

これなら日下にも、おごることが出来る。

窓際に腰を下ろすと、眼の下に、照明に輝くプールが見えた。

青い水面が美しい。

九時に近くなって、さすがに、泳いでいる人影も少なくなっている。

飛込み専門のプールでは、青い水面に、ときどき、白く水しぶきがあがっている。

そんな下界の景色を見ながら、二人は、乾杯した。

二人のほかには、アメリカ人らしい老夫婦が、静かにビールを飲んでいるだけだった。

由紀は、なかなか強いようだった。おいしそうに、二杯三杯と、グラスを重ねても、眼のふちが、ほんのりと、朱《あか》くなっただけで、語調の乱れもなかった。

「なかなか、お強いですね」

と、バーテンが、お世辞をいった。

日下は、煙草を取り出して、火をつけた。

美人と一緒に、ホテルのバーで飲んでいるのも、悪くはない。

「明日は、午前十一時二十六分京都発だったね」

と、日下は、確認するようにいった。

ブルートレインの「旅号」は、整備と、点検をすませ、日下たちを待ってくれている。

京都を出てからは、北陸回りで、青森に向かい、青函《せいかん》連絡船で、北海道にわたる。

「京都では、何事もなくすみそう」

と、由紀がいった。

「今夜は、部屋に入っても、ルームサービスで、コーヒーは、頼まないほうがいいね」

と、日下は、まじめにいった。

「そうするわ」

「まもなく九時か。プールも終わりだな」

日下は、腕時計を見て、呟いた。二日間、ホテルのプールで泳いだが、この休暇が終われば、また、凶悪事件を追っかける毎日になる。プールに行けるかどうかわからなかった。

眼の下のプールでは、最後まで粘って泳いでいた人たちも、次々に、水からあがって、タオルで身体を拭きながら、引き揚げてくるのが見られた。

陽焼けした身体つきの監視員たちが、だるそうに身体を動かしながら、デッキチェアや、パラソルを片付けている。

そのプールが、急に、騒がしくなった。

監視員の一人が、競泳用プールで、何か怒鳴っている。他の監視員が、駆け寄っていく。

(何だろう?)

と、日下は、眼をこらした。

二人の監視員が、何かを、プールから引き揚げている。

青白い照明が、それを、照らし出した。

(人間だ)

と、思った瞬間、日下は、刑事の本能みたいなものが働いて、思わず、立ち上がっていた。

4

「どうしたの?」

由紀が、きいた。

「プールで、何かあったらしい」

「何が?」

と、由紀も、窓から、じっと、プールを見下ろした。

バーテンも、カウンターのこちらに来て、窓に、顔を押しつけた。

プールサイドでは、監視員たちが、水から引き揚げた人間に、人工呼吸をしている。

「誰か、溺れたのね」

由紀が、蒼い顔でいった。

「ちょっと、行って来る」

日下は、手早く勘定をすませると、バーを飛び出した。

エレベーターで、プールのある五階まで降りた。五階でとまると、プールの入口へ急いだ。

救急車を呼んだらしく、けたたましいサイレンの音が、下の道路のほうから聞こえてきた。

「もう、プールは終わりですよ」

と、監視員の一人が、立ちふさがるようにしていった。

日下は、警察の人間だといった。

「今、お客が溺れていたみたいに見えたんだがね」

「そうなんです。競泳用のプールに、男の人が沈んでたんで、あわてて引き揚げたんです」

二十歳くらいの監視員は、青い顔でいった。

救急車が着いて、担架を持った救急隊員が二人、駆け込んできた。

日下も、彼らのあとについて、プールサイドへ走った。

グリーンの人工芝の上に、二十七、八歳の男が、海水パンツだけで仰向けに寝かされていた。

救急隊員の一人が、屈み込んで、脈を診《み》た。

「水は吐かせたんですけど――」

と、横から、監視員が、ふるえる声でいった。

「心臓が止まっている。とにかく、運ぼう」

救急隊員は、男の身体を、担架にのせた。

日下は、その担架について歩きながら、男の顔をじっと見つめた。

「旅号」の乗客でなければ、日下には、関係がない。たとえ、死因に疑問があっても、京都府警に委《まか》せておけばいいのである。

もし、「旅号」の乗客、それも、6号車の乗客の一人だったら、問題だった。

昨日、あいさつをしたとき、6号車の乗客の顔は、ひと通り見ているが、今、担架に横たえられている男が、その一人かどうか、自信がなかった。死亡すると、顔が変わってしまうからである。

日下は、事情を説明して、救急車に同乗させてもらった。

救急車は、サイレンを鳴らし、夜の京都の街を、救急病院へ向かって、疾走した。
七、八分で、病院へ着いたが、すでに死亡していることが、確認されただけだった。
海水パンツだけの裸で運ばれて来たので、身元が確認されるものは、何もなかった。

ただ一つ、更衣室のロッカーのキーを、首にかけていた。

日下は、病院が呼んだ京都府警の刑事と一緒に、そのキーを持って、東山ホテルに戻った。

府警の阿部という若い刑事は、キーを持って、プールの更衣室に入りながら、

「日下さんの知り合いの方なんですか」

と、きいた。

日下は、簡単に事情を説明した。ただ、由紀のことは、伏せておいた。

「なるほど」と、阿部は肯《うなず》いた。

『旅号』の乗客かどうかが、問題なんですね？」

「そうです。もし、そうなら、これで、三人目になりますからね」

更衣室に並ぶロッカーの一つに、キーを差し込んで開けた。

プラスチック製の籠《かご》に、ズボンや、下着、半袖のシャツ、それに、靴などが入っている。

二人の刑事は、それを、一つ一つ、並べていった。

このホテルのルーム・キーもあった。外から、プールに来た人間ではないのだ。

ズボンの尻ポケットには、十二、三万円入りの財布が突っ込んであった。

日下の眼が、シャツの胸のあたりにつけてあるワッペンに、吸いつけられた。

「旅」の文字のワッペンである。日下も、富田に貰《もら》って、胸につけている。

『旅号』の乗客のようです」

と、日下は、いった。

「そうですか。しかし、身元を証明するようなものは、ありませんね。部屋に置いてあるのかもしれませんが」

「このルーム・キーで、身元がわかると思います」

日下は、ルーム・キーを持って、更衣室を出ると、すぐ、ホテル内の電話で、リーダーの富田に連絡をとった。

富田が、あわてて、新館へ飛んで来た。

「また、乗客の中から、死人が出たというのは、本当なんですか？」

富田は、食いつくような眼で、日下を見た。

「ホテルのプールで、男の死体が見つかったんですが、その男が、このルーム・キーを持っていたんです」

「しかし、それが、『旅号』の乗客だということになるんですか？」

「更衣室に、シャツやズボンがありましたが、シャツの胸に、例のワッペンがついているんですよ」

「そうなんですか――」

と、富田は、溜息をついてから、分厚い名簿を取り出した。

今度の旅行の参加者全員の名前が書いてある。

「死んだ人の名前は、わかりますか？」

「このルーム・キーのナンバーを、フロントにいったら、客の名前は、浜野栄一だということでしたが――」

「浜野さんですか」

と、富田は、名簿を、指先で追っていたが、

「ありましたよ。浜野栄一、二十八歳。千葉市内から参加された方ですね。『旅号』には、

6号車に乗られています」

「やっぱり、6号車ですか」

日下は、嫌な予感が当たったと思った。

「そうか。6号車の乗客ばかり、これで、三人も死んだんですね」

富田は、また、小さく溜息をついた。

ここで日下は、富田に本当は警視庁の刑事であることを話し、秘密にしておいてほしいと頼んだ。

日下は、富田に、府警の阿部刑事を引き合わせてから、三人で、死体のある病院に戻った。

「浜野さんは、ひとりで、今度の旅行に参加したんですか?」

日下は、車の中で、富田にきいた。

富田は、名簿を見て、

「そうですね。個人参加です」

「それで、何をやっている人ですか?」

「これには、新日本新聞社勤務となっていますね。取材で乗られたのかもしれませんね」

「新聞記者ですか」

5

病院に着くと、日下は、遺体を診《み》た医師に、

「死因は、やはり、溺死ですか？」

「と思いますがね。解剖をしないと、断定は出来ません」

医師は、慎重ないい方をした。

「それなら、解剖してください。すぐ家族のかたに連絡をとります」

と、日下は、いった。

医師は、ちらりと、阿部刑事に眼をやった。

「そうしてください」

阿部も、そういった。

死体は、すぐ、解剖のために、法医解剖室に運ばれた。

三人は、それがすむのを、待合室で待つことになった。

富田は、九州の久留米医大病院でも、最初に死んだ村川誠治の解剖にぶつかっている。

病院の待合室で、その結果を待つのは、これで、二度目だった。いやでも、気が重くなってくる。

「日下さんは、ひょっとすると、溺死ではないかもしれないと、思うんですか」

と、富田は、日下にきいた。

「わかりませんが、これで、三人目ですからね。しかも、なぜか、6号車の乗客ばかりが死んでいる、死因を確かめたくなるのが、当然でしょう？」

「それはそうですが、こうなると、列車のお祓《はら》いでもしたくなりますよ」

富田は、ぶぜんとした顔で、いった。

解剖は、三時間ほどで、終わった。
五十二、三歳の医師は、待合室に顔を出すと、
「やはり、死因は溺死ですね。肺に、水が入っていました。量が少なかったのは、ホテルで、プールの監視員が、吐き出させたからでしょう。間違いなく、溺死です」

と、はっきりと、いった。

「そうですか――」

富田は、ほっとした顔になった。乗客の中から、三人目の死者を出したのはショックだが、殺人なんかでなくて、ほっとしたのである。これで、とにかく、明日の十一時二十六分に、「旅号」は、青森に向かって、出発することが出来る。

「間違いありませんか？」

日下は、念を押した。

医者は、むっとした表情になって、

「間違いは、ありませんよ」

「額に、擦《す》り傷があったと思うんですが、あの傷は、死因と、何か関係はありませんか？」

「それは、たぶん、コンクリートで、こすったんだと思いますね。あの擦り傷そのものは、すぐ治るようなものです」

「なぜ、あんな擦り傷が、額についたんでしょうか？」

日下が、きくと、医者は、

「実は、プールで溺死した人の中に、あれと同じような傷のある人がいましたよ」

「ほう」

「その人は、プールで、勢いよく飛び込んだんですが、浅いところへ、あまり勢いよく飛び込んだんで、頭をプールの底にぶつけてしまったんです。底のコンクリートで、額をこすって、傷がついてしまった。軽い脳震盪《のうしんとう》を、起こしてしまったんですね。水を飲んでしまって、あわてたので、手足の自由がきかなくなり、余計、水を飲んでしまったわけです。今度の死者も、同じ状態だったんじゃないかと思いますね」

「なるほど」

日下は、肯いた。

「溺死では、われわれの関与するところじゃないようですな」

京都府警の阿部刑事が、肩をすくめるようにして、いった。

「日下さんは、もう、お帰りになってください。あとの処理は、私の仕事ですから」

と、富田が、いった。

日下は、腕時計に眼をやった。すでに、午前一時を回っている。

「ひょっとすると、また、あとで、お電話することになるかもしれないので、名刺を頂けませんか」

と、日下は、医者にいった。

医者は、変な顔をしたが、それでも、名刺を持って来て、日下に渡した。

日下は、阿部刑事のパトカーで、東山ホテルに帰った。

自分の部屋に入って、ベッドに横になったが、担架にのせて運ばれていく裸の死体が、眼先にちらついて、離れなかった。

捜査一課にいるから、死体は、見なれている。猟銃で撃たれて、右手が吹っ飛び、胸に穴のあいた死体も見ている。

だが、今度の死体のほうが、心に引っかかって仕方がないのである。

第一の死者は、心臓麻痺。

第二の死者は、酔って川へ落ちての溺死。

第三の死者は、ホテルのプールで溺死。

すべて、説明がついている。今度の死者も、あまりにも勢いよく飛び込んだために、前頭部を、プールの底のコンクリートにぶつけたための溺死だろうといわれる。

（だが――）

と、日下は、天井を見すえて、考え込んだ。

日本一周旅行の参加者、それも、6号車の二十八人の中から、次々に、死者が出るというのが、日下には、不審で仕方がなかった。

あるグループの中から、やたらに、死人や怪我人が出るということはある。

テレビの「怪奇霊感シリーズ」などを見れば、こんな例は、いくらでも、お目にかかることが出来る。グループどころか、ある家族が、次々に、病死したり、事故死したりするという話もある。

だが、そんな話とも、ちがうのだ。

今度の旅行の場合、ブルートレイン「旅号」の6号車に乗った二十八人は、全員が知り合いというわけではない。

日下と、彼の両親の三人は、親子だが、他の二十六人とは、今度の旅行で、初めて、出会っただけである。

新聞に、今度の旅行の記事が出て、応募して、偶然、集まった二十八人だったのだ。その中から、続いて、三人も死者が出るというのは、何といっても、異常である。

一人が病死しただけなら、偶然ですむ。しかし、それが、二人目、三人目の事故死となれば、これは、もう、偶然ではなく、異常と、呼ぶべきではないだろうか？

（ひょっとすると、すべてが、何者かによる殺人なのではあるまいか？）

日下は、ベッドの上に起きあがって、じっと、宙を見すえた。

第一の死者は、ブルートレイン「旅号」の寝台の中で、心臓麻痺で死んでいたという。毒殺でも、絞殺でもなく、心臓麻痺であることは、遺体を診た久留米医大病院の医者が、証言している。

二人目は、鹿児島市内の川で、水死体で発見された。死因は水死で、酔っ払って、川に落ちたのだろうという。この場合は、第一の心臓麻痺ほど、確定的ではない。何者かに、突き落とされたということも、考えられるからである。

三人目の水死も、同じである。

このホテルのプールで、水死した男は、足が、攣《つ》ったかどうかして、そのために、溺死してしまったのかもしれないが、あるいは、何者かが、プールの中で、男を押さえつけて、溺死させたのかもしれないのである。

今日は、プールは、混んでいたし、子供たちが、騒いでいた。それに、昼間と違って、夜間照明では、暗いところがどうしても出来てしまう。プールのコーナーなどが、そうだ。そこで、誰かが、相手を水中に押さえつけていても、ふざけているのだと思って、見過ごしてしまったかもしれない。

事故と思えば、事故だし、他殺と思えば、他殺に見える。こういう事件が、一番難しいし、ブルートレインの中も、京都も、警視庁の日下にとっては、管轄外なのだ。

(もう一つあった)

と、日下は、和田由紀のことを思い出した。

彼女も、自殺に見せかけて、殺されかけたのだろうか？

和田由紀は、何者かに、睡眠薬入りのコーヒーを飲まされたのだといっている。

国鉄側も、鹿児島県警も、彼女が、致死量を飲んでいなかったことを理由に、量を間違えて、飲んだのであろうと考えているようだ。国鉄側は、「旅号」を、無事に、最後まで走らせたいということで、単なる事故と思いたいのだろう。

しかし、和田由紀は、二杯目を口にしたとき、味がおかしいので、あわてて、吐いたといっている。致死量でなかったのは、吐いたためではないのか。もし、それが正しければ、彼女は、何者かに、生命《いのち》を狙われたことになる。

それだけではない。

もし、由紀が、死体で発見されたら、ハンドバッグの中に、睡眠薬が入っていたこともあって、自殺か、あるいは量を間違えての事故死として処理されたにちがいない。

問題は、むしろ、そこにあると、日下は考えた。

和田由紀の場合は、たまたま、途中で、味がおかしいと気付いて、吐き出したから、助かった。それでも、彼女のミスだと思っている者が多いが、彼女の言葉を信じる日下は、彼女が、何者かに、殺されかけたのだと考える。

それなら、他の三人も、何者かに殺されたのではあるまいか。

一人目は病死に見せかけ、二人目と三人目は、事故死に見せかけてである。

日下は、ベッドから起き上がると、しばらく、じっと、考えていたが、枕元の電話を手にとった。

この時間では、十津川は、自宅に帰ってしまっているだろうと思い、自宅のダイヤルを回した。

最初に、十津川の妻の直子が出て、すぐ、十津川に代わった。

「また、一人、死にました」

と、日下は、いった。

「やはり、同じ車両の人たちの間で起きたのかね？」

「そうです。6号車の乗客の一人です。これで同じ車両の乗客の中からだけ、三人の人間が死んだことになります」

「他殺なのかい？」

「いえ。夜、ホテルのプールで泳いでいた人が、溺死体で発見されました」

「では、事故死なのか？」

「ということになっています。疲れているのに、泳いだので、足が攣ったかして、溺死したのだろうと、思われています。したがって、旅行は、このまま続けられます」

「君は、事故死だとは、思っていないようだね？」

「思いません。これで、6号車の乗客の中からだけ、三名も死者が出ているんです。こんな偶然なんて、私は、信じません」

「他殺だという証拠はあるのかい？」

十津川が、きいた。

「全くありません」

「全くないのか」

と、十津川が笑った。好意的な笑い方だった。若い日下らしい、正直ないい方だと思ったのだろう。

「しかし、あれは、他殺ですよ。誰が、何といおうと、あれは、殺されたんです。そして、たぶん、犯人は、同一人です」

「しかし、殺しの証拠がないんじゃあ、旅行を中止させて、6号車の全員を調べることも出来ないね。いや、犯人は、他の車両にいるのかもしれないな」

「そうですね。殺しだとしても、動機がわかりません。なぜ、殺すのか、しかも、巧妙に、病死や、事故死に見せかけて殺していくのか、それがわかれば、犯人も見つけ出せますし、次の殺しを、防ぐことも出来るんですが」

「また、乗客の誰かが死ぬと、君は思っているのかね？」

「これが、殺人なら、犯人は、また、やると思いますね。ここまで、上手《うま》くやれたんですから、犯人は、得意満面でしょう。だから、続いて、四人目の命を狙いますね」

「乗客の皆さんは、どうなのかね？　特に、6号車の人たちは、怖がっているんじゃないのか？」

「薄気味わるく思っているとは思いますね。しかし、誰も、三人が、殺されたとは思っていませんし、病気と事故だと信じていますから、気をつけていれば、自分は、大丈夫だと思っているようです」

「すると、他殺だと思っているのは、君一人だけかい？」

「いや、殺されかけた和田由紀も、私と同じように思っているはずです」

「君のご両親もじゃないのかい？」

と、十津川にいわれて、日下は、苦笑した。

「いや、両親は、和田由紀は、殺されかけたと思っていて、それで、私を呼んだんですが、他の三人については、国鉄側の発表があり、病死や、事故死だと信じているみたいです」

「よほど、和田由紀という娘さんが、気に入られたようだね」

「それで、少しばかり、困っていますが」

「なかなか、美人なんだろう？」

「そうですね。魅力のある女性ではあります。しかし、何か、影のあるような気がして仕方がないのです」

「彼女にも、睡眠薬を手に入れるチャンスがあったからかね？　彼女が、嘘をついている可能性もあるわけだからね」

「それもありますが、若くて、美人のＯＬが、ひとりで、旅行に来ているというのも、考えてみれば、何となく、不思議で仕方がありません」

「他に、若い女性がいないのかね？」

「全くいないわけじゃありませんが、女性同士二人で来ていたり、夫婦か、アベックで乗っています」

「明日は、京都を出発するわけだろう？」

「明日の午前十一時二十六分に、同じブルートレインの『旅号』で出発します。富山、新潟、秋田と通って、翌朝の六時四十五分に、青森に着くことになっています」

「青森では、一泊せずに、そのまま、青函連絡船に乗るんだったね？」

「予定では、そうなっています。青森に六時四十五分に着いたあと、七時三十分発の青函連絡船に乗ります。函館着は、十一時二十分になっています」

「最初の犠牲者は、ブルートレインの寝台の中で死んでいたわけだね？」

「そうです。心臓麻痺と、診断されています」

「次の二人目と三人目は、西鹿児島と、京都に降りたあとだ。とすると、次に危険なのはどこかな？　次は、どこで、列車を降りて一泊するんだね？」

「札幌です。明後日の午後四時四十四分に、札幌に着いて、ホテルに泊まることになっています。それまでは、車中泊ですね」

「すると、次に何か起きるとすれば、札幌ということになるのかな？」

「わかりません。京都から青森まで、十九時間以上かかりますから、その間に、何かあるかもしれませんし、青函連絡船の中も、危険かもしれません」

「そうだな」

「特に、青函連絡船の中が――」

「どうしたんだ？」

「ちょっと、待ってください」

日下は、そっと、受話器をテーブルの上に置くと、足音を殺して、ドアのところへ歩いて行った。

何か、ドアの外で、物音がしたような気がしたからだった。

誰かが、鍵穴《かぎあな》から、この部屋をのぞいているのではないかと思ったのである。

そっと、ノブをつかんでから、急に、ドアを開けた。

## 6

誰もいなかった。

蛍光灯の青白い光が照らし出す長い廊下があるだけである。

しかし、気のせいだったとは思わなかった。何か、物音がしたのだ。

この部屋は、廊下の突き当たりにある。すぐ横は、非常階段に通じる重い扉になっていた。

だから、他の部屋へ行く泊まり客が、ドアの前を、通り過ぎたのではない。まさか、非常階段を降りて行ったわけではないだろう。扉は重くて、開けるとき、音がするはずである。

そんな音は、しなかった。

日下は、しばらく、人の気配のない廊下を見つめていたが、ふと、ドアの近くに、黒い小さなマッチ箱のようなものを見つけて、拾いあげた。

四センチ角ぐらいの薄べったいライターだった。うさぎのマークが入っているところをみると、プレイボーイのマークらしい。持ち主のイニシアルでも入っていないかと思ったが、何も書いてなかった。

日下は、ドアを閉めて、また、受話器をとった。

「どうも、申しわけありません」

「大丈夫か？」

「大丈夫です。実は、ドアの外で、何か物音がしたような気がしたので、見てみたんです」

「誰かいたかね？」

「いえ。人の姿は見えませんでしたが、ドアの外に、洒落《しゃれ》た小さなライターが、落ちていました。これで、誰かが、ドアの外にいたことは、間違いないと思います。あわてて逃げたときに、落としたんだと思います」

「君の部屋を窺《うかが》っていたのかな？」

「そうだと思います」

「君を、刑事らしいと思って、様子を見ていたのかもしれんな」

「そうかもしれませんね。私は、和田由紀と国鉄側の責任者にしか、刑事だといっていませんが、死人が二人出たあとで、突然、旅行に加わったわけですから、怪しいと思われても、仕方がないかもしれません」

「そのライターに、見覚えはないのかね？」

「ありません」

「くれぐれも、気をつけてくれよ。誰か、その旅行に参加させようか？　カメさんでも、小川君でも」

「いえ、結構です。私一人で、何とかやれると思います。四人目の犠牲者は、出させませんよ」

日下は、そういって、電話を切った。

6号車の乗客は、最初二十八人だった。そのうち、三人の男の乗客が死んだ。

残りは、二十五人である。

これが、連続殺人事件として、二十五人の中に、犯人が、いるのだろうか?

日下の両親が、犯人だなどとは、とうてい考えられない。両親には、人を殺さなければならない動機がないからだ。

残りは、二十三人。

犯人は、この中の一人だろうか?

## 7

翌朝、東京の新聞にも、小さくだが、京都の東山ホテルのプールで、人が溺死したことがのっていた。ただ、プールで死んだというだけではなかったからだろう。

〈日本一周列車の「旅号」の乗客の一人が、また事故死〉

そんな記事だった。

十津川が、その新聞記事を、電車の中で読んで、登庁すると、本多捜査一課長が、

「十津川君。すぐ、部長室へ行ってくれ」

と、電話でいった。

「部長室ですか？」

「そうだ。私もすぐ行く。部長は、おかんむりだよ」

十津川は、「わかりました」と、いってから、部屋を出た。

部長室には、本多課長が、先に来ていた。

三上刑事部長は、十津川を見ても、すぐには、何もいわなかった。

だが、機嫌が悪いのは、すぐわかった。普段でも、青白く見える顔が、いよいよ青くなって、怒鳴りたいのを、じっと、こらえているように見えた。

「十津川君」

と、三上は、ことさら、抑えた声を出した。

「何でしょうか？」

「今朝の新聞を見たかね？」

「見ました」

「それなら、もう知っているだろう。国鉄の『旅号』の乗客が、京都で、また一人、死んだ」

「そのようです」

「君は、そのようだなどと、よく落ち着いていられるね」

「京都で起きた事件では、どうしようもありません。それに、事故死のようですから」

「そんなことをいってるんじゃない。日下刑事が、その列車に乗っているはずじゃなかったのかね。君たちが、強力にすすめるから、特別に、許可したんだ。東京では、毎日のように、凶悪事件が起きている。猫の手も借りたいことは、君にだって、よくわかっているはずだ。そんなときに、特別に許可したのは、君たち二人が、ぜひといったからだし、日下君に親孝行させたかったからでもある。それに、日下君が行けば、変な事件は、もう起きないと思ったからだ。それなのに、どうしたのかね？　日下君が行っても、これじゃあ、同じじゃないか。わざわざ、現職の刑事をやったことが、何の役にも立たなかったじゃないかね？」

「確かに、そうですが」

「日下君から、何か連絡があったのかね？」

「昨夜、電話がありました」

「それで、何ていってるのかね？」

「ホテルのプールで、乗客の一人が、溺死したが、どうも、ただの事故死には思えないといっていました」

「それだけかね？」

三上は、光った眼で、十津川を見つめた。

「その前にも、すでに、二人の乗客が死んでいます。一応、病死と、事故死ということになっていますが、京都の溺死者も入れて、どうも、三人とも、他殺ではないかと、日下刑事は、考えているようです」

「証拠があるのかね？」

「それは全くないそうです。それで、日下刑事も、悩んでいるんだと思います」

「新しい死者が出るのも防ぐことが出来ず、他殺らしいといいながら、その証拠もつかめずかね」

三上は、口をへの字に曲げた。

「まだ、京都で、他の乗客に合流してから、一日しかたっていませんから、他殺の証拠をつかめといっても、無理だと思います」

「いいかね。十津川君」

と、三上は、ぐいと、十津川を睨《にら》んで、

「私はね。他殺の証拠をつかめなどといってるんじゃない。日下君が、休暇願いを出して、それを許可するとき、私が、いったはずだ。もう、これ以上、あの列車で、妙な事件が起きるのを防げとね。日下君が行けば、もう、新しい犠牲者が出ないといったから、長い休暇を許可したんだよ」

「それは、わかっていますが」

「今、日下刑事はどこにいるのかね？」

「今日の午前十一時二十六分に、『旅号』は京都駅を発車して、青森へ向かいます。あと、三十分ですね」

「じゃあ、すぐ、日下君に連絡したまえ。絶対に、四人目の犠牲者を出すな。それが、第一の役目だ。そのために、わざわざ、休暇をとって、あの列車に乗っていることを忘れるなね。他殺の証拠をつかむことなんか、どうでもいいんだ。何よりも、必要なのは、次の死者を出さんことだ。もし、それが出来ないのなら、すぐ、帰って来るように、いいたまえ」

「伝えます」

「何の役にも立たんじゃないか」

三上は、腹立たしげに舌打ちした。

## 8

本多と、十津川は、叱《しか》られっぱなしで、刑事部長の部屋を出た。

「ひどいカミナリだったね」

と、本多が、苦笑した。

「そうですね」

「甲高い声なんで、耳がおかしくなる」

「仕方がありません。日下君が出発するとき、もう、犠牲者は出ないようにしますと、いって出かけたわけですから」

「しかし、一人で、全員を見張るわけにもいかんだろう」

本多が、同情するようにいった。

十津川は、ふいに、足を止めて、考え込んでしまった。

「どうしたんだ？　十津川君」

と、本多がきいた。

「刑事部長は、最初、日下刑事の休暇願いを、簡単にはねつけたそうですね？」

十津川は、確認するように、本多にきいた。

「そのとおりだよ。この忙しいときに、一週間も休暇をとるのは、何事だという感じで、最初は、取りつく島がなかったよ」

「それが、急に、許可になったんでしたね？」

「ああ、突然、私の部屋に来て、ついさっきまでの拒否の態度が嘘みたいに、許可してくれたんだ」

「課長は、何か変だとおっしゃってましたね？」

「変だというのではなくて、突然、許可したのには、何か理由があるはずだと思っただけだよ」

「その理由というのは、わかりましたか？」

「いや」

「今日も、少しばかり、おかしかったんじゃありませんか？　部長は、気の短いほうですが、今日の怒り方は、どこか異常でしたよ。確かに、日下刑事は、『旅号』の中で、もう死人が出ないようにするといって、出発しました。しかし、夜間プールで泳いでいた人間が、溺死するのを、彼に防げるはずがありません。一人の人間だけを監視していればいいんじゃないですからね。6号車だけでも、二十六人の乗客に眼を走らせていなければならなかったんです。無理ですよ」

「それは、わかるよ」

「部長は、頭のいい人です。エリートコースばかりを歩いて来て、現場の苦労はわからないかもしれませんが、よくおわかりだと思うのです。日下刑事が、たった一人で、二十六人を見守るのが無理なことぐらい、よくおわかりだと思うのです。それなのに、あんなに、いきり立っているのは、何か他に理由があるんじゃないでしょうか？」

「かもしれないな。それで、君は、どうするつもりだ？」

「もう一度、部長に会ってきます」

「喧嘩をしに行くんじゃあるまいね？」

「ただ、ちょっと、ききたいことがあるだけです」

9

三上は、眉を寄せて、十津川を迎えた。

「何か忘れ物かね？」

「部長に、おききしたいことがありまして」

「何だね？」

「日下刑事ですが、今度の件で、最初に休暇願いを出したときには、許可しない考えでおいでだったんじゃありませんか？」

「そうだ」

「それで、なぜ、急に、許可になったんでしょうか？」

「『旅号』の乗客の生命を守るのも、警察官として、必要なことだと思ったし、日下君は、親孝行をしたいといっていた。それなら、許可してもいいと思ったからだ」

「日下君は『旅号』で、これから、青森に向かいます」

「だから、もうこれ以上、死者を出さないようにしろと、日下君に、いってくれればいいんだ」

「昨夜、何者かが、ホテルの日下君の部屋の様子を窺っていたそうです。ドアの外に、小さなライターが落ちていたといいますから、まず、間違いないと思います」

「それが、どうかしたのかね？」

「日下君は、三人の死者は、事故死なんかではなく、他殺だといっています」

「証拠はないんだろう？」

「ありません」

「それでは、他殺かどうか、わからんじゃないか。つまらんことを、いいなさんな」

三上は、腹立たしげにいった。

これも、おかしいなと、十津川は思った。

三上は、「旅号」で、三人目の死者が出たと知って、課長と、十津川を呼びつけて、叱りつけた。それも、異常なほど、強い調子でである。

それはつまり、「旅号」の乗客の死に、大きな関心を持っているからだろう。その三上刑事部長が、乗客の死を、他殺かどうかなどは、どうでもいいみたいないい方をするのは、不自然ではあるまいか。

「次は、日下君が狙われるかもしれません」

「それは、三人の乗客の死が、他殺だったらだろう？」

「そうです」

「他殺の証拠はないといったじゃないか。それなら、安心していたまえ。日下君は、タフだから、病気で死んだり、事故で死んだりはせんよ」

「それならいいですが、私は、三人が殺されたとしたらと思っているんです。それなら、日下君が、犯人に狙われても、不思議はないのです。部長が、何か知っていらっしゃるのなら、話していただけませんか？」

十津川がいうと、三上は、急に、当惑した顔になって、咳払《せきばら》いをした。

「私が、何を知っているというのかね？」

「部長が、急に、日下刑事の休暇を許可されたのには、理由があったと思っているのです。上から、何か話があって、許可なさったんじゃありませんか？」

「そんなものは、ない」

「もし、日下君が、殺されでもしたら、どうされますか？　部長が、事実を喋《しゃべ》ってくださっていれば、日下君は、助かったと思うかもしれませんよ」

「君は、私を、脅迫するのかね？」

三上が、眼をむいて、十津川を睨んだ。

その眼が、悪酔いしたみたいに、すわっている。

(やはり、何かあるのだ)

と、十津川は、確信した。

「とんでもありません。部長が、何か知っていらっしゃるのなら、話していただきたいと申しあげているだけです。日下君みたいに、若い気鋭の刑事を、失いたくないからですよ」

「私は、何も知らん。何も隠してやせんよ」

「ひょっとすると、日下刑事の休暇は、部長ではなく、他のところから、許可するようにという声があったんじゃありませんか？」

と、十津川は、きいた。

とたんに、三上の顔色が変わった。どうやら、十津川の質問が、核心を突いたらしい。いい方を変えれば、三上の隠したがっている秘密に触れてしまったらしい。

「話すことはないから、帰りたまえ」

と、部長は、甲高い声でいった。

## 10

十津川は、部長室を出ると、本多一課長に会って、部長とのやりとりを話してみた。

「私は、部長が、何か隠しているとしか思えないのです」

「具体的にいうと、どういうことだね？」

「誰かわかりませんが、お偉方が、部長に、『旅号』に、刑事を一人やれと命じたんじゃないかと思うのです。ちょうど、日下君の休暇届けが出ていたんで、急遽《きゅうきょ》、許可したということじゃないかと思っているんです」

「そのお偉方は、なぜ、『旅号』に、刑事をやりたかったのかね？」

「たぶん、また死人が出るのが、予想されていたからでしょう」

と、十津川は、いった。

本多は、「うむ」と、小さく唸《うな》って、考えていたが、

「君は、ずいぶん、大胆な想像をするんだね」

「その人物は、表立って、警察で、『旅号』の乗客を捜査させるわけにはいかなかった。それで、誰か一人、優秀な刑事を、個人の資格で、あの列車に乗せ、次の死者が出るのを防ごうと考えた。日下君は、それに、ぴったりの人間だったというわけです」

「なるほどね。それで、部長が、豹変《ひょうへん》して、休暇が許可されたわけか」

「今日も、その影の人物が、ニュースを見て、怒ったんじゃないでしょうか。早速、部長に電話してきて、怒鳴った。それで、部長も、課長と私を呼びつけて、あんなに怒ったんじゃないでしょうか」

「筋が通るね。しかし、君のいうお偉方というのは、誰のことかね？　まさか、うちの長官のことをいっているんじゃあるまいね？」

「長官とは、思っていません。私には、誰かわからないのです。ただ、部長は、政界に野心を持っていると聞いています」

「ああ、それは、部長自身から聞いたことがあるよ。今は、警察畑から、政界へ進出した人も、何人かいるからね」

「その関係の人かもしれません」

「今、保守党で、防衛問題の委員をやっている白井さんは、部長の大学の先輩に当たるはずだから、ときどき、会っているようだよ。しかし、これは、部長のプライベイトなことじゃないかね？」

「プライベイトに、部長は、何か頼まれたのかもしれません。部長が、突然、日下刑事の休暇を許可したことに、それが現われています。たぶん、こういうことではないでしょうか。今度の日本一周列車『旅号』で、何か起こるのを予感していた人間がいる。その人間が、部長に、相談を持ちかけたんじゃないでしょうか。君の力で、それを防いでほしいとです。ただし、それは、表沙汰《ざた》に出来ないことだともです。部長は何とかしようと考えたのと、日下刑事の休暇願いとが、上手く一致したわけです。『旅号』で、何か起こるかもしれないが、表立って、警官を乗り込ませるわけにはいかない。そこへ、両親を守るために、個人の資格で『旅号』に乗り込むという日下刑事が現われたわけです。部長にとっては、もっけの幸いだったんじゃありませんか。だから、やたらに、『旅号』で、何か起きないようにしろと、日下刑事にいったんじゃないでしょうか？　それにもかかわらず、また一人、乗客が、死んでしまった。ある人物から、何事も起きないようにしてくれと頼まれていた部長は、面目を失って、われわれに腹を立てたんだと思うんですが」

「白井久一郎に当たってみるかね」

「このままでは、日下刑事が、危険だと思うのです。彼は、目隠しをして、『旅号』に乗っているようなものです。三人の乗客が、次々に死んだことについて、彼は、殺人だろうと思っていますが、証拠はつかめないといっていますし、他殺として、動機が、全くわからないともいっているのです。拳銃も持たず、捜査権もなしに、彼は、『旅号』に乗っているんです」

「日下君が、狙われると思うのかね」

「その可能性もあります。犯人は、妙な人間が乗って来たと、警戒しているでしょうし、邪魔者と思えば、日下刑事が、狙われます」

「よし、白井久一郎に会いに行ってみよう。幸い、今は、国会が休みだから、自宅にいるはずだ」

と、本多がいった。

## 11

白井久一郎の自宅は、東京オリンピックの施設の近く、世田谷区駒沢にあった。

白井は、警視総監として、五年間を、過不足なく務めたあと、勇退し、郷里の静岡から衆院選に出馬して、当選したのである。

政治家の家としては、質素な構えだった。

敷地は、百坪もないだろう。

その家に近づいたとき、急に、本多が、十津川の腕を引っ張って、物陰に、身を隠した。

「どうしたんですか？　課長」

「部長が、出て来る」

と、本多が、小声でいった。

白井家の門が開いて、夫人に見送られて、小柄な男が、出て来るところだった。間違いなく、三上刑事部長である。

「参ったな。危うく、ぶつかるところでしたね」

十津川は、首をすくめた。

三上の姿が消えたあと、わざと、間《ま》を置いて、二人は、白井家の門のベルを鳴らした。

インターホンで、来意を告げると、白井本人が、出て来てくれた。

「今日は、どんな風の吹き回しなのかね？」

と、いいながらも、後輩が、訪ねて来てくれたことに、満足した顔で、二人を、奥へ招じ入れた。

夫人が、冷たい麦茶をいれてくれた。

「お酒のほうがよかったかな？」

白井は、二人の顔を見比べるようにした。

「いえ。まだ、勤務中ですから」

と、本多がいった。

「何か、重大な用件だろうね？　捜査一課のエリートが二人も、一緒に来たんだから」

「用件は、十津川君が話します」

と、本多が、いった。

十津川は、麦茶を口に運んでから、

「これから、お話しすることは、私の想像ですから、もし、間違っていましたら、お詫びいたします」

「うむ」

「国鉄が、『旅号』という日本一周旅行を計画し、現在、ブルートレインで、走行中です。

これは、人気がありまして、一人二十万円という料金にもかかわらず、三百人の募集が、簡単に、一杯になりました」

十津川は、わざと、ゆっくりと喋りながら、白井の反応を見た。

しかし、白井の大きな顔には、これといった表情は、浮かばなかった。警視総監時代は、喜怒哀楽の激しいほうだったのに、三年間の代議士生活で、すっかり、政治家の顔になってしまっているのだ。

「この『旅号』は、八月三日に東京駅を出発し、九州を一周してから、山陰本線を通って、京都に戻って来ました。京都に二泊したあと、今日の午前十一時二十六分に、青森駅に向かって発車しています。問題は、この旅行中に、すでに、三人の乗客が死んでいることなのです。一人は病死、他の二人は、事故死ということで、処理されました。しかし、この三人は、殺されたのではないかという疑問がもたれています」

「そのことと、私が、何か関係があるのかね？」

白井は、じっと、十津川を見つめて、きいた。

十津川は、かまわずに、話を続けた。

「この『旅号』の乗客の中に、うちの日下刑事の両親が乗っています。日下君が、親孝行がしたくて、お金を出して、両親を乗せたわけです。ところが、三人も死者が出ました。それも、ブルートレインの6号車の乗客ばかりなのです。それで、日下君は、両親のことが心配になって、京都から一緒に乗りたいと、七日間の休暇願いを出したのです。三上刑事部長は、最初、とんでもないと一言のもとにはねつけられたんですが、突然、がらりと態度を変えて、許可してくれました」

「うむ」

「ここまでは、事実そのままを、お話ししました。これから先は、私の想像です。今も申しあげたように、もし、間違っていましたら、お詫びいたします」

「つまり、私に関係した話になるわけだね？」

「そうです」

「話してみたまえ」

「三上部長が、なぜ、急に、日下君の長期休暇を許可してくれたのだろうかと、それを考えてみたのです。私は、こう考えました。日下君を、『旅号』に乗せる必要を、三上部長が感じたからだろうとです。この列車で、すでに、二人の乗客が死にました。また、誰かが、死ぬことを、予感している人がいて、その人が、三上部長に、乗客を守ってくれと、頼んだんじゃないかと思うのです。しかも、表立っては出来ない事情があるともいったのだと思います。したがって、日下君が休暇をとって、『旅号』に乗ることは、ちょうど、よかったわけです。それで、三上部長は、急遽、休暇を許可したのではないでしょうか」

「それで？」

「日下刑事は、喜んで、京都へ向かって、『旅号』の一行と合流しました。しかし、彼が着いてから、三人目の犠牲者が出たのです。それを知って、三上部長は、烈火のごとく、怒りました。なぜ日下刑事が、三人目の犠牲を防げなかったのかとです。しかし、これは無理です。三上部長に、『旅号』の乗客の安全をひそかに図るように頼んだ人は、何かを知っていたはずです。少なくとも、『旅号』の中で、事件が起きる予感は、持っていたと思うし、それはなぜかという理由も知っていたんじゃないかと思うのです。ところが、日下刑事は、何の知識も与えられずに、乗客の中に入って行ったわけですから、第三の悲劇を防げなかったとしても、責めることは出来ません。それだけではありません。ひょっとすると、次は、日下刑事が、狙われるかもしれないのです」

「日下刑事が、狙われる?」

「そうです。三人の死が、同一犯人による殺人ならば、その犯人は、きっと、突然、入り込んできた日下刑事を、怪しく思うのが当然です。そして、生命《いのち》を狙うことも、十分に考えられます」

「まるで、私の責任のようないい方だな」

白井は、じろりと、十津川を睨んだ。

## 12

「私は、三上部長に対して、表沙汰にせず、『旅号』の乗客を守れと指示したのは、あなただと思っているのです」

十津川は、ずばりといった。

白井は、別に、動じた様子もなく、「うむ」と、肯《うなず》いて、

「なぜ、そう思うのかね？」

「今の長官が、三上部長に命じたとは思いませんでした。それならば、何らかの話が、私や、一課長にあるはずだと思うからです。とすると、外部の人で、三上部長が尊敬していて、その人のいうことなら、たいていのことは聞くという人ということになります。そこで、あなたの名前が思い浮かびました。もう一つ、私と、本多課長が、ここへ来たとき、三上部長が、お宅から出て行くのを見ました」

「私には、何のことか、さっぱりわからん」

と、白井は、いってから、すぐ、言葉を続けて、

「と、いったら、どうするつもりかね？」

「そのときは、いさぎよく、私の想像が当たっていなかったことをお詫びして、引き下がる

つもりでいます」

「日下刑事が、危なくてもいいのかね？」

「彼は、若いですが、優秀な刑事ですから、むざむざ、殺されたりは、しないでしょう。それに、警察に入った以上、つねに、危険と隣り合わせであることは覚悟していると思っています。ただ、何一つ、知識を与えられないのが、残念です。犯人について、どんな小さなヒントでも与えてやれたら、ずいぶん違うと思うのですが」

芝居でなく、本当に、十津川は、それが残念だった。

日下を、助けに行ってやりたいが、「旅号」の乗客が三人死んだことが、他殺と証明できていない今、十津川までが、四、五日間もの休暇をとって、東京を離れるわけにはいかない。といって、日下を、呼び戻すわけにもいかないだろう。両親が、旅行を続けているのに、放り出して、自分だけで、帰って来られる男でもなかった。

このままでは、危険とわかっていながら、黙って、見守っているよりほかはないのである。

白井は、黙っている。

「課長」

と、十津川は、本多に声をかけて、椅子から立ち上がった。

「おいとましましょう。私の想像が外れていたようです」

「そうだな」

「申しわけありませんでした」

と、十津川は、白井に頭を下げた。

本多が、先に応接室を出た。十津川が、続いて、出ようとしたとき、白井が、

「待ちたまえ」

と、ふいに、いった。

13

もう一度、座り直した十津川に向かって、白井は、

「列車は、今ごろ、どこを走っているのかね？」

「正確にはわかりませんが、敦賀《つるが》辺りではないかと思います」

「そうか」

と、白井は、肯いた。が、別に、そのことを知りたかったわけではないようだった。何かを話すきっかけをつかもうとしているように見えた。

「日下刑事というのは、何歳かね？」

「確か、二十九歳だったと思います」

「結婚しているのかね？」

「いや、まだです。それで、ご両親は、彼を早く結婚させたがっています」

「そうか、まだ、結婚していないのか――」

白井は、ひとりごとのように、口の中で呟《つぶや》いていたが、

「名前はいえないが、政界で、大きな力を持っている人がいる」

と、語調を変えて、いった。

「総理も経験された人だ。その人が、突然、私に、電話をかけてきて、頼みたいことがあるから、至急、来てくれというのだ。八月四日の夜だった。私は、すぐ、訪ねて行った」

白井は、視線を宙に向け、そのときのことを思い出すようにいった。

十津川は、黙って、白井の話を聞いた。

「どんな難局にも、顔色一つ変えずに対処してきた人だったのに、私が会ったときは、すっかり、憔悴《しょうすい》しているようだった。その人が、私に、話したことは、次のようなことだった。その人には、奥さんとの間に、結婚した娘はいるが、別の女性との間に、男の子があった。愛人の産んだ子だ。その子は、母親の姓を名乗っているが、その人は、奥さんとの間に生まれた男の子が、若くして亡くなっただけに、その男の子を溺愛した。もちろん、奥さんの手前があるから、ひそかにだがね。もし、奥さんの了解を得られれば、将来は、自分の姓を名乗らせ、自分の後継者に育てたいと思っておられたらしい。去年、奥さんが亡くなられた。

その人は、その子を、いよいよ、自分の後継者にと思われたのだが、妙な噂《うわさ》を聞くようになった。その子を、仮に、Aとしよう。Aがアメリカに行っていたとき、Aのアメリカの友人が、突然、不審な死に方をした。Aも、参考人として呼ばれて、事情をきかれたが、Aの友人が殺された証拠もなく、また友人も、事故死ということになったので、釈放された。Aの恋人が、死んだときも同じだった」

「なるほど」

「Aは、今度、『旅号』の乗客として、日本一周旅行に参加している。その人が、それを知ったのは、『旅号』が、東京駅を出発してからだ。一日たった八月四日になって、『旅号』の乗客の一人が、寝台の中で、死んでいたと、知った。しかも、Aと同じ6号車の乗客だという。その人は、不安になって来た。ひょっとして、自分の血を引いたAが、殺したのではないかと思ってだよ。それで、昔、警察にいた私に、頼まれたんだ。その人にしても、Aが、殺したのかどうか、半信半疑なのだ。だから、私は、三上刑事部長に会って、その人の名前も、Aの名前も出さずに、日本一周旅行が終わるまで、『旅号』の乗客、特に、6号車の乗客を守ってほしいと頼んだのだよ。三上部長は、喜んで、引き受けてくれたのだが」

「Aさんの名前は、どうしても、内密ですか?」

「そうしてもらえば、有難いがね。その人は、日本一周旅行が終わったら、Aを、外国へ留学させると、いわれているんだ」

「白井さんは、Aさんに会われたことがあるのですか？」

「いや、会ったことはない。しかし、大変に頭のいい人だということだ。大学も、つねに、三番以内で、卒業したと聞いている」

「しかし、心は病んでいるのかもしれませんね」

と、十津川は、いった。これに対しては、白井は、何もいわなかった。

「顔写真でもあればと、思いますが？」

「それはない。年齢《とし》は、二十八歳だそうだ」

「ほかには、何もわかりませんか？」

「それが、今日の朝刊に、また一人、『旅号』の乗客が死んだと出ていたので、その人も、さぞ、悩んでおいでだろうと思い、十時ごろ、電話をしたら、秘書が出てね。たぶん、ニュースを見てだと思うのだが、もともと、血圧の高い方だったから、脳溢血で倒れて、病院へ運ばれたというんだ。すぐ、病院へ、お見舞いに行ったが、意識不明で、絶対安静だと医者がいったよ。つまり、Aについて、何もきけなくなってしまったんだ」

「しかし、名前は、わかっているわけですね？」

「それは、きいているよ」

「それを、ぜひ、教えていただけませんか。顔写真があれば、一番いいんですが、それがなければ、名前だけでも教えてください。日下刑事に、知らせてやりたいのです」

「しかし、十津川君。偽名で乗っているかもしれんだろう？」

「その点は、大丈夫です。『旅号』の場合、定員三百名に対して、二十倍近い応募があったので、抽選になりました。ハガキによってです。ですから、でたらめの名前で、応募は出来なかったはずです」

「そうか」

と、白井は、肯いてから、

「その人は、今もいったように、政界の長老で、脳溢血で倒れたことも、まだ、秘密になっている。新聞にも書かれないはずだ。その人が倒れたとなると、政界に波風が立つからだよ。だから、Aの名前は、君には教えるが、絶対に、公《おおやけ》にしないでもらいたいのだ。わかるかね？」

「わかります」

「では、名前を教えよう。柳沼功一《やぎぬまこういち》だ。年齢は、二十八歳。私が知っているのは、それだけだ」

14

十津川と、本多は、白井邸を辞した。

すでに、昼を過ぎていた。「旅号」は、どの辺りまで行っただろうか。

「これから、どうするね？」

と、本多がきいた。

「とにかく、この名前を、日下君に伝えたいと思います」

「列車の中の日下刑事に、連絡できるかね？」

「東京の総合指令室へ行けば、列車の無線電話を使って、連絡がとれると思います」

「じゃあ、タクシーを拾おう」

と、本多は、手を上げた。

タクシーの中で、十津川は、

「白井さんのいっていた『その人』というのは、誰か、わかりますか？」

と、小声で、本多にきいた。運転手に聞かれては、困るからだった。

「想像はつくね」

と、本多が、微笑した。

「誰ですか？」

「白井さんは、こういっては悪いが、政治家としては、有能ではあるが、まだ若手だ。その人が、あれだけ尊敬し、忠誠をつくす相手となれば、白井さんが所属している派閥のリーダーしか考えられないじゃないか。白井さんも、保守党で、主流といわれる派閥に入っている。

そのリーダーで、総理の経験もあり、今の政界を動かしている人間といえば、三田良介だと、私は、思っているんだがね」

「なるほど、三田良介ですか」

十津川は、三田良介の七十歳とは思えない、精悍な顔を思い出した。

確かに、三田は、政界の有力者だし、実質的に、現在の政治を動かしている人間ともいうことが出来る。

現代は、女性の地位が向上した。女性有権者の声を無視しては、政治家は、生きてはいけない。

それでも、政治家が、愛人を持つぐらいは大目に見るが、自分の子供と認めた男が、殺人事件でも引き起こせば、政治家として、命取りになりかねない。だいいち、マスコミが、恰《かっ》好《こう》のニュースとして、書き立てるだろう。

三田良介が、秘密のうちに、処理したいと考えるのも肯けるし、三田派の一員の白井が、それに力をつくすのもわかる気がする。

三田には、浪花節的なところがあって、それがまた、日本人に受ける理由の一つなのだが、白井も、それを考えて、ここで、恩を売っておけばと、思っているのだろう。

「それにしても、白井さんは、すっかり、政治家になってしまったねえ」

本多が、溜息まじりにいった。

「そうですね」
「私には、それが、寂しいね」

# 第六章　青函《せいかん》連絡船

## 1

「旅号」は、富山を出たところだった。

午後四時を少し回っている。もちろん、まだ、寝台は、セットされていない。

日下が、トイレに立ったとき、車内アナウンスが、

「6号車の日下功さま。至急、4号車の車掌室まで、おいでください」

と、告げた。

日下は、トイレに行き、その足で、4号車に行った。

車掌室に顔を出して、日下だと告げると、車掌長の石井が、

「あなたに、東京から、連絡が入っています」

「東京から？」

「東京の総合指令室を通して、十津川さんという人の伝言です」

「それなら、私にだ。電話かな？」

「いいえ。伝言だけ、書き留めておきました。それを、日下さんに、伝えてくれということなので」

石井は、メモ用紙を、日下に渡した。


〈問題の人物の名前は、柳沼功一。二十八歳。

頭脳明晰《めいせき》なるも、心病むか。

これ以外は不明。善処せよ。

十津川〉

それだけしか、書いてなかった。

「これで、わかりますか？」

と、石井が、きいた。

「わかります」

「本当ですか？」

「ええ」

日下は、メモをたたんで、ポケットに入れた。

問題の人物というのは、犯人と思われる人間ということだろう。なぜ、その名前が浮かんできたかは、メモには、書いてない。

しかし、これだけでも、十分だった。

日下は、東京鉄道管理局営業部長の富田と会った。

「乗客全員の名簿をお持ちでしたね?」

と、日下は、きいた。

「ええ。持っていますよ」

「6号車の乗客の中に、柳沼功一という男性がいるはずなんですが、見てくれませんか」

と、日下は、富田に頼んだ。

「見てみましょう」

富田は、大判の手帳を取り出し、日下との約束どおり、彼の身もとを知らないそぶりで、それを、繰りながら、

「日下さんは、6号車にお乗りなんでしょう?」

「ええ」

「それで、お仲間の中に、柳沼という人がいるかどうか、わかりませんか?」

「まだ、全員と親しくしていませんからね」

「日下さんは、京都からでしたね。ええと、6号車と——」

富田は、そのページの名前を、口の中で呟きながら、眼で追っていったが、

「ありませんねえ。柳沼功一という人は」

「ちょっと、見せてください」

「どうぞ。これは、別に、秘密じゃありませんから」

富田は、手帳を開いて、日下の前に置いた。

〈6号車　二十八名〉

と、あった。ずらりと、名前が並んでいる。

二十八名の名前が書いてあって、その中の死んだ三人は、消してあり、一番下に、日下の名前が、書き加えてあった。

しかし、いくら見直しても、「柳沼功一」の名前は、なかった。

(この男は、他の車両に乗っているのだろうか？)

「他の車両の乗客も見ていいですか？」

「いいでしょう」

と、富田は、いった。

日下は、富田の前の座席に腰を下ろして、最初から、ページを繰っていった。似た名前があると、眼を止めた。「柳」という名前もあったし、「柳田」という人もいた。

しかし、最後の車両まで見ても、「柳沼功一」の名前は、見つからなかった。

「おかしいな」

と、日下は、呟いてから、富田に、

「三百名の乗客は、ハガキで応募した人の中から、抽選で決めたわけでしょう？」

「そのとおりです」

「それなら、でたらめの住所や名前を書いたのでは、これに乗れなかったはずですね？」

「ええ。そうですね」

「それなら、なぜ、この名前が、ないんだろう？」

「その柳沼功一という方は、どういう方なんです？」

「この旅行に参加しているということになっているんですよ」

と、だけ、日下は、いった。

十津川が、嘘を知らせてくるはずはないし、事実だという確信があったからこそ、わざわざ、国鉄の総合指令室を通して、知らせてきたのだろう。

頭脳明晰なるも、心病むかというのも、十津川が、そう思って、知らせてきたのだろうから、なおさら、でたらめとは思えなくなってくるのだ。

「自分の名前を使わずに、この旅行に申し込むことは出来たと思いますか？」

と、日下は、きいてみた。

「そうですね。友人の名前を使って、申し込めばいいわけですよ。ただし、その場合も、実在の人間じゃないと、駄目ですがね」

「そうか。友人の名前を使えばいいわけですね」

日下は、肯いて、もう一度、6号車の乗客名簿を見直した。

名簿には、年齢も、記入してあるが、これは、国鉄のほうで、いちいち、戸籍謄本や、住民票をとって、確かめるわけではないから、正確かどうかは、わからない。

日下自身も、旅行に出たときなどは、二十九歳と書かずに、二十五歳と書いたりすることがある。

6号車の乗客は、現在、日下も含めて、二十六人だった。このうち、男性は、約四分の三にあたる二十人である。

二十八歳と年齢を書いているのが、四人、二十六歳、三十歳など、二十八歳に近い男が三人だった。

この合計、七人の中に、柳沼功一がいるのかもしれない。

だが、どうやって、それを調べたらいいのだろうか?

2

十津川は、総合指令室から、「旅号」の日下に連絡してもらったあと、国鉄本社に、総裁秘書の北野を訪ねた。

日下に、「柳沼功一」の名前を知らせただけで、すむということではないと思ったからである。側面から、日下を助けてやらなければならない。

北野は、十津川の顔を見ると、いきなり、

「参りましたよ」と、いった。

「また、『旅号』の乗客の中に、死者が出ましてね」

「知っています。その件で、伺ったんです」

「まあ、事故死だというし、他の乗客に動揺はなく、旅行は、無事に続けられるというので、ほっとしているんですがね」

「乗客名簿は、ここにありますか」

「いや、今度の日本一周旅行は、東京鉄道管理局で企画したので、そちらにあります。近くだから、ご案内しましょう」

北野は、気軽く、立ち上がった。

東京鉄道管理局では、「旅号」の乗客三百人の名簿と、その三百人の応募ハガキを見せてもらった。

「乗客の中に、不審な人間でもいるんでしょうか?」

局長の小林が、不審そうにきいた。

「いや、そんなことはありません。私の知り合いの者が、両親に内緒で、この列車に乗っているんじゃないかと思うのです。それで、捜してくれと頼まれましてね」

と、十津川は、いった。下手な嘘だとは自分でもわかっている。が、ほかに、いいようがなかった。

「そうですか」

と、小林はいったが、十津川の言葉を、信じた顔ではなかった。

それでも、「何という名前ですか？」と、きき、一緒に捜してくれた。

「柳沼功一さんという方は、いませんね」

と、小林が、いった。

「ここの営業部長さんが、『旅号』に同乗しているわけですね？」

十津川が、きいた。

「そうです。富田営業部長と、ほかに二名の者が、添乗しています」

「その部長さんは、この名簿と同じものを持っているわけですか？」

「そうです。この名簿の写しを持っています」

とすると、日下は、今ごろ、その名簿の写しの中に、柳沼功一の名前を見つけ出せなくて、当惑していることだろう。

（柳沼功一は、「旅号」に乗らなかったのだろうか？）

いや、それならば、白井久一郎が、わざわざ、三上部長に、頼みに来たりはしないだろうし、政界の長老の三田が、三人目の乗客の死にショックを受けて、入院したりはしないだろう。

（友人か、知人の名前で、応募し、そのまま、「旅号」に乗っているのだ）

と、思った。

まず、6号車の乗客から調べることにしようと思った。

柳沼功一、二十八歳に、似た乗客は、6号車に、七人いた。

十津川は、その七人の応募ハガキを、管理局で、コピーをとってもらい、それを持って、警視庁に帰った。

いずれも、年齢は二十歳から三十歳の間に書いている。この七人の誰が、柳沼功一であっても、おかしくはないのである。

問題は、七人の住所が、まちまちで、東京以外に、大阪や、神奈川、あるいは、福島にも広がっていることだった。

東京に限定するわけにはいかなかった。

柳沼功一自身の住所が、どこか、わからなかったし、父親に当たる三田は、神奈川の生まれである。

十津川は、腕時計を見た。

午後五時を回っていた。

四人目の犠牲者が出るのは、一行が、札幌に着いて、ホテルで一泊することになってからと、決めてしまうわけにはいかないのである。

青森への途中で、四人目の死者が出るかもしれないのだ。

十津川は、各県警に、捜査を依頼することにした。

名簿にのっている人間が、本当に、「旅号」の旅行に加わっているかどうかをである。もし、家にいたら、誰に、名前を貸したかをきいてもらうことにした。

依頼したのは、大阪府警一名、神奈川県警一名、そして、福島県警一名の合計三名についてで、残りの四名は、東京が、住所になっていた。

福井　淳
佐々木　修
若林　敏行
中川　晴夫

その四人である。

十津川は、手の空いている部下の刑事たちに、この四人を調べてもらうことにした。

二人の刑事が担当することになって、四人の住所をメモして、出て行ったあと、十津川は、国鉄の東京総合指令室に、電話を入れた。

「もう一度、『旅号』の6号車にいる日下あてに、言伝《ことづ》てをお願いしたいのです。問題の人物について調査中と、そう伝えてください。それだけで、わかるはずです」

「わかりました」

と、相手は、いった。

四人の乗客のことを調べていた桜井と、小川の二人の刑事は、三時間ほどして、相ついで、帰って来た。

福井淳と、佐々木修の二人を担当した桜井は、

「結論から先にいいますと、二人とも、『旅号』に乗っていると見ていいと思います。福井淳は、二十九歳のカメラマンで、乗り物の写真が専門です。今度も、友人に、『旅号』に乗って、写真を撮ってくるといっていたそうですから、間違いなく、乗っていると思います。福井には一緒に仕事をしているカメラマンがいるのですが、その彼に八月四日に、西鹿児島から、電話があったそうです。もう一人の佐々木修は、三十歳で、コピーライターです。汽車が好きで、家でも、鉄道模型に凝っているといっています。これも、友人が、『旅号』に乗るのを、東京駅に見送りに行ったそうです」

「それでは、この二人が、柳沼功一ということは、まず、考えられないね。小川君のほうは

どうだ？」

「私が担当した二人も、ちゃんと、『旅号』に乗っているそうです」

と、小川が、手帳を見ながら、いった。

「若林敏行は、K鉄工の本社に勤めるサラリーマンです。一年前に、職場結婚したのですが、二カ月で、離婚しています。友人の話では、奥さんの不貞が、原因だったそうです。その友人たちが、若林が、あんまり、がっかりしているので、彼が、鉄道マニアだということもあり、今度の旅行に行かせてやることにしたのだそうで、八月三日には、友人たちが、東京駅に、見送りに行っています」

「中川晴夫は、どうだね？」

「その男は、現在、無職です。年齢は、二十八歳。いわば、自由業で、同人雑誌に小説を書いています。そうした仲間のあいだでは才能を買われているようです。中央社の百万円小説に当選してもいます。これは、中央社に行って、確かめてきました。中川は、『旅号』の募集があると、それに乗って、次の作品に使いたいといっていたそうです。それに、京都から中央社の編集のほうへ電話があったそうです。したがって、その列車に乗っているのは確かだと思います」

「すると、東京の四人は、柳沼功一ではあり得ないということか」

十津川は、軽い失望を覚えながら、いった。

残るのは、各県警に頼んだ三人である。

橋本可一郎　　福島市
笠井　昌治　　大阪市西成区
川又　良昭　　逗子市

夕方になって、次々に、各県警本部から、回答が寄せられてきた。

しかし、それは、十津川が、期待したようなものではなかった。

橋本可一郎（福島市）は、妻の涼子と二人とも旅行好きで、雑貨屋をやっている。実は、夫婦で、今度の「旅号」に応募したのだが、急に涼子に、用が出来てしまい、橋本だけが参加した。これは、家族が証明している。

大阪の笠井昌治は、小学校の教師である。大学生時代から、鉄道マニアだったので、今度の企画を知ると、すぐ応募した。笠井が、「旅号」に乗ったことは、友人や、妹が、証言している。最初の西鹿児島で、ホテルから、妹のところに、着いたという電話連絡があった。

神奈川県逗子市の川又良昭は、駅前で、模型店をやっている。川又自身も、鉄道模型が好きで、日ごろから、ブルートレインにも興味を持っていたので、今度の旅行に応募した。独身だが、両親が近くに住んでいて、京都から、電話があったので、「旅号」に乗っていることは、間違いない。

「どうも、おかしいね」

十津川は、思わず、首をひねってしまった。

この七人の中に、柳沼功一がいるはずだと思っていたのである。この七人の一人が、柳沼の友人か知人で、その名前を使って、今度の「旅号」の企画に応募したにちがいないと考えたのだが、どうやら、間違いだったらしい。

七人とも、本人だったら、柳沼功一は、6号車以外の車両に乗っていることになってしまう。

他の車両の乗客は、二百七十二名である。このうち、二十歳から三十歳にかけての男性は、四、五十人はいるのではあるまいか。

それを、一名ずつ調べていくのは、大変だった。しかし、6号車に、柳沼功一がいないとすれば、他の車両の人間も、調べなければならない。

「念のために、この七人の顔写真が欲しいね」と、十津川がいった。

「他県の三人については、写真を電送してもらうから、他の東京の四人について、写真を手に入れてくれ」

「写真が揃ったら、どうしますか？」

と、亀井がきいた。

「そうだな。カメさんが、『旅号』を追いかけていって、日下君に渡してもらいたいんだ。この時間だと、『旅号』は、北陸本線を走っているんじゃないかな。札幌着は、明日の十六時四十四分の予定になっている。明日の午前中に、七人の写真が揃えば、ジェット機で、千歳《ちとせ》へ飛び、札幌で、日下君に渡せるからね」

「もし、この七人の中に、柳沼功一がいなかったら、どうしますか？」

「そのときには、他の車両の乗客も調べるより仕方がないね」

「大変ですよ」

「大変でも、やらざるを得ないよ。なにしろ、三人も死者が出ているんだ。それに、日下刑事も、狙われかねないんだからね」

十津川は、亀井にそういうと、改めて、福島県警、大阪府警、神奈川県警に電話をかけ、三人の顔写真を入手して、電送してほしいと、頼んだ。

亀井たちも、四人の顔写真を入手するために、飛び出していった。

東京都内の四人については、夜半までに、写真が集まった。

続いて、神奈川県警などから、次々に、該当者の顔写真が、電送されてきて、七人全部が揃ったのは、午前一時に近かった。

十津川は、七人の顔写真を、机の上に並べた。

「このとおりの顔が、6号車に、七人とも揃っていれば、柳沼功一は、6号車にいないことになるんだがね」

「まもなく午前一時ですね。『旅号』の乗客は、もう眠っているでしょうね」

亀井が、腕時計を見ながらいった。

「札幌でなら、楽に、この七枚を、日下君に渡せるが、その前は、無理かな？」

「調べてみましょう」

亀井は、時刻表を引っ張り出した。

「札幌の前に、『旅号』をつかまえるとすると、青森か、函館ということになりますね」

亀井は、時刻表を繰りながら、十津川に、声をかけた。

「青森着は、午前六時四十五分だから、青森でつかまえるのは、無理だよ。まだ、飛行機が飛んでいない。一行は、青森から青函連絡船で、函館へ出る。函館着は、十一時二十分だ。ここでなら、つかまえられるんじゃないかね」

「悠々とつかまえられますね。羽田から函館まで、一日六本の便が出ています。八時五十五分の便に乗ると、十時二十分に着きますから、ゆっくり間に合いますよ。空港から、函館駅までは、車で二十分ぐらいのものですから」

と、亀井は、時刻表を見ながらいった。

「じゃあ、夜が明けたら、その便で、函館へ飛んでくれ」

「この七枚の写真を、日下君に渡したあとは、どうします？　同行は出来ませんね。そんなことをしたら、犯人に怪しまれてしまいますから」

「といって、日下君一人だけでは、大変だから、君は、札幌に先回りして、何か起きたら、すぐ行けるようにしていてくれ」

3

日下が眼をさますと、列車は、停まっていた。

枕元の小さな明かりをつけ、腕時計をかざすと、午前一時に近い。

日下は、ベッドから降り、スリッパをはいて、通路に出た。

ところどころから、寝息が聞こえてくる。

歯ぎしりしている音も聞こえた。

トイレで用をすませ、ドアについている小さな窓からのぞくと、青白い蛍光灯で照らされた、人気《ひとけ》のないホームが見え、「酒田《さかた》」の文字が読めた。

確か、秋田の手前の駅である。

じっと、ホームを見つめていると、最初に、十津川が知らせてきたメモの文字が、眼先にちらついてきた。

〈問題の人物の名前は、柳沼功一〉

だが、6号車に、その名前の乗客は、乗っていないのだ。

富田営業部長に、「旅号」の全乗客の名簿を見せてもらったが、その中にも、柳沼功一の名前は、なかった。

十津川の情報が間違っているのか、それとも、柳沼功一が、偽名で乗っているのか。だいいち、日下は、柳沼功一が、どんな人物なのかも知らないのである。

じっと、ホームを見ているうちに、次第に、日下は、いらだってきた。

車掌長か富田に会って、頼みたいことが出来た感じで、他の車両へ歩いて行った。

車掌長の石井は、まだ起きて、日誌をつけていた。

「ここは、羽越《うえつ》本線の酒田ですね」

と、日下は、石井に、声をかけた。

「そうです」

「やはり、他の列車を待避するためですか？」

「それもありますが、ここで、機関車の交換もします。ここまで牽引《けんいん》してきたＥＦ８１型に代えて、ＥＤ７５型を使用するからです」

「どのくらい、停車しているんですか？」

「あと、二十分ですね」

石井は、懐中時計を見て、いった。

「あと、青森まで、停車する駅は？」

「いや、あとは、停車しません」

「じゃあ、ここで、ホームへ降ろしてくれませんか。東京へ電話したいんです。大丈夫、発車までには戻って来ます」

日下は、頼み込んだが、石井は、当惑した顔になって、

「それは、困ります。こんな深夜に、一人だけ、ホームに降ろすということは」

「どうしても、東京に連絡しなければならないことがあるんです」

「それなら、列車の無線電話を使って、連絡をとってあげますよ。さっきも、東京からの連絡を、あなたに伝えてさしあげたはずですがね」

「国鉄の東京総合指令室を通してでしょう。複雑な問題だから、直接、話す必要があるんです」

日下が、デッキで、車掌長の石井とやり合っているところへ、うまいことに、富田営業部長が、通りかかってくれた。

富田は、二人の話を聞くと、車掌長に向かって、

「まあ、いいじゃないか。行かせてあげなさい」

と、いってくれた。

日下は、その富田と、車掌長から、百円玉を、あるだけ借り、手動でドアの一つを開いて

もらって、ホームに降りた。

列車の先頭部分では、駅員が集まって、機関車の交換作業が行なわれている。

日下は、ホームの階段を降りて行き、黄色い公衆電話を見つけて、取りついた。

周囲は、ひっそりと静まり返っている。

日下は、警視庁の捜査一課に、電話をかけた。

この時間でも、十津川や、亀井たちがいてくれた。それが、日下には嬉しかった。自分のことを見守ってくれているという気がするからである。

「今、酒田駅です。機関車の交換と、待避の時間があるので、その間に、ホームに降りて電話しています。メモにあった柳沼功一というのは、どんな人物なんですか？　まず、それを知りたいんですが」

「それが、よくわからないんだ。名前と年齢しかわからない。よく知っている人物が、入院してしまって、会うことが出来ないのだよ。それに、表立って、この柳沼功一という男について、調べるわけにはいかないんだ。警察が柳沼功一について調査しているとわかると、政界の有力者が傷つく。それによって、政界に混乱が起きる可能性もあるのでね。うちの部長も、びくびくしているんだ」

「なるほど。ところで、6号車の乗客名簿を見たんですが、年齢的に該当するのは、七人です。しかし、その中に、柳沼功一という名前の男はいません」

「それは、こちらでも調べたよ。それに、この七人について調べたところ、全員が、『旅号』に乗っていると見られるんだ」

「七人の顔写真が欲しいですね。七人の中に、その写真と違った顔がいれば、それが、柳沼功一になりますから」

「顔写真は、手に入れたよ。夜が明けたら、カメさんが、飛行機で、そちらへ飛んで行って、君に手渡すことになっている」

「札幌で、貰《もら》えるんですか？」

「いや、函館で渡せるといっていたよ。明日、いや、もう今日か、今日、羽田から、函館へ飛び、国鉄函館駅で、君に渡すといっている」

「ありがとうございます。写真が貰えれば、その写真と違う男が、柳沼功一ということになって、マークしやすくなります」

「誰が、柳沼功一かわかっても、慎重に行動してくれよ。これまでの三人は、すべて、病死か、事故死の形をとっていて、殺人の証拠はないんだからね」

「わかっています」

「部長も、部長に、柳沼功一のことを頼んだ人も、まず第一に、『旅号』に犠牲者が出ないようにしてくれといっている」

「しかし、もう出てしまっています。これ以上、出さないようにはしますが」

「もう一つの問題は、マスコミだ。お偉方は、マスコミに感付かれて、書き立てられるのを一番怖がっている。柳沼功一が殺人犯で、その殺人犯が、政界の大物と関係があるというスキャンダルが、一番怖いんだ。だから、警察に捜査させることもしないでいるんだよ」

「事情はわかりかけてきました」

「難しい仕事だが、頼んだよ。君の第一の仕事は、殺人犯を見つけることよりも、これ以上、乗客の中に、犠牲者を出さないことだ。それに、君は、捜査一課の刑事として列車に乗っているのではなく、個人として乗っていることも、忘れずにね」

「わかりました」

「もう一つ、君自身の生命も、大事にしてほしい。いや、一番それが大事だ。くれぐれも、注意してほしいんだ。柳沼功一という男のことは、よくわからないが、頭の切れることだけは聞いていているからね」

「了解」

日下は、電話を切ると、また階段を、ホームにあがって行った。

4

機関車を交換しおえた「旅号」は、青森へ向かって、再び、出発した。

ほとんどの人が、疲れて、眠りこけていたろうから、列車が、酒田で停まったことも、日下が、ひとり、ホームに降りて、東京へ電話をかけたことも、知らずにいただろう。

日下は、自分のベッドにもぐり込んで、カーテンを閉めたが、しばらくは、眠れなかった。

この6号車の乗客の中に、犯人がいると、日下は、確信している。どんなに、病死や、事故死に見せかけようと、これは、殺人なのだ。

容疑者として、柳沼功一という名前が浮かんできた。が、富田の持っていた乗客名簿に、その名前はなかった。困惑していたのだが、函館へ、亀井が、七名の顔写真を持ってきてくれるという。

これで、事態は、進展するだろう。

七名の中に、ニセモノがいれば、写真でわかるし、その男が、容疑者であり、柳沼功一という人間なのだ。

安心して、眠った。

がやがやという話し声や、物音に眼をさますと、窓の外は、もう明るくなっている。

腕時計の針は、六時近くを指していた。

午前一時に一回起きているので、まだ眠い。

それでも、着がえをして、通路に出て行くと、洗顔を終わった両親が戻って来て、

「やあ、おはよう」

と、声をかけてきた。

父も母も、寝足りた、晴れやかな顔をしている。

「眠いよ」

日下が、眼をこすると、父の晋平が、「おい、ちょっと」と、彼を脇へ引っ張って、

「私は、昨日、トイレに起きたんだ。どうも、最近は、トイレが近くなってね。トイレをすませて、窓からホームを見たら、お前が、ホームを歩いているのが見えた。寝巻で、スリッパをはいてだ」

「へえ。見たの？」

「ああ、何をしてたんだ？」

「ちょっと、外の空気を吸いたくて、車掌に頼んで、ホームに出してもらっただけさ。それで、おやじのほかに、そのとき、ホームを見ていた乗客はいなかったかい？　ああ、6号車の乗客でだよ」

日下がきくと、晋平は、じっと考えていたが、

「さあなあ。わたしは、誰も見なかったが、トイレに入っているとき、前の通路に、足音が聞こえたのは、覚えているね」

「男の足音だったかい？　それとも、女の足音だったかい？」

「スリッパをはいてる足音だったから、どっちかわからないね」

「ありがとう」

日下が、顔を洗いに、洗面所へ来てみると、二つある洗面所は、一杯で、寝巻姿の乗客が、煙草を吸ったり、お喋りをしたりして、空くのを待っていた。

その中に、和田由紀の顔もあった。

「おはよう」

と、由紀のほうから声をかけてきた。

「やあ」

と、日下も、微笑を返したが、どうしても、6号車の七人のことが気になってしまった。

該当する七人の名前は、富田の乗客名簿から、自分の手帳に写してある。

この七人、特に、その中の東京に住む四人が、要注意だろう。

七人全部の名前を、まだ、全部、空《そら》で覚えていないが、東京の四人の名前は、覚えた。顔と名前も、だいたい一致している。

今、洗顔に行って、顔をあげて、こちらを見た男は、その四人の一人の福井淳だった。

日下が、この男を最初に覚えたのは、いつも、カメラを持ち歩いているからだった。

「旅号」の乗客は、ほとんど全員、カメラを持ってきていた。

日下の両親も、コンパクトカメラを持っているが、福井は、カメラを離したことがなかった。

日下は、福井が、カメラマンと聞いて、なるほどと思ったのだが、それ以来、福井の名前と、顔と、カメラとが、結びつくようになった。

今も、ニコンを持ってきていた。顔を洗う間は、洗面台の隅へのせていたが、すぐ手にとって、窓の外を流れる景色にレンズを向けている。

日下は、簡単に顔を洗ってから、

「いいカメラですね」

と、声をかけた。

福井は、「え？」と、日下に顔を向けた。

「ああ、カメラですか。たいしたもんじゃありませんよ」

「プロのカメラマンだそうですね」

デッキで話をしながら、日下は、煙草に火をつけた。

「まあ、何とか、食べていますよ」

と、福井は、笑った。

「じゃあ、今度も、仕事で乗っているわけですか？」

「ええ。鉄道の雑誌から、この『旅号』のルポと写真を頼まれましてね。写真は、本職だから楽ですが、ルポのほうは、うまく書けるかどうか、不安でしてね」

「何という雑誌ですか？　記念に、その雑誌を買おうと思うんですが」

『旅と鉄路』という月刊誌です」

福井は、ニコニコ笑いながら教えてくれた。

窓の外に、弘前《ひろさき》市内の景色が流れていく。

「弘前ですね」

と、福井が、確認するようにいった。

やがて、トンネルに入った。二千メートル近い大釈迦《だいしゃか》トンネルである。

そのトンネルを抜けてしばらく行くと、のどかな風景が広がった。

福井は、窓の外にカメラを向け、五回、六回とシャッターを切った。

(この男は、本物のカメラマンらしい)

と、日下は、思った。つまり、柳沼功一ではないということである。もちろん、今の段階で、断定は、危険だったが。

5

青森には、予定より五分おくれて、到着した。

今日の朝食は、連絡船に乗ってから、船の食堂でとることになっていた。

青森駅のホームに着くと、長い通路を歩いて、連絡船に乗り込む。

青函連絡船の「羊蹄丸《ようていまる》」は、すでに、岸壁に繋がれていた。

「時間はありますから、ゆっくり乗船してください」

と、添乗している富田たちが、乗客にいっている。

東京から九州を回り、ここまで、三百人の乗客を乗せてきたブルートレイン「旅号」は、海峡を渡れないので、ここで、乗客が、北海道一周をして戻って来るのを待つことになる。

若い日下は、青函連絡船に乗るのは、初めてだった。仕事で、北海道へ行くときは、いつも飛行機を使ってしまうからである。

日下は、由紀と一緒に、連絡船への長い通路を歩いて行った。

日下と由紀は、通路の長さに閉口したが、老人たちは、それをむしろ、懐かしがっていた。

通路を渡り切ると、連絡船に乗る桟橋になっている。

乗船改札口は、もう開いていた。

さっさと、改札口を通って、「羊蹄丸」に乗り込む人たちもいれば、富田たちに、出船の時間をきき直してから、桟橋の売店に駆けて行き、青森のお土産を買っている家族連れもいる。

日下の両親も、売店に寄って、二人で、あれこれ、土産品を見ていた。

「早く乗ったほうがいいよ」

と、日下は、心配になって、両親に声をかけた。

「それに、船の中にだって、お土産は売っているよ」

「ちょっと、食べるものが欲しいんだよ」

と、母の君子がいい、二人で、千円のアップルケーキと、五百円のおかきを買った。

「船の中で、じきに、朝食になるのに」

「年寄りは、すぐ、口が寂しくなるのよ」

君子がいったとき、日下の横で、突然、フラッシュが光った。

福井が、カメラを構えて、売店で買い物をしている乗客を写したのだった。

日下は、何となく眉をひそめたが、福井は、平気な顔で、また、シャッターを切った。

まだ買い物をしている両親を、そこへ置いておいて、日下は、由紀と一緒に、乗船改札口を通り抜けた。

本州から北海道への客は、ほとんど飛行機を利用してしまうのか、羊蹄丸の船内は、びっくりするほど、すいていた。

三百名の「旅号」の乗客が乗り込んだのに、船室は、ガラガラだった。

定員は、千二百八十七名だが、今日の船客は、せいぜい五百名ぐらいだろう。

日下たちは、グリーン席に入った。

午前七時三十分。

ドラの音とともに、「羊蹄丸」は、函館に向かって、ゆっくりと出港した。

用意されていた食事が、全員に配られ、食事中に、ミス・函館や、函館市の助役が、歓迎のあいさつをした。

日下は、食事をすませると、甲板《かんぱん》へあがった。

風もなく、海は凪《な》いでいて、船が、陸奥《むつ》湾を出て、津軽海峡にかかっても、ほとんど、揺れなかった。

日下は、海が好きだった。

手すりにもたれて、大きく広がる海面や、遠ざかっていく津軽半島や、遠くを航行している船などを見つめていると、自分が、今、殺人事件の渦の中にいることも、ふと、忘れてしまいそうになる。

(いかん、いかん)

と、日下は、首を振り、手帳を取り出して、広げた。

福井　淳
佐々木　修
若林　敏行
中川　晴夫

この四人の名前と、あと三人、こちらは、東京以外の男の乗客である。

福井淳というプロカメラマンは、まず、本物だろう。今も、甲板に出て来て、写真を撮りまくっている。

佐々木修と、若林敏行、中川晴夫の三人の中に、ニセモノがいるのだろうか？

乗客名簿には、住所は書いてあったが、職業を書く欄はなかった。だから、この三人が、どんな職業なのかわからない。

ただ、この中の佐々木修だけは、印象に残っている。というのは、「旅号」が、京都に着いたとき、舞妓二人の歓迎を受けた。

佐々木修は、スケッチブックを持っていて、それに、そのときの舞妓の姿を描いているのだが、これが、なかなかのものだった。

佐々木が描いているのは、舞妓だけではなかった。「旅号」も描いているし、西鹿児島駅も、描いていた。

いや、もう一つ、日下の母の君子が、佐々木に、似顔絵を描いてもらって、喜んでいる。

職業は、コピーライターだということだった。

あとの二人は、よくわからない。

名前と顔は、一致しているが、職業もわからないし、性格もわからなかった。

函館に着けば、亀井刑事が、顔写真を持ってきてくれる。四人、いや、七人全部の職業も、調べてくれているだろう、その中から、柳沼功一を見つけ出せるだろう。それまでは、一応、若林敏行と、中川晴夫の二人を、マークしていたほうがいいだろう。

甲板は、風は涼しいが、照りつける夏の太陽は、激しい。上半身裸になって、肌を焼いている男もいる。

日下は、甲板から下へ降りて、「サロン海峡」という名前のついた喫茶室へ入った。甲板で、陽に照らされて、のどが渇いたからである。

船のサロンらしく、室内は、豪華にじゅうたんを敷きつめ、ソファが並んでいる。

日下はカウンターに腰を下ろし、レモンティを頼んでから、室内を見回すと、奥のテーブルに、由紀の姿が見えた。

日下は、すぐ、カウンターから降りて、向こうのテーブルへ行こうとしたが、彼女のほかに、男が一人座っているのに気がついて、あわてて、腰かけ直した。

由紀と一緒に、コーヒーを飲んでいるのは、確か、中川晴夫という男だった。四人の中の一人である。

日下は、レモンティを口に運びながら、眼の隅で、二人を見ていた。

二人とも、ひどく親しそうに話をしている。ときどき、由紀が、相手の手元をのぞき込んで、楽しそうに笑ったり、大きく、肯《うなず》いたりしている。

日下は、だんだん、気になってきた。

相手の中川晴夫が、ひょっとすると、三人の乗客を殺した犯人かもしれないという危惧のせいも、もちろんある。だが、刑事としての眼のほかに、二十九歳の男としての眼にもなっていた。

中川晴夫は、色白な、どこか、かげりを感じさせる男だった。痩身で、何となく、頼りなく見える。そんなところが、女性の気持ちを惹きつけるのだろうか。

嫉妬というほど強いものではないのだが、日下も、若いだけに、気になって、眺めているうちに、中川のほうが、ひょいと立ち上がって、喫茶室を出て行った。

日下は、あわてて、視線をそらせ、照れかくしに、煙草に火をつけたとき、奥のテーブルにいた由紀が、カウンターのところへ歩いて来て、ひょいと、隣りに腰を下ろした。

「函館まで、何時間ぐらいかかるのかしら？」

「四時間くらいだと思うが」

「ご両親は？」

「船内を探険しているよ。珍しもの好きだからね。君が、今、話をしていたのは、同じ6号車の中川という人だろう？」

「そうなの」

と、由紀は、嬉しそうに、笑って、

「楽しかったわ。彼は、どんな仕事をしているか、わかる？」

「いや、全くわからないね。普通のサラリーマンではないような気がするんだけど」

「これを見て」

由紀は、左手に持った雑誌を、日下の前に置いた。

「城西文学《じょうさい》」と書かれた薄い雑誌だった。

「あまり見たことのない雑誌だね」

「同人雑誌としては、有名だわ。私も、大学時代に、この同人雑誌に入っていたことがあるのよ」

「君は、文学少女だったのか」

「昔は、太宰治に憧れたこともあったわ。今でも、太宰は好きだけど」

「ふーん」

日下は、由紀の顔を見直した。彼も、一時期、太宰治に傾倒したことがある。高校から大学にかけてである。

しかし、刑事になってからは、太宰の本は、部屋の隅で、埃《ほこり》をかぶっていた。

「君の作品が、これにのっているの？」

日下がきくと、由紀は、笑って、首を横に振ってから、中ほどを開いて見せた。

〈虹の残影《ざんえい》　　中川晴夫〉

という字が、眼に入った。

「これは、あの中川という男のことかい？」

「そうよ」

「じゃあ、彼は、君と同じ雑誌の同人だったわけかい？」

「そうじゃないわ。中川さんは、『城西文学』の同人じゃないの。『城西文学』ではね、同人じゃなくても、優秀な新人がいれば、発表の場を提供することにしているんだわ。だから、これは、中川さんが、書いて、投稿したんですって。それが、同人たちの絶讃を浴びたうえ、S文学賞の候補になっているわ。発表は、確か、九月末じゃなかったかしら」

「ほう。S文学賞の候補になっているんなら、大したものだ」

と、日下は、いった。

S文学賞を受賞して、一躍、有名人になった若い作家が、何人もいたからである。

これで、中川晴夫も、ニセモノでなく、本物の可能性が強くなってきたなと思った。

残るのは、若林敏行一人である。

「中川は、本物らしく見えたかい？」

と、日下は、きいてみた。

由紀は、びっくりしたように、眼を大きくして、

「本物らしくって、どういうこと？」

「よく、作家のニセモノというのが、新聞なんかに出ているじゃないか。作家の名前を使って、旅館に泊まったり、飲んだりして、姿を消してしまうのがね。ひょっとすると、今の男も、中川晴夫のニセモノかもしれないと思ってね」

「刑事さんて、突拍子もないことを考えるのね」

由紀は、クスクス笑ってから、

「中川晴夫というのは、まだ無名よ。この作品が、S文学賞の候補になったから、知る人ぞ知るでしょうけど、世間的な有名度は、ゼロに近いわ。そんな人の名前をかたったって、何も出来やしないわ」

「確かにそうだが、彼は、この雑誌を、自分で持っていたんだろう？」

「ええ。あと一冊持ってるからって、これをくれたのよ」

「それじゃあ、このページを開けて、これが僕なんだといって、相手を信用させるのに、使っているのかもしれない」

「何のために？」

「若い女の子なんか、S文学賞の候補になるような小説を書いている人かと、ころりと、参ってしまうんじゃないかな」

「ニセモノだったら、少し話をしたら、すぐ化《ば》けの皮がはがれるわ」

「じゃあ、君は、話をしていて、この作品の作家に間違いないと思ったわけかい？」

「もちろんよ。この作品には、きらめくような才気が感じられるんだけど、あの中川さんにも、話をしていて、鋭い才気を感じたわ」

「じゃあ、君の好みの男性というわけかい？」

日下がきくと、由紀は、また、クスッと笑って、

「そういうことは、関係ないわ」

「でも、ひどく楽しそうに、二人で喋っていたからね」

「見てたの？」

「まあね」

日下は、赤くなった。

そんな日下の顔を、由紀は、ちょっと意地の悪い眼つきで見た。

「中川さんは、才能があるし、今は無名だけど、有名作家になる可能性はあるわ。話だって、気がきいているし――」

「うむ」

「でも、ああいう人は、話していて疲れるの。日下さんなら、いくら話をしていても、疲れないわ」

「それは、賞《ほ》めてるのかい？　それとも、皮肉なのかい？」

「どちらでもないわ。でも、中川さんの才能は、本物ね」

「作家に、コピーライターに、プロのカメラマンか」

「佐々木さんや、福井さんのことね」

「なぜ、そういう人が多いんだろう？」

「そりゃあ、普通のサラリーマンじゃあ、十日間も、休暇がとれないからじゃないかしら」

「なるほどね。若林という人と話をしたことはある？」

「若林って、二十七、八の男の人でしょう？」

「ああ、そうだ」

「話をしたことはないけど、あの人は、あんまり楽しそうじゃないわね。何かあるみたい」

「何だろう？」

「わからないわ」

と、いってから、由紀は、急に、日下の脇腹を突ついた。

若林敏行が、入って来たからだった。

6

若林は、中肉中背の、外見的には、どこといって、特徴のない男だった。

眼鏡をかけていて、いかにも、平凡なサラリーマンという感じがする。

若林は、コーヒーを注文してから、あごに手を当てて、何か、じっと考えている感じだった。

それから、煙草に火をつけた。運ばれてきたコーヒーを、いかにも、まずそうに飲んでいる。

あまり、話しかけたくなるような男ではなさそうだった。そういえば、東京からここまで、すでに一週間たっているのに、この男には、友人が出来ないらしい。

(出来ないのか、それとも、わざと、作らずにいるのだろうか?)

そんな眼で見ているうちに、若林は、ふっと、立ち上がった。

まだ、この喫茶室へ入って来て、十二、三分しかたっていない。

彼が、出て行くのを見て、日下は、急に、そのあとをつけてみる気になった。

「ちょっと、失礼するよ」

と、小声で、由紀にいい、彼女の分も払って、日下も、喫茶室を出た。

若林は、いったん、甲板に出て行った。

相変わらず、真夏の太陽が、さんさんと、甲板に降り注いでいた。

若林は、ぽつんとひとり、手すりにもたれて、海を眺めている。まるで、ひょいと、海に飛び込みそうな感じがして、離れているところから見ていて、日下は、心配になったくらいである。

しかし、十五、六分すると、甲板から、また、階下《した》へ降りて行った。喫茶室の前を通り、男子手洗所へ入った。

別に、中までつけて行く気はなかったが、日下は、顔を洗いたくなって、手洗所の中へ入った。

奥で、ドアの閉まる音が聞こえたから、若林は、そこへ入ったのだろう。

日下は、入口近くの洗面所で、顔を洗った。水で顔を洗うと、気持ちがよかった。頭が爽快になった気がする。

顔が濡《ぬ》れたまま、尻ポケットを探って、ハンカチを取り出そうとしたときだった。

誰かが、背後から近づく気配に、はっとして、振り向きかけたとき、いきなり、何か堅いもので、後頭部を殴りつけられた。眼の前が暗くなり、日下は、その場に、昏倒《こんとう》した。

## 7

彼は、夢の中で、悪魔と闘っていた。相手は、いかにも恐ろしい顔をして、日下が、いくら拳銃で撃っても、生き返り、襲いかかってくるのだ。

助けを求めても、周囲を見回しても、誰も助けてくれない。いや、誰もいなかった。十津十津川警部も、亀井刑事も——

それでも、声にならない声で、助けを求めるうちに、やっと、救いの声が聞こえた。

——大丈夫？

それが、はっきりと、現実の声になった。

「大丈夫かい？　お前」

母親の君子の声だった。

眼の前に、母の顔も、見えてきた。とたんに、後頭部のずきずきする痛みも、よみがえってきた。

「どこだい？　ここは？」

日下は、母にきいた。

「船の医務室よ」

と、母の隣りで、若い女がいった。ああ、由紀も、来てくれているのか。

痛みと、口惜しさと、恥ずかしさが、同時に襲いかかってきた。

「お前が、手洗所で倒れているのを、若林さんが見つけて、船の事務長に、知らせてくださったんだよ」

と、母がいった。

「若林さんが？」

日下は、ますます、恥ずかしくなった。亀井刑事がここにいたら、きっと、どやしつけられるだろう。

若林をつけていって、何者かに殴られて気絶し、当の若林に助けられるとは、だらしのないことおびただしい。

いや、若林が、殴ったのかもしれない。日下が、顔を洗っているところへ、若林が、そっと近寄ってきて、いきなり殴って昏倒させ、そのあと、事務長に知らせたのかもしれないのだ。そうすれば、疑いが、他の乗客に向くと思って。

「どんな具合なんです？　先生」

母の君子が、心配そうに、きいている。

四十歳ぐらいの医者が、

「大きなコブが出来ていますがね。骨には異状はないようだから、大丈夫ですよ。あと、二時間ばかり、函館に着くまで、ここに寝ていれば、それで、大丈夫でしょう」

と、いった。

そっと、指を触れてみると、確かに、大きなコブが出来ている。

一時間ばかり、寝てから、日下は、ベッドの上に起きあがった。

「まだ、寝ていたほうがいいわ」と、由紀がいった。

「函館へ着くまで、あと、一時間あるんだから」

「そこにある上衣をとってくれないか」

と、頼んだ。

このベッドに寝かせるとき、医者が、脱がせたのだろう。

由紀が、上衣をとってくれた。

日下は、ポケットを調べた。手帳は、ちゃんと、入っていた。財布も、盗まれてはいない。

日下は、その手帳を取り出して、ページを繰った。

七人の名前を、乗客名簿から引き写したページは、破かれもせず、残っている。ほっとして、ページを閉じてから、日下は、「おや？」という顔になった。

日下は、そのページが、すぐ開けられるように、しおりの紐《ひも》を、そこに入れておいたのである。

ところが、しおりが、今は、別のページに挟《はさ》まれているからである。

日下を殴って、気絶させた相手は、彼のポケットから、手帳を取り出して、中を調べたにちがいない。そのとき、しおりを、別のページに、挟んでしまったのだろう。

「どうしたの？」

由紀が、心配そうに、日下を見た。

「いや、何でもないんだ」

と、日下は、わざと、笑って見せながら、頭の中で、いろいろと、考えていた。

犯人は、殺すために、自分を殴ったのではないだろう。もし、殺すためなら、日下が倒れてから、あと、二回、三回と殴りつけたはずである。

それなら犯人は、何のために、殴りつけたのだろうか？

一時的に、気絶させるだけでやったのなら、それは、何の目的のためだろうか？

日下の持っている手帳に、何が書いてあるか、見るためだったのか？　どうもそうらしい。

もし、そうなら、十津川警部からの伝言のメモを、手帳に挟んでおかなくてよかったと思った。

そのメモには、要注意人物として、柳沼功一の名前が書き込んであったからである。当然、犯人は、用心してしまうだろう。

日下は、もう一度、手洗所での状況を思い浮かべてみた。

若林を尾行し、彼が、男子用の手洗所へ入ったので、日下も、中へ入った。相手が、用を足している間、日下は、洗面所で顔を洗った。

洗い終わった瞬間、殴られたのだ。何分くらい、顔を洗っていたろうか。鏡の前に、石鹸が置いてあったので、それでまず両手を洗い、それから、冷たい水で顔を洗った。二、三分は、かかったろう。その間に、若林は、用を足して出て来て、日下が顔を洗っているのを見たのだろうか。

自分がつけられていると思った。そこで、背後から、殴りつけて、日下を気絶させ、次には、発見者になりすまして、事務長に連絡した。

そうだろうか？

あり得ることだと思う。その場合、問題は、凶器ということになるが、彼が、三人を殺した犯人だとすれば、つねに、鈍器様のものを持ち歩いていたということも考えられる。小型のスパナでもいいし、よく通信販売などで売っている伸縮自在の警棒でもいいだろう。

「何を考えていらっしゃるの？」

と、由紀が、きいた。

「誰が何のために、僕を殴ったのだろうかと思ってね」

日下は、後頭部に、そっと触りながらいった。さっきよりは、腫《は》れが引いている感じだった。

「それで、答えは見つかったの？」

「いや。まだ見つからないんだ。君は、僕が警察の人間だというのを知っている」

「ええ」

「それを、他の乗客に喋ったかい？」

「いいえ。あなたが、黙っていろというから、誰にも、話してないわ」

「すると、犯人は、僕が刑事とは知らずに、殴ったのかな？」

「きっと、そうだわ。何か盗《と》ろうとして、殴ったんだけど、そこへ、若林さんが来たんで、あわてて逃げたんじゃないかしら？　だから、何も盗られなかったんだわ」

「なるほどね」

と、日下は、肯《うなず》いた。が、彼女の考えに賛成したわけではなかった。

確かに、何も盗られてはいない。財布も、腕時計も無事だった。腕時計は、国産の安物だが、財布には、十万円近く入っていたのである。これだけなら、彼女のいうように、物盗りが目的で、殴りつけたが、そこへ、若林が来たので、あわてて逃げたという説明で、納得出来る。

しかし、犯人は、日下のポケットから手帳を取り出し、そのページを繰る時間はあったのだ。

だから、犯人は、あわてて逃げたわけではない。悠々と、手帳に何が書いてあるか調べているのである。警察手帳ではなく、市販の手帳を持ってきているから、手帳で、刑事とは、わからなかったろう。

もう一つ、疑問がある。

犯人は、今までに、三人の乗客を、病死や、事故死に見せかけて、殺している。由紀だって、殺そうとして、睡眠薬入りのコーヒーを飲ませたのだが、彼女が、途中で吐いてしまったので、未遂に終わってしまったのである。

それなのに、今度は、なぜ、日下を気絶させただけで、殺さなかったのだろうか。

殺そうと思って、殴ったのだが、日下の頭蓋骨が、人一倍丈夫なので、気絶で、すんだのだろうか？

そうだとすると、また、不審な点が出てきてしまう。後頭部を殴って殺したら、今度こそ、殺人とわかってしまうではないか。まさか、顔を洗っていて、滑って転び、後頭部を打って死亡したなどとは、誰も考えまい。

（わからないな）

と、日下が、首を振ったとき、医務室のドアが開いて、問題の若林が、顔をのぞかせた。

若林は、ちらりと、由紀に眼をやってから、

「いかがですか？　具合は」

と、日下にきいた。

「おかげさまで、もう大丈夫です。あなたが早く、事務長に知らせてくださったので、助かりましたよ」

日下は、礼をいいながら、相手の表情を観察した。

じっと見ると、なかなかの美男子なのだ。整った顔立ちをしているのだが、どこか、暗い感じがして仕方がない。

「偶然、私が、あそこにいたからですよ」

と、若林が、いった。

「若林さんに、ちょっとききたいんですが、かまいませんか？」

「ええ。どうぞ」

「若林さんは、トイレに入っていらっしゃったんですね」

「そうです」

「じゃあ、僕が床に倒れた音が聞こえましたか？」

「ええ、何か、どすんという鈍い音がしたのは覚えています。しかし、まさか、あなたが倒れたとは思いませんでした」

「その音を聞いてすぐ、トイレを出て、僕が倒れているのを見つけたわけですか？」

「いや、それが、私は、トイレが長いほうなんです。だから、五、六分してから、出たんじゃないかな。それで、洗面所の前で、あなたが倒れているので、あわてて、事務長に知らせたんです」

「五、六分してからですか？」

「ええ。そうなんです。じゃあ、お大事に」

若林は、そそくさと、帰って行ってしまった。

日下は、また、じっと考え込んだ。

(あの若林が、犯人だろうか？)

そうらしくもあるし、ちがうようでもある。

人間というのは、見方によっては、どうにでも思えるものである。

明るい人間でも、犯人だと思えば、わざと明るく振る舞っているようにも見えるからである。

8

連絡船が、函館に近づくにつれて、痛みもひいていった。

医務室の窓からも、函館港の防波堤が見えた。高くそびえているのは、函館山だろう。

日下は、医者に礼をいい、医務室を出ると、甲板にあがってみた。

「旅号」の乗客たちの多くも、甲板に集まって、眼の前に広がる函館の街を見つめている。

プロカメラマンの福井が、さかんに、写真を撮っていた。

函館は、どこか異国情緒を感じさせる港である。ビザンチン様式の正教会の塔があったり、ゴシック様式のカトリックの赤い塔があったりするからだろう。

日下も、一瞬、仕事のことを忘れて、函館の街並みに見とれていた。

連絡船「羊蹄丸」は、スピードを落とし、ゆっくりと、連絡船桟橋に近づいていく。

日下は、腕時計に眼をやった。

まもなく、十一時十五分である。

羽田から、飛行機で来るという亀井刑事は、もう着いているだろう。

「羊蹄丸」は、接岸し、日下たちは、第一乗船口から、ここも、長い通路を歩いて、函館駅へ入って行った。

函館からは、臨時列車が出ることになっていた。

函館駅には、○番から四番までのホームがある。

臨時列車の「旅号」は、四番線から出ることになっていた。

他のホームには、網走《あばしり》行きの特急「おおとり」や、札幌行きの特急「北海三号」が、入っていた。

函館から札幌まで、途中に、非電化区間があるので、どの列車も、気動車である。

四番線に入っている「旅号」も、六両編成の気動車だった。

北海道の新しいディーゼル特急として、昭和五十四年から登場した183系と呼ばれる車両だった。

いかにも、広大な北海道の大地にふさわしい、角張ったフェイスの先頭車両以下六両、だいだい色と赤のツートンカラーで、車内は、通路をはさんで、二座席ずつのリクライニングシートになっている。

日下は、他の乗客が、乗り込むのを見送ってから、ひとりで、改札口のほうへ歩いて行った。

四番線の「旅号」が、見えなくなるところまで歩いて来たとき、それを待っていたように、ひょいと、亀井が出て来て、日下と肩を並べた。

「これが、七人の顔写真だ」

と、亀井が、立ち止まって、茶色い封筒を、日下に渡した。

日下は、中から、七枚の写真を取り出した。名前や、職業などは、写真の裏に書き込んである。

「どうだ？　七人とも、その写真どおりの人間かね？」

亀井が、きいた。

「そう、せかせないでください。東京以外の三人は、同じ顔ですね」

「じゃあ、東京の四人はどうだ？」

「おかしいな」

「何がおかしいんだ？」

「私は、てっきり、若林という男が、犯人の柳沼功一じゃないかと思っていたんですがね、この写真を見ると、本物の若林敏行ですね」

「他の三人は？」

「それが、この写真を見ると、全員、本物ですね。この写真のとおりの顔ですよ」

「そんなばかな」

亀井は、眉をひそめた。

もし、「旅号」の乗客の中に、問題の人物、柳沼功一がいないのなら、なぜ、白井久一郎は、わざわざ、三上刑事部長を訪ねて来て、三田良介の意向を伝えたりしたのか？

「私も、おかしいと思いますが、6号車の乗客の七人は、ここにある七枚の写真の男たちですよ。間違いありません」

「そうなら、6号車に、柳沼功一は、いないことになってしまうじゃないか」

「柳沼功一の写真というのは、ないんですか」

「それが、今のところ、どこで生まれて、どの大学を出て、今、どんな生活をしているのか、全くわからないんだよ。住所もわからん。たぶん、東京に住んでいるのだろうというのも、われわれの想像でね。ただ一人、彼のことを知っている三田良介は、入院して、面会謝絶の状況だからな」

「そうですか」

「しかし、柳沼功一が、『旅号』に乗っていることは、間違いない」

「それなら、6号車以外に乗っていたということでしょうか？」

「君は、どう思うね？」

「私は、常識的にすぎるかもしれませんが、やはり6号車の七人の中にいると思うんですよ。これまでに死んだ三人が、すべて、6号車の乗客ばかりですからね。しかし、顔写真は、七人とも同じだということは、どう解釈したら、いいんでしょうか？」

「私にもわからんよ」

と、亀井は、首を振ってから、

「『旅号』は、まもなく出発だろう？」

「あと九分で発車です」

「おれは、もう一度、東京へ電話して、十津川警部と相談してみる。そのあと、札幌へ行く。君たちが泊まるのは、確か、サッポロホテルだったね？」

「そうです」

「じゃあ、おれも、そこに泊まることにする」

亀井は、そういって、改札口のほうへ歩いて行った。

9

十一時四十分に、網走行きの特急「おおとり」が、続いて、四十五分には、札幌行きの特急「北海三号」が、出発していった。

臨時列車「旅号」は、十一時五十五分に、四番線から、札幌に向かって出発した。

寝台特急《ブルートレイン》ではなく、一両あたりの座席の数が多いので、青森までのように、6号車だけで、かたまるというわけにはいかなかったが、それでも、おかしなもので、乗ってから、自然に、かたまってきた。

日下は、3号車に、両親や、由紀たちが座っているのを見て、乗り込んだ。

由紀の隣りには、すでに、福井が座っていたし、日下自身も、もう一度、七人の顔写真をゆっくり見たかったので、一番うしろの座席に腰を下ろした。

列車が走り出すと、日下は、封筒から、写真を一枚ずつ取り出して、見ていった。彼の隣りには、中学一年ぐらいの少年が腰を下ろしていたが、彼は、日下の様子には、全く無頓《むとん》着《じやく》で、窓ガラスに顔を押しつけて、夏の北海道の景色を眺めている。

どう見ても、七枚の写真の顔は、6号車の七人と同じだった。ニセモノは、いなかったのだ。応募した本人が、そのまま、乗っていることになる。

写真の裏には、名前と、住所のほかに、調査したことが、簡単に書きつけてあった。

日下は、それを読んでいった。

一番怪しいと思っていた若林の写真の裏には、次のように書いてあった。

〈一年前に結婚するも、二カ月で離婚。妻に男が出来たためで、その傷心をいやすために「旅号」に乗ったと思われる〉

あの男の、どこか寂しげな様子は、そのためだったのかと、一応は、納得したものの、やはり、どこか、釈然としないものが残ってしまう。

他の六人の中に、ニセモノがいれば、問題はないのだが、全員が、本物だとなると、一番、怪しげなのは、若林となってくるからである。

東京以外の三人は別にして、東京の四人のうち、若林以外の三人についての説明は、だいたい、日下が、調べたことと同じだった。

福井淳はプロカメラマン、佐々木修はコピーライター、そして、中川晴夫は新人の作家と、日下が、すでに知っていることだった。

結局、何もわからないのと同じなのだ。

日下は、写真をボストンバッグにしまうと、窓の外に眼をやった。

冬の北海道も素晴らしい。が、夏の北海道も、また見事である。山も大地も、緑一色に塗りつぶされ、まるで、緑のじゅうたんの中を進行しているように見える。

十二時になると、駅弁とお茶が配られた。

青函連絡船の中で、注文をとってあった駅弁である。

若い乗客の中には、二つも三つも注文している者もいた。

日下も、いかめしと、牛肉弁当を頼んでおいた。それを重ねて、前に置くと、何となく、豊かな気持ちになってくる。

(犯人も、この列車の中で、駅弁を食べているだろう。どんな気持ちで、食べているのだろうか？)

# 第七章　札幌

## 1

亀井は、函館駅の外へ出て、公衆電話ボックスに入った。

駅のＫＩＯＳＫで、嫌《いや》がられるのを承知で、二千円を、百円玉に替えてもらった。派出所で電話を借りれば、東京への連絡は簡単だが、今度の事件は、秘密を守ることが、何よりも優先される。同じ警察でも、秘密が洩《も》れるのは、防がなければならない。

亀井は、百円玉を積みあげておいてから、東京の十津川に電話をかけた。

「どうも、うまくありません」

と、亀井は、いった。

「七枚の写真どおりの乗客が、七人いると、日下君は、いっています」

「全部、本人が、『旅号』に乗ったということかい？」

電話の向こうの十津川の声も、意外そうだった。

「そうなりますね」

「じゃあ、6号車の乗客の中には、問題の人間はいないということになるのかな？　柳沼功一はいないと」

「かもしれません。他の客車の乗客の中にいるのかもしれませんが、そうだとすると、常識的に考えて、なぜ、6号車の人間だけが、三人も続けて死んだのか、わからなくなってきます。柳沼功一のことが、もっと詳しくわかるといいと思うんです。何よりも、その男の写真が入手できれば、問題の半分は、解決すると思うんですが」

「彼の写真が手に入るように努力しよう」

「そうしていただければ、助かります。それから、日下君は、黙っていましたが、彼の後頭部に、コブが出来ていました」

「殴られたのか？」

十津川の声が高くなった。

「そうだと思います。たぶん、青函連絡船の中で、やられたんだと思いますね」

「殺されかけたということかね？　もし、そうなら、私も、そちらへ飛んで行くが――」

「いや、あの傷の様子では、相手は、日下君を殺す気はなかったと思いますね」

「じゃあ、犯人は、何のために、日下刑事に、そんなことをしたのかね？」

「わかりませんが、ひょっとすると、警告かもしれません」

「警告？　彼が刑事だと見抜いて、警告のために、殴りつけたというのかね？」

「それも、わかりません」

亀井は、慎重に、いった。

函館駅で会ったとき、日下が、殴られたことをいわなかったのは、刑事の自分が、そんな目にあったことが恥ずかしかったのだろう。それに、七枚の写真を見るのに忙しかったこともあったろう。

「もう、臨時列車は、出発したんだろう？」

「十二、三分前に出発しました」

「その車内で、四人目の犠牲者が出る恐れはどうかな？　カメさんは、どう思うね？」

「札幌までの車内では、何も起きないと思っています」

と、亀井は、いった。

「それは、カメさんの希望的観測じゃないのか？」

「それもありますが、北海道内では、寝台列車ではなく、普通の座席車です。そのため、一両の乗客数は、平均五十名で、青森までのブルートレインのほぼ二倍です。それに、乗客は、起きているわけですから、犯人も、おいそれと、動けないと思うんです。日下君も、いますし――」

「すると、次に事件が起きるとすると、札幌でかね？」

「そう思います。札幌で一泊しますから、そのときが危ないと思っているんです。私も、これから、札幌へ行くつもりです」

「そうしてくれ。こちらでは、全力をつくして、柳沼功一のことを調べておこう。顔写真も、手に入れるよう努力する。『旅号』の乗客が、札幌に着くまでに、入手できるといいんだがね」

「私には、どうしてもわからないことが、一つあるんですが」

「柳沼功一という男の正体かね？」

「いえ、なぜ、犯人は、わざわざ、病死や、事故死に見せかけて、『旅号』の乗客を殺しているかということなんです。それも、6号車の乗客だけを」

2

十津川は、亀井との電話が終わると、部下の刑事たちを、呼び集めた。

三上刑事部長は、先輩の白井久一郎元警視総監に、「旅号」での事件を、秘密裡《り》に片付けて見せると約束した。そのため、捜査一課長を通じて、十津川に、解決を指示してきたのである。

「あくまで、秘密裡にやってくれ」と、三上が、いった。

「間違っても、白井さんの名前が出るようなことはしないでほしい。その代わり、この事件を解決するために、何人使ってもいい」

「部長が望まれる解決というのは、どういうことなんですか？」

と、そのとき、十津川は、きいた。

三人の乗客を、病死や事故死に見せかけて殺した犯人を見つけ出して逮捕して、それが解決なら、今までの事件と同じである。

しかし、それでは、否応《いやおう》なしに、柳沼功一の名前が、公になってしまう。それでは、まずいのではないか。

「第一に、これ以上、『旅号』の中で、死者を出さないこと。これが、至上命令だ。今までのところ、病死と事故死で、殺人事件にはなっていないからね」

「しかし、部長、これは、病死や、事故死に見せかけた殺人なんです」

十津川がいうと、三上は、じろりと睨《にら》んで、

「なにも、病死や、事故死で片付いているものを、殺人《ころし》にすることは、ないじゃないか。ともかく、現在の段階で、『旅号』では、事件は、起きていないんだ。このまま、東京に帰るまで、何事もなければ、事件にはならないですませることが出来る。それが、君や、『旅号』に乗っている日下刑事の仕事だ。白井さんが、君に、柳沼功一の名前を教えたのも、そのた

めで、彼を逮捕させるためじゃない」

「つまり、彼を監視して、新しい死者を出さないようにすることですね？」

「そのとおりだ。その他は、何もしなくていい」

「しかし、部長、柳沼功一が、どんな男なのか全くわからないのでは、日下刑事も、監視のしようがありません」

「私も、知らんし、白井さんも、名前と、二十七、八歳という年齢しか、ご存じないんだ。また、柳沼功一について、聞き回るのもいかん。それでも、新しい死者を出さんようにするのが、君たちの仕事だろうが」

三上部長は、それだけしかいわなかった。

十津川は、そんな部長との話を思い出しながら、集まった五人の部下の顔を見返した。

彼の机の上には、日本の鉄道地図が広げられている。朱で、数字が書き込んであるのは、「旅号」の時間表だった。

「カメさんからの連絡では、七人の顔写真の男は、全部、6号車の乗客の中にいるということだ。一人でも、顔写真と違っていたら、そいつが、問題の柳沼功一だと考えていたんだが、これで、目算が外れたよ」

と、十津川は、いった。

「では、6号車に、柳沼功一は、乗っていないということなんですか？」

桜井が、眼鏡を光らせながら、十津川にきいた。

「そう見てもいいかもしれないが、いないと考えてしまうと、常識的にいってだが、今まで、6号車にばかり犠牲者が出た理由がわからなくなる」

「柳沼功一は、本当に、『旅号』に、乗っているんでしょうか？」

桜井が、根本的な疑問を投げかけてきた。

「乗っていると見ていいだろうね。白井久一郎さんが、わざわざ、うちの部長を訪ねて来て、頼んだんだし、私が、本多課長と会いに行ったときも、白井さんは、必ず乗っているといっていた。乗っていて、しかも、同じ列車の三人の乗客が死んだというので、名前はいえないが、柳沼功一の父親が、脳溢血を起こして、病院へ担ぎ込まれたりしたんだ」

「しかし、警部」と、若い小川刑事が、口をはさんだ。

「これから、どうします？　6号車の七人の中にいないとすると、『旅号』の全員について、調べなければなりませんが」

「面倒だが、君たちに、それをやってもらいたい。『旅号』の乗客名簿は、すでに写してきてあるから、その中から、二十歳から三十歳ぐらいまでの男の乗客を選び出してもらいたい」

「柳沼功一の写真さえあれば、面倒なことをせずにすむのに。これじゃあまるで、目隠しをされて、ボクシングをやっているようなもんですよ」

と、小川は、不満をぶちまけた。

「わかっている。私は、これから、もう一度白井さんに会って、柳沼功一の写真、写真がなければ、身体的特徴をきき出してくるつもりだ」

十津川は、そういったあと、椅子から、立ち上がった。

3

日下たちの乗った臨時列車は、小樽《おたる》で停車し、ミス・北海道の五人の娘たちが乗り込んできて、ハマナスの花を、配って歩いた。

日下は、ハマナスの花というのは、なぜか、白いものと思い込んでいた。北海道に咲く花ということで、雪の白さを連想していたのかもしれない。

実際に、ミス・北海道たちが配ってくれたハマナスの花は、赤い色をしていた。どぎつい赤さではなく、あくまで、北の花らしく、柔らかな花だった。

臨時列車「旅号」は、彼女たちも乗せて、小樽を発車、札幌に向かった。

日下は、ゆっくりと、先頭車両に向かって、車内を歩いてみた。

新しい事件が起こるような気配は、どの車両にもなかった。乗客の中には、疲れたのか、座席を倒して、眠っている者もいたが、大半は、窓の外に流れていく北海道の夏景色を、満足そうに、眺めていた。

面白い駅名ということで有名になった「銭函駅」を通過したときは、「あッ、ゼニバコ！」と、大声をあげたり、あわてて、カメラを構えたりして、車内は、賑やかだった。

東京鉄道管理局の富田営業部長は、最後尾の6号車に乗っていて、日下が、その車両に入って行くと、彼を、デッキに引っ張っていって、

「まだ、何か起きると思っていらっしゃるんですか？」

と、きいた。

「そう思うから、用心しているんです。四人目の犠牲者を出さないようにするのが、私の仕事ですからね」

「今までの三人は、本当に、病死と事故死じゃないんですかねえ。殺人だというのは、思い過ごしじゃないかと思うんですが。その後、京都からここまで、何も起きていませんからね」

「僕が、青函連絡船の中で、殴られましたよ」

「ああ、もう大丈夫ですか？」

「痛みもなくなりました」

「ねえ、日下さん。船内で、あなたを襲ったのは、完全な物盗《と》りだったんじゃありませんか？」

「しかし、物は盗られていませんでしたよ」

「それは、誰かが来たから、あわてて、逃げたんでしょう。だいいち、殺すのが目的なら、殴って、気絶させて、それで満足というのは、おかしいんじゃありませんか？」

富田は、あくまで、日下が襲われたのは、物盗りの犯行ということにしたいらしかった。

日下は、逆らわずに、

「そういうことも、あるかもしれませんね」

「そうでしょう？　間違いなく、あれは、あなたを気絶させておいて、金でも盗ろうとしたんですよ。『旅号』の乗客の中には、そんなことをする人間は、いないと信じています」

今度の日本一周旅行の計画者である富田にしてみれば、何よりも、無事に、東京へ帰ることを願っていても、別に、不思議はなかった。

「確か、お医者さんが、同行していましたね？」

と、日下は、話題を変えた。

富田は、ほっとした顔になって、

「川島医師なら、私の隣りに腰かけていた人です」

「ここに、呼んできていただけませんか」

「いいですが、彼は、あなたが、警察の人間と知りませんから、そのつもりで」

富田は、そういい、自分の席に戻ると、川島医師を、デッキによこした。

「富田さんから、気分が悪いと聞きましたが？」

と、川島は、柔和な眼で、日下を見た。

「ええ、そうなんです」と、日下は、あわてていった。

「ちょっと、酔ったらしくて」

「それなら、これをお飲みなさい」

川島は、薬包紙に包んだ錠剤をくれた。

日下は、礼をいって、ポケットに入れてから、

「最初に、6号車で死んだ人がいましたね」

「ああ、村川誠治さんでしょう。あのときには、私も、びっくりしましたよ」

「僕も、あまり心臓が丈夫じゃないんで、怖いんですが、確か、心臓麻痺で亡くなられたんでしたね？」

「私がみたところは、そうでしたね。久留米医大病院で、解剖したところ、同じ結論が出たと聞きましたが」

「しかし、まだ、若かったんでしょう？」

「そうですね。確か三十九歳ということでした」

「奥さんは、村川さんの心臓は丈夫だったと、いっているそうですがね」

「そうですか。それは、知りませんでした」

「心臓が丈夫な人間が、ある日、突然、心臓麻痺で死ぬなんてことがあるんですか？」

日下がきくと、川島は、眼鏡の奥で、微笑した。

「よく、運動選手なんかが、おれは、一度も医者にかかったことはないと自慢していて、突然、死亡することがあるんですよ。身体に自信があるから、どうしても、無理をする。たいてい、運動選手は、心臓肥大ですね。それで、ぽっくりいくことがあるんです」

「村川さんの場合は、どうだったんですかね？」

「さあ、私は、久留米医大病院の解剖のくわしいことを知りませんからね。たぶん、弱っていたんでしょうね」

「心臓麻痺に見せかけて、人間を殺すことは出来ますか？」

日下が、ずばりときくと、川島は、眼をむいた。

「なぜ、そんなことをきくんですか？」

「僕は、推理小説のファンでしてね。ときどき、頭の中で、犯行のトリックを考えたりしているんです。それで、おききしたんですが」

「なるほどね。私も、推理小説は、嫌いじゃありませんよ」

と、川島は、微笑した。

「それで、元気な人間を、心臓麻痺に見せかけて、殺すことは出来ますか？」

「不可能じゃありませんね。心臓が急激に収縮するような薬を飲ませてもいいでしょうね。

外国では、そうやって、妻を殺し、夫が、保険金を手に入れたというのがありましたよ。その他、空気を静脈に注射してもいいでしょう。いきなり、ショックを与えてもいい」

「村川さんも、そうして、殺されたとは思いませんか？」

「もう、村川さんの遺体は、茶毘《だび》にふして、遺骨を、奥さんが持ち帰ったでしょうから、調べようがありませんね」

「可能性は、あるわけでしょうね」

と、日下は、なおも、食いさがった。

川島は、肩をすくめて、

「可能性としてだけなら、あり得るでしょうね」

といい、席に帰ってしまった。

日下は、今の会話を、反芻《はんすう》した。

薬を飲ませるか、注射によって、心臓麻痺と同じ効果を与えられると、川島医師は、いった。

村川は、寝台で、熟睡していた。

犯人は、静かに近づいて、むき出しの腕に注射したのではあるまいか。

川島医師のいうように、空気を注射してもいいだろう。

発作が起きたら、両手で、村川の口をおさえて、声を出せなくしたのではないか。

まさか、殺されたとは思わないから、川島医師は、注射の跡を、見逃したのではないか。

列車は、札幌に近づいていた。

4

十津川は、ひとりで、再び、白井久一郎邸を訪ねた。

西陽が、まだ強く当たっていて、人々は、その暑さに喘《あえ》いでいる。

門の前に立って、ベルを押しながら、もう一度、会ってくれるかどうか不安だったが、白井は、意外に、すんなりと、十津川を通してくれた。

「まもなく、『旅号』は、札幌に着きます」

と、十津川は、白井にいった。

「幸い、まだ、四人目の死者は出ていないようだね」

白井は、ゆっくりと、煙草に火をつけてからいった。

「そのとおりです。しかし、青函連絡船の中で、うちの日下刑事が、後頭部を殴られました」

「それで、彼は、大丈夫なのかね？」

白井は、さすがに、警察出身だけに、心配そうに、きいた。

「大丈夫です。どうやら、相手は、殺す気は最初からなかったようですから」

「そうか。しかし、それなら、なぜ、犯人は日下刑事を殴りつけたのかね？」

「警告ではないかとも思いますが、はっきりしません。しかし、このままでいけば、次は、殺されることになると思います」

「そう思うかね？」

「はい」

「どうしたらいいと思うかね？」

「日下刑事には、まだ、柳沼功一さんが、どこにいるのか、わかっていません。相手は、本名を名乗らずに、列車に乗っているからです。これでは、まるで、目隠しをされたまま、戦うようなものです。同じ6号車には、柳沼功一さんに該当する二十代後半から三十代にかけての男が、七人も乗っています。この七人の中に、はたして、柳沼功一さんがいるかどうかもわかりません。もし、他の車両の乗客まで、考慮しなければならないとなると、五、六十人をマークする必要があり、日下刑事一人では、とうてい不可能です。といって、あと、一人、二人と、刑事を、『旅号』にもぐり込ませたりすれば、マスコミが嗅《か》ぎつけて、公になる恐れがあります。そのときには、三田良介氏の名前に、傷が……」

「それは、絶対にいかん！」

白井は、顔色を変えて、怒鳴ったが、また、すぐ、表情を元に戻して、

「とにかく、今は、殺人事件だという証拠はないのだからね。警察が、公にしてもらっては困る。きみも、すでに承知してのことだろうが、政界の長老とは、三田さんのことだ。三田さんは、味方も多いが、敵も多い人だ。事あれば、三田さんを押しのけて、自分たちが、権力の中枢に座ろうと考えている人間が多いんだ。もし、そんなことにでもなったら、私は、日本の政治は、だめになってしまうと考えているのだ。それは、大げさにいっているんじゃない。無秩序な、派閥間の抗争になることだけは、はっきりしているよ。そうなっては困るのだ」

「ところで、三田さんの容態は、いかがですか？」

「おかげさまで、順調に回復しているよ。あの人は、生命力の強い人だし、この政治の難しい時代に、自分が亡くなったらどうなるかという使命感をお持ちだ」

「私が、お会いして、柳沼功一さんのことを、おききするわけにはいきませんか？」

十津川がきくと、白井は、あわてて、手を振った。

「今、そんなことをしたら、三田さんの容態は、たちまち、悪化してしまう。三田さんは、何ものも恐れない人だが、ただ一つ、あのお子さんのことが泣きどころなんだ。人一倍、子ぼんのうな方だからね」

「むしろ、この際、親子の問題を、はっきりさせたほうがいいんじゃありませんか。日本という国は、男女関係には寛大ですからね。前に、保守党で愛人を五人も持っていると公言して、当選したお偉方がいたじゃありませんか。政治生命がなくなるということはないと思いますが」

「一年前ならばね。むしろ、そのころまでは、三田さんは、認知して、自分のあとを継がせたいと考えておられたらしいんだ。ところが、この柳沼功一さんについて、精神状態がおかしいという噂が流れてね。私は知らなかったんだが、そんなことがあったらしい。それで、三田さんは、迷っていらっしゃったらしいんだ。息子として正式に認めるということは、三田さんの場合、自分の後継者にするということだからね」

「去年、何か事件に巻き込まれたということですか？」

「まさか、去年のことを、ほじくり返そうと思っているんじゃあるまいね？」

白井は、警戒する眼で、十津川を見た。

「いいえ、そんな気持ちはありません。私としては、柳沼功一という人物のことを知りたいのです。できれば、写真が欲しいのです。逮捕するためではなく、日下刑事に渡して、『旅号』の中で、第四の死者を出さないようにするためです」

「それは、無理だな」

「しかし、去年、何か事件があったからこそ、妙な噂が流れたんじゃありませんか？」

「そうだが、それがあったのは、アメリカでなんだよ。このあいだも、きみにちょっと話したが、私も、くわしいことは知らんのだが、柳沼功一さんは、去年、三カ月間、アメリカに行っている。その金は、もちろん、三田さんが出したんだろう。そのアメリカ滞在中に、事件が起きた。くわしいことは、私も知らないが、悪いことだったにちがいない。それから、三田さんが、悩むようになられたというからね」

「柳沼功一さんの写真は、手に入りませんか？」

「私は、持っていない」

「じゃあ、誰のところへ行けば、手に入りますか？『旅号』の中で、これ以上、犠牲者を出さないためにも、日下刑事を、危険から守るためにも、そして、柳沼功一さんを助けるためにも、必要なんです」

「三田さんと、柳沼功一さんの母親は持っているだろうが、彼女も、何年か前に亡くなったと聞いているしね」

「じゃあ、柳沼功一さんの住所は、わかりませんか？」

「それも、私は知らないんだ。三田さんは、ずっと柳沼功一というお子さんがいることを、誰にも話さずにいらっしゃったからね。知っている人は、ごく限られているんだよ」

「じゃあ、柳沼功一さんが、『旅号』に乗っているというのは、どうしてわかったんですか？」

「まるで、尋問だな」

「申しわけありません」

「まあ、いい。私も、三上君に、今度のことを頼んだ手前もある。なるべく協力したいが、よく知らんのだ。三田さんから、突然、打ちあけられた。自分に、実は、柳沼功一という息子がいて、今、『旅号』という日本一周の列車に乗っている。その列車で、すでに一人の乗客が死亡している。実は、前にははっきりいえなかったけれど、去年の十一月中旬らしいが、功一は、アメリカで、精神異常ではないかと、医者にいわれたことがある。アメリカで、同じ部屋に住んでいたアメリカ人が、変死したとき、息子のせいではないかと疑われた。彼の恋人が死んだときもそうだった。今度、それと同じ疑いを持たれかねない。それを防いでくれないかと、三田さんが、私に頼まれたんだ。マスコミに知られることなくね。あの三田さんが、私に、頭を下げて、頼まれたんだよ」

「そのとき、彼の写真を見せてくれと、三田さんにいわれなかったんですか？」

「柳沼功一という名前と、二十八歳という年齢を聞いて、それで、すぐ、わかると思ったんだよ。まさか、偽名で乗っていると思わなかった。それに、今の状態で、三田さんに、写真をとはいえんよ」

「もう一つ、おききしていいですか？」

「どんなことだね？」

「最後は、どう収拾してほしいと願っておられるんですか？」

「何事もなく、すんでくれれば、『旅号』が、東京に帰着次第、柳沼功一さんは、アメリカへ行くだろう。短くても、二、三年は、向こうにいるんじゃないかな。三田さんの友人が、アメリカにも、何人もいるからね」

「何事もなくといわれましたが、すでに、三人の乗客が死んでいます」

「しかし、すべて、病死や事故死であって、刑事事件にはならんだろう？　だから、ここで止《と》めてもらいたいのだよ。もし、何事もなく、『旅号』が帰着し、柳沼功一さんが、アメリカへ出発されたら、三田さんは、きっと、君に感謝されると思う。君は、政治の世界に、関心はないかね？」

「別にありません」

「警察に一生を捧げる気かね？」

「そのつもりですが」

「私もそうだったが、定年間近になって、急に、政界に興味を持った。君だって、そうなるかもしれない。そのときには、今度のことで、尽力したことが、プラスになるよ」

5

忠告とも脅迫ともつかぬ白井の言葉を聞いてから、十津川は、白井邸を辞した。

三上刑事部長は、白井の意を体して、何事もなく、今度の事件を収拾しようとしているし、これからも、するだろう。

だが、十津川が、今、一番気になっていることは、日下刑事の安全だった。

三田良介は、確かに、日本の政界に、巨大な力を持っているだろう。彼が睨みをきかせているために、政界が安定しているという話も聞いている。

しかし、十津川は、そんな思惑よりも、部下の安全のほうが先決だった。

そのためにも、柳沼功一の写真が欲しかった。

立ち止まって、しばらく考えてから、大学時代の友人で、中央新聞の政治部で働いている田島に電話をかけて、新宿の喫茶店で会うことにした。

田島は、相変わらず、酒やけした顔をしていた。そして、元気だった。

「今度は、銀座辺りで会おうじゃないか。いい店に案内するよ」

と、田島が、いった。

「そのうちにな」

と、十津川は、そっけなくいってから、

「君にききたいことがある」

「何だい？」

「三田良介のことをいろいろとききたいんだ」

「ほう。三田良介が、刑事事件でも起こしたのかい？　そんな間抜けな古狸《ふるだぬき》じゃないけどねえ」

「いや、個人的な興味でね。今、入院しているんだろう？」

「ああ、突然、入院しちまったんで、みんな驚いているよ。頑健そのものだったからね。だから、仮病《けびょう》だという説も流れているんだ。今の首相が、へまばかりしているんで、ショックを与えようとして、入院してしまったという説もある。三田の後ろ盾がなければ、何も出来ない首相だからね。首相は、あわてて、見舞いに駆けつけたが、面会謝絶で、会えず、とぼとぼと引き揚げたという話だ」

「三田良介の家族関係は、どうなってるんだ」

「奥さんは戦前の政治家一条さんの娘さんで、なかなかの賢夫人だ。おれも、会ったことがあるが、頭の切れる人でね。娘さんは、若手政治家として、最近、売り出してきた畠中光輝と結婚している」

「男の子は、いないのかね？」

「K大を卒業してすぐ、病死してしまったんだ。三田良介の唯一の泣きどころといえば、自分の本当の後継者がいないということじゃないかな。その代わり、娘婿の畠中光輝を可愛がっているともいわれている」

「政治家というのは、奥さん以外に、愛人を持つんじゃないか？　特に、古い型の政治家は？」

「おい、おい。三田良介にそんな艶聞《スキャンダル》があったのかい？」

「ないのか？」

「いや、三田良介だって、待合いにはよく行くし、女性関係もあったらしいが、特定の女性は、浮かんでこないんだ。もし、いるんなら、ニュースになるよ。何か知ってるのかい？」

「いや、政治家というのは、そんなものじゃないかと思ってね。三田良介は、本当に病気なのかね？」

「今もいったように、わからないんだ。主治医は、高血圧だといっているが、あの男だから、わからんよ。今の首相に信頼がおけないんで、病院に閉じこもって、政界再編計画を練ってるんじゃないかなんて噂もあるんだ」

「そうか、どうもありがとう」

「どうも変だな。三田良介に、何かあるのか？」

「いや、何もないさ。今度は、おれのほうから飲みに誘うよ。もっとも、銀座には行けないだろうがね」

6

十津川は、警視庁に帰った。

中央新聞の田島が知らなかったところをみると、柳沼功一の名前は、全く、秘密にされていたことがわかる。

それだけに、調査にも、慎重を期さなければならないと思った。

桜井や小川たちは、6号車以外の乗客について調べているが、全員の顔写真を入手するのは、大変のようで、今日中には、無理だった。

十津川は、去年の新聞を調べてみることにした。

去年、アメリカで、事件にぶつかった柳沼功一が、精神異常の疑いをかけられたといっていたからである。

十津川は、去年の新聞の縮刷版を机の上に積みあげ、ページを繰っていったが、それらしい事件は、出ていなかった。

眼が痛くなるのを我慢して、二度、見直したが、同じだった。

考えてみれば、当然かもしれない。変死したのは、アメリカ人だし、柳沼功一が向こうの警察に逮捕されたわけでもなかったからである。それに、三田の知人は、アメリカにもいるということだから、ひそかに、手を回したことだって、考えられるのだ。

「旅号」の乗客は、すでに、札幌に着いているだろう。

札幌には、一泊することになっている。

今まで、西鹿児島に一泊したとき、事故死で乗客の一人が死に、次に、京都へ泊まったとき、もう一人が、ホテルのプールで溺死している。

とすると、札幌も危ないのだ。

(6号車の乗客の中に、柳沼功一がいるとしよう)

と、十津川は、考えてみた。

七人の容疑者がいる。

柳沼功一は、三カ月間、アメリカに行っていた。

もし、七人の中に、去年、三カ月間、アメリカへ行っていた者がいれば、それが柳沼功一である可能性が強いのだ。

十津川は、外務省と、入国管理事務所に問い合わせた。

去年一年間に、アメリカへ出かけた日本人の中に、七人の名前がなかったかどうかである。

まず、東京関係の四人の名前を、調べてもらった。

時間がかかると思ったが、現在は、資料が、コンピューターに納められているとかで、一時間もしないうちに、結果が出た。

「この四人のうち、去年、アメリカに出入国しているのは、福井淳さん一人ですね」

「間違いありませんか?」

「間違いありません。ビザが出ています。去年の十一月八日に日本を出国して、アメリカ本土に渡り、十日後の十八日に帰国しています。旅行の目的は、観光になっていますね」

「十日間だけですか？　三カ月間じゃないんですか？」

「いや、十日間だけです」

「では、次の三人についても調べてみてください」

と、十津川は、東京以外の三人の名前をいった。

この三人についても、すぐ、回答があった。

「三人のうち、逗子市の川又良昭さんが、去年アメリカへ旅行していますね。しかし、一週間だけです。ハワイへ一週間、目的は、観光ですね」

「ハワイ一週間ですか？」

「そうです」

「では、最後に、柳沼功一という名前を調べてください。この人は、去年、三カ月間、アメリカへ行っているはずなんです」

「その人なら、確かに、去年の九月一日から十一月三十日まで、アメリカへ行っていますね」

「柳沼功一の写真はありますか？　申請書類は、顔写真をつけて提出するわけでしょう」

「そうですが、書類のほうは、コンピューターで名前を探すようにはいきません。明日までかかると思いますが、いいですか？」

「今日中にというわけにいきませんか？」

「無理ですね。明日、見つかり次第、連絡しましょう」

と、外務省の係官が、いってくれた。

7

日下たちを乗せた臨時列車「旅号」は、予定より三分おくれ、午後四時四十七分に、札幌に到着した。

宿泊地のサッポロホテルは、駅から歩いて五、六分のところにあった。

二百九十八人の乗客は、富田たちの案内で、ひとまず、ホテルへ入った。

六時から九時までの間に、随時、ホテル一階のレストランで食事をとること、その際には、食券を使うこと、あとは、明日の午前十時まで、自由行動ということになった。

日下は、割り当てられた十一階のシングルルームに入ると、すぐ、東京の十津川警部に電話を入れた。

「今、サッポロホテルに落ち着いたところです」

と、日下は、十津川に報告した。

「カメさんから聞いたが、君の後頭部に、コブが出来ていたそうじゃないか。青函連絡船の中で、殴られたのか？」

十津川が、心配そうに、きいた。

「連絡船の船内で、若林敏行の行動があやしいので、つけていたんですが、男子用の手洗所へ入ったあと、顔を洗っていて、いきなり殴られました」

「じゃあ、若林が殴ったのか？」

「それがわからないのです。いずれにしろ、殺す気はなかったのは確かです」

「カメさんは、犯人の警告じゃないかといっていたがね」

「かもしれません。しかし、そうだとすると、他の三人は殺したのに、なぜ、私だけ気絶させるだけにしたのか、その理由がわからないのです。ひょっとすると、私が刑事だということを、相手は、知っているのかもしれません」

「うーん」

どう答えてよいかわからなくなって、十津川は、小さく唸り声をあげた。

犯人が、6号車の乗客の中にいるとすれば、途中から、参加した日下に対して、当然、不審の念を持つだろう。警察の人間ではないかと、疑ったとしても、不思議はない。だから、殴りつけたのだろうか？　それとも、本当に、刑事とわかってしまったのか？

「いずれにしろ、犯人は、私を殺す気はないらしいので、ほっとしました」

と、日下は、いったが、これは、十津川を心配させまいとしての言葉だろう。警告だとすれば、犯人は、次には、日下を殺すかもしれないのだ。たぶん、事故死に見せかけて。

「札幌のホテルには、プールはあるのかね？」

「あります。北国なので、屋内プールになっていて、洒落《しゃれ》たビュッフェもありますし、八月末まで、夏休み中の子供を対象にでしょうが、プールサイドに、夕方から縁日が出るそうです。家族連れは、それを楽しみにしていますよ」

「また、プールで、事件が起きるだろうか？」

「その心配はありますね。だから、なるべく早く、柳沼功一の写真が、欲しいのですが」

「明日の昼までに、手に入るよ。柳沼功一は、去年の九月一日から十一月末まで、アメリカにいたことがわかったのでね。外務省に提出した書類に、彼の顔写真が添付されているはずだからね」

「それが本当なら助かります」

「ただ、今もいったように、明日の昼までかかるんだ。明日、札幌を出発するのは、何時だったかな？」

「午前十一時十分に発車の予定ですから、十時半には、このホテルをチェックアウトして、駅に行くことになると思います」

「できれば、それまでに、柳沼功一の写真が手に入ればいいがね」

「しかし、こちらに送っていただくのは、もっと遅くなるんじゃありませんか？　カメさんは、すでに、札幌に来ているはずですし、桜井刑事や小川刑事に持ってきてもらうとしても、時間が、かかります」

「6号車の七人の中に、柳沼功一がいるとすれば、こちらにも、彼らの顔写真があるからすぐわかる。そのホテルを出発する前に、一応、連絡してみてくれ」

「わかりました」

「問題は、今日一日だ。何とか、新しい犠牲者が出ないように、全力をつくしてくれ。といっても、君一人では、難しいだろうがね」

「そうですね。道警の協力を求めることが出来ればいいんですが――」

「それはいかん」

「わかっています」

日下は、電話を切った。自分一人で、事件を解決しなければならないことは、休暇をとって、この旅行に参加したときから、覚悟していたはずだった。

亀井刑事が、来てくれていても、表だって、一緒に行動は出来ない。

(今日一日だ)

と、日下は、自分にいい聞かせた。

今日一日、新しい犠牲者を出さずにすめば、何とかなるだろう。

それが、日下に与えられた任務である。もちろん、それが、真の解決でないことはわかっているが、その先は彼の仕事ではない。

# 8

日下は、一階のレストランまで、降りて行った。

両親か、由紀を誘ってからと思ったが、それはやめた。今日一日は、全力をつくして、新しい犠牲者が出るのを防がなければならないとすれば、個人的な感情で動くわけにはいかないと思ったからである。

両親にかまけていたり、由紀との会話を楽しんでいるうちに、四人目の死者が出たら、目も当てられない。

一階ロビーの奥にあるレストラン「札幌」では、二十五、六人の宿泊客が食事をしていた。「旅号」の乗客には、ここのB定食の食券が渡されている。

日下は、奥のテーブルに腰を下ろし、ウェイターに食券を渡し、そのあと、ゆっくりと、店の中を見回した。

見覚えのある顔もいるし、全く、見たことのない顔もいる。「旅号」関係以外の泊まり客だろう。

現在、六時になったところである。

今までのことを考えると、事件が起きるのは、夜の九時以降だった。

最初の死者は、朝になって、列車の寝台の中で死んでいるのが発見された。

第二の死者は、夜更け近く、飲みに行ったあと、川に落ちて死んだ。

第三の死者も、京都のホテルの夜間プールが、終了する間際に、溺死した。

犯人が、この札幌で、四人目の犠牲者を狙っているとしても、実行に移すのは、おそらく、九時以降ではないだろうか？

（しかし、どうやって、それを、防いだらいいのだろうか？）

料理が運ばれてきた。フォークとナイフを動かしながらも、日下は、同じことを考え続けた。

今度も、狙われるのは、6号車の乗客だろうか？

そうだとすると、犯人の動機は、いったい何なのか？　それでも、わかれば、何とか手を打つことが出来るのだが。

○第一の犠牲者　村川誠治　三十九歳　喫茶店「やまびこ」の経営者
○第二の犠牲者　笹本　貢　三 十 歳　ファッションデザイナー
○第三の犠牲者　浜野栄一　二十八歳　新聞記者

この三人に、どんな共通点があるというのだろうか？

二人は三十代、一人は二十代である。三十代の一人は、むしろ四十歳といったほうがいいだろう。

もし、無差別に殺しているのなら、なぜ、6号車の乗客だけを選ぶのか。むしろ、他の車両の乗客を狙ったほうが、やりやすいだろうし、疑惑を持たれずにすむのではないか。死者が、6号車の乗客に集中してしまったから、疑惑を持たれたのである。

物盗《と》りでも、憎悪でもないとすると、精神異常者の犯行なのだろうか？

柳沼功一は、アメリカで、精神異常と疑われたという。それを考えると、この男が、やはり犯人なのか？

しかし、柳沼功一は、どこにいるのか？　それに、犯人は、次に、誰を狙うつもりなのだろう？　この二つがわからないと、防ぐ方法が、思いつかない。

「今晩は」

と、急に、声をかけられて、日下は、現実に引き戻された。

由紀が、中川晴夫と一緒に立っていた。

「ご一緒してよろしいかしら？」

「どうぞ」

「こちらは、作家の中川さん。もう、ご存じでしょうけど」

と、由紀が、ニコニコ笑いながら、日下にいった。

「全く売れない作家ですよ」

中川は、照れ臭そうにいった。

同じテーブルで、由紀と、中川も、食事を始めた。

「日下さんは、食事のあと、どうなさるの？」

由紀がきく。

「まだ、決めていない。おやじとおふくろは、駅前の地下街に、お土産を買いに行くといってますがね」

「プールサイドの縁日に行ってみません？」

「そうですねえ」

日下は、ちらりと、中川を見た。

作家だけに、どこか、神経質な感じの男である。ナイフとフォークを持つ手も、指が細く長い。

「中川さんは、どうする予定です？」

「僕も、まだ決めていないんですよ。縁日を見るのも楽しいでしょうね。子供にかえるのは好きですよ」

「じゃあ、三人で縁日を見に行きましょうよ。別に、泳がなくてもいいし——」

と、由紀が、いった。

「アメリカにも、日本の縁日みたいなものがありますか?」

日下は、ひょいと、中川にきいた。

「僕にきいているんですか?」

中川が、きき返した。

「ええ。中川さんは、アメリカに行かれたことがあるときいたものですからね」

と、日下は、カマをかけてみた。

一瞬、中川の顔が、ゆがんだように見えた。

「行ったことはありますがね」

と、だけ、中川は、いった。

日下は、わざと、素知らぬ顔で、煙草に火をつけた。

(この男が、柳沼功一だろうか?)

「アメリカは、どうでした?」

と、重ねて、きいてみた。

「まあ、面白いところですが、今は、この旅行の話をしようじゃありませんか。日下さんは、縁日には行かないんですか?」

中川は、話題を変えてしまった。

日下は、アメリカで、柳沼功一が、精神異常の疑いをかけられたという話を思い出した。

それなら、アメリカのことは、楽しい記憶ではないだろう。

「行きましょう」

と、日下は、いった。

## 9

午後八時に、プールの入口で会うことにして、日下は、先に、レストランを出た。

ロビーに行くと、ちょうど、両親が、他の乗客五、六人と一緒に、出かけるところだった。

いずれも、父の晋平や、母の君子と、同じくらいの年齢の男女である。

「これから、オーロラタウンに行ってみるんだけど、お前も一緒に行かないかい？」

と、母の君子が、声をかけてきた。

「オーロラタウン？」

「さっきいった地下街の名前だよ。オーロラタウンと、ポールタウンがあって、両方で、百五十店も店が入っているんだってよ。皆さんとこれから、お土産を買いに行くの」

「いいね」

「お前は——ああ、由紀さんとどこかへ行くんだね？」

君子は、わかっているよという表情で、ニッと笑った。

「別に、そういうわけじゃないさ――」

と、日下は、いった。

十人近い人数で、一緒に出かければ、両親が、狙われることもないだろうと思ったし、何よりも、中川晴夫のことが、気になっていた。

両親たちが、出かけて行くのを見送ってから、日下は、いったん、自分の部屋へ引き揚げることにして、エレベーターのところへ歩いて行った。

エレベーターが来て、乗り込み、ドアが閉まろうとしたとき、ひょいと、男が乗ってきた。亀井だった。二人を乗せただけでエレベーターが動き出してから、亀井が、

「どんな具合だい？」

「まだ、犯人の見当もつかないし、次に狙われるとしたら、誰かということもわかりません。カメさんは、このホテルに泊まることにしたんですか？」

「ああ。九階に部屋をとれたんでね」

と、亀井は、ルームナンバーを書いたキーを、日下に見せた。

二人は、九階で降り、亀井の部屋に入った。亀井と、打ち合わせておきたいことがあったからである。

日下は、十津川と交わした電話の内容を、亀井に話した。

「それで、今日から明日にかけてが大事だと思うんです。明日の昼になって、柳沼功一の写

真が手に入れれば、新しい事件を防ぐのはやさしいと思いますから」

「今夜、犯人が、第四の事件を起こすと思うかね？」

「わかりません。しかし、起きると思っていたほうがいいと思うんです。ところで、十津川警部の話では、柳沼功一は、去年、三カ月間アメリカに行っていて、そのアメリカで、精神異常の疑いを持たれたそうです」

「それで？」

「6号車の乗客の一人に、中川晴夫という二十八歳の男がいます」

「確か、新進の作家じゃなかったかな？」

「そうです。この中川は、アメリカへ行ったことがあるんですよ」

「どうして、わかったんだ？」

「カマをかけたら、自分で認めました。あまり、アメリカのことを話したがらないんですが、これは、明らかに、向こうで、いやなことがあったためだと思います。案外、精神異常者扱いされたのかもしれませんよ」

「しかし、中川晴夫と、柳沼功一では、名前が違うが」

「新人でも作家ですから、ひょっとすると、筆名を使っているのかもしれないと思うんです。この日本一周旅行にも、ペンネームのほうで応募した。別に、戸籍謄本や住民票を添えるわけじゃありませんから、ペンネームでもいいわけです。外国旅行の場合は、パスポートに本名が書かれますから、柳沼功一になっていたんじゃないでしょうか」

「なるほど、ペンネームか。何年かペンネームを使っていれば、そのほうが、本名みたいになることがあるからな。じゃあ、君は、その中川晴夫を、マークするつもりか？」

「八時から、プールサイドで催されている縁日を、和田由紀という女性と三人で、見に行くことになっています」

「私も、ちょいと、のぞいてみよう」

と、亀井が、いった。

10

日下は、八時きっかりに、別館の三階に設けられているプールに出向いた。

大人千円、子供五百円で、プールで泳ぐことが出来るし、縁日を楽しむことも出来る。

入口のところには、由紀が、ひとりで待っていた。

「中川さんは？」

「先に入ってるわ」

と、由紀は、ニコニコ笑いながら、いった。日下たちも、すぐ、料金を払って、中に入った。

たて二五メートル、よこ一八メートルのプールである。ガラス張りの半円形のドームが、すっぽりと、プールを包んでいる。

広い人工芝のプールサイドに、昔懐かしい夜店が出ていた。

金魚すくい、わた菓子、射的、それに、しんこ細工や、あめ細工の店が並んでいる。プールサイドは、家族連れや、若いカップルで一杯だった。

一段あがったところに、水着のままで入れるビュッフェもある。

その人混みの中から、中川が、日下たちに向かって、手を振った。近寄ってみると、中川は、コルク鉄砲を使う射的を、やっていた。

棚に並ぶ人形や、煙草を、下に射落とすともらえる。日下も由紀も、中川と一緒に、射的を始めた。

すぐ命中はするのだが、人形や煙草が、なかなか落ちないのだ。夢中になって、一時間近くもやっていたが、三人で、取れたものは、小さな人形一つと、煙草が三箱だけだった。

疲れて、三人はビュッフェに入って、アイスコーヒーを飲んだ。

窓際の席で、プールサイドを見下ろしていると、カメラマンの福井が、夜店と、それをひやかしている人々に向けて、しきりに、フラッシュをたいているのが見えた。

「今夜は、どうするんです」と、日下が、中川にきいた。

「薄野《すすきの》辺りに、飲みに行くんじゃないんですか？」

「それもいいですね。和田さんも、どうです？」

「私は、ご遠慮しますわ。この次に、誘ってくださいな。私は、家がこの札幌にあるので、今夜は、泊まってこようと思っているんです」

「そうでしたね」

と、日下は肯《うなず》いた。

九時を回ってから、日下は、中川と一緒に、薄野へ飲みに行くことにした。

どうやら、この中川が、柳沼功一らしいと思ったからである。

札幌駅前から、南へ走る一直線の大通りを下って行くと、薄野にぶつかる。

ソープランド、キャバレー、クラブ、それに、喫茶店や料理屋など、四千軒が、ひしめき合う札幌の歓楽街である。

東京の新宿にも似ているし、浅草にも似ている。札幌ラーメンの店が、やたらに多いのは、本場だからだろう。

二人は、小さなクラブに入った。

若い女の子が、四人ばかりいた。

日下は、水割りを飲みながら、じっと、中川を観察した。

酒は、かなり強いようだった。しかし、女の子を相手に、冗談を連発して、相手を笑わせていたかと思うと、急に黙り込んでしまう。それが、極端だから、ホステスが、戸惑《とまど》ってしまっていた。

これと似た態度を示す人間を、前にも見たことがあったのを、日下は、思い出した。世界的な精神科医を父親に持った二十三歳の息子が、ある日、突然、その父親を刺した事件である。

幸い、父親は三カ月の入院ですんだが、傷害罪で逮捕された息子は、尋問に対して、時には、ベラベラと喋るかと思うと、ふいに、沈黙してしまったりして、警察を悩ませたものだった。

典型的な躁鬱《そううつ》症だと、医者は、診断した。

偉大な父親を持ったために、精神的に、絶えず圧迫を受けていたためだといわれた。ある日、突然、その父親に向かって、攻撃しかけたのだ。

今、日下の近くで、ホステスを相手に水割りを飲んでいる中川晴夫も、同じではあるまいか。

この男が、柳沼功一とすれば、同じように、偉大な父親を持ったことになる。しかも、愛人の子だというコンプレックスもあるだろう。

躁鬱的な感じは、そのためのものか、生まれつきのものか、日下にもわからない。

とにかく、あの傷害事件を起こした二十三歳の男と同じ感じがする。

精神科医の息子は、権威の象徴である父親を刺した。

こちらの男は、他人を殺したのか？　だとしたら、父親を殺す代わりだったのだろうか？

「やめてよ！」

突然、ホステスの甲高《かん》い声があがった。

ぴしゃっと、平手打ちの音もした。

日下は、はっとして、声のしたほうを見た。中川の隣りにいた若いホステスが、顔を真っ赤にして、中川を睨みつけている。

中川は、変に据わったような眼に青白い顔で、椅子を蹴倒《けたお》すようにして立ち上がると、足音荒く、店を出て行った。

何が起きたのか、とっさには、わからなかった。

「なによ。バカ！」

と、ホステスが、興奮した顔で叫んでいる。

日下も、立ち上がって、中川のあとを追いかけようとして、ホステスに抱きつかれた。

「もうちょっと、いてちょうだいよ」

「急用が出来たんだ」

と、日下は、無理に勘定をすませて、その店を飛び出した。

まだ、この辺りは、宵の口で、ネオンが輝き、通行人も多く、客引きの声が、うるさく聞こえてくる。

日下は、周囲を見回した。

五、六メートル先を、似た後ろ姿が歩いて行くので、追いかけていって、前に回ってみたが、全くの別人だった。

日下は、自分の顔から、血の気が引いていくのがわかった。

中川が、犯人だとしたら、彼を怒らせて放り出したということは、第四の犠牲者が出る可能性を大きくしたことになる。拳銃の安全装置を外したようなものだ。

中川は、どこへ行ったのだろうか？

夜の薄野を、さまよっているのか。それとも、ホテルへ帰ったのだろうか？

日下は、近くにあった赤電話で、ホテルの電話番号を回し、九〇一六号室の亀井を呼んでもらった。

「中川と一緒にいたんですが、薄野のバーで、飲んでいて、突然、飛び出して行って、消えてしまったんです」

「それで、中川は、犯人と思われるのか？」

「躁鬱症であることは、まず間違いありませんね。物静かな男ですが、突然、激したりします」

「なるほどね」

「私は、この辺を捜してみますが、あるいは、ホテルへ帰ったのかもしれません」

「わかった。ロビーに降りて、待機していよう。中川が帰って来たら、監視するよ」

「お願いします」

日下は、電話を切ると、薄野の町を、中川を捜して歩いた。

さすがに、北の町札幌は、夜になると、涼しい風が吹いている。だが、どこを調べても、中川の姿は、見つからなかった。

地下鉄「すすきの駅」の周辺から、薄野銀座通り、南五条通り、薄野の新宿通り、あるいは、南六条通りと、歩いてみたのだが、中川は、見つからなかった。

どこか、別の店へ入って飲み直しているのなら、どうということはない。しかし、激したまま、「旅号」の乗客を殺したりされては困るのだ。

まさか、クラブやスナックを、一軒一軒、のぞいて回るわけにはいかなかった。

いつの間にか、十一時を回ってしまった。

日下は、いったん、サッポロホテルへ帰ってみることにした。

疲れた足を引きずるようにして、ホテルへ帰ると、ロビーで、亀井が、ぽつんと、煙草を吸っていた。

どうやら、中川は、まだ、ホテルに帰って来ていないらしかった。

日下は、わざと、亀井とは眼を合わさないようにして、フロントのところへ行った。

フロントで、中川のルームナンバーをきいてから、そこにあった電話のダイヤルを回してみた。

相手が出たら、急に帰ってしまったので、心配になったからとでもいうつもりだったが、いくら鳴らしても、中川は、出なかった。部屋のキーは、持って外出する仕組みだから、フロントできいても、部屋にいるかどうかは、わからない。

賑やかな話し声がして、十二、三人のグループが、ロビーに入って来た。飲んできたらしく、赫《あか》い顔をしている者もいる。6号車ではないが、「旅号」の乗客だった。

続いて、いつものように、カメラを持った福井が帰って来た。

ロビーにいる日下を見つけて、近寄ってくると、

「誰か、待っているんですか？」

と、ききながら、どすんと、ソファに腰を下ろした。

「中川さんと、薄野で飲んでいるうちに、はぐれてしまったもんですからね」

「薄野で、飲んでいたんですか。それなら、僕も、一緒に行けばよかったな」

「福井さんはどこへ行っていたんですか？」

「夜の札幌を撮りに歩き回っていましてね。薄野の夜景も、もちろん撮りましたよ。疲れましたよ」

福井は、ふうっと、大きく息を吐いてから、煙草を取り出して、火をつけた。

そうしている間にも、夜の札幌を楽しんだ連中が、三人、四人と、かたまって、帰って来

た。

十二時近くなって、やっと、中川が、ひとりで帰って来た。

11

日下が、自分の部屋に入ると、亀井から、電話が入った。

「ホテルの中を回ってみたんだが、今のところ、事件が起きている様子はないな」

「今、どこです？」

「自分の部屋だよ。プールサイドの縁日は、九時半までやっていたが、これも、別に、トラブルは、起きなかった」

「そうですか」

「中川は、君と別れたあと、どうしていたといったね？」

「きいてみたら、あの店を飛び出してしまってから、私に悪いことをしたと思って、捜し回っていたんだそうです」

「じゃあ、お互いに、捜していたということかい？」

「ええ」

「それを、君は、信じられるのか？」

「わかりませんね。嘘をついているのかもしれません」

「これから、どうするね？」

「容疑者の本命と思える中川晴夫は、自分の部屋へ入りました。これは、確認しています。これ以上のことは、出来ません」

「しかし、君が、中川と、薄野のバーで別れたあと、彼が、ホテルに帰って来るまでの間のことは、わからないいんじゃないかね？」

「そうですが、今となっては、どうしようもありません」

「私が、調べてこよう。君は、『旅号』の乗客だし、警官だということを隠しているんだから、表だって動き回るわけにはいかんだろう。その点、私は、自由だから、これから、道警本部へ行って、調べてくる」

と、亀井は、いった。

## 12

亀井は、深夜の街へ出ると、道庁の隣りにある北海道道警本部まで、歩いて行った。

道警本部で、身分証明書を見せると、山田という捜査一課の刑事が、相談にのってくれた。

「薄野の周辺で、今夜、事件が起きたかどうかということですか？」

と、山田刑事が、きいた。

「そうです。ご面倒でしょうが、調べていただきたいんです」

「理由は、聞かせてもらえますか？」

「実は、私は非番で、札幌へ来ていまして、昔の友人と、薄野で飲んだんです。そのあと、友人とはぐれてしまいましてね。今になっても、ホテルに帰っていないのですよ。酔っていたし、気の短い男ですから、何か事件を起こしているんじゃないかと、心配になりましてね」

「わかりました」

と、山田は、微笑してから、

「今までに、あの近くで起きた事件は、二件、報告されてきています。傷害事件が一件、これは、暴力団の組員同士のケンカで、犯人は、すぐに逮捕されました。もう一件は、未成年者の恐喝《きょうかつ》ですね。被害者は三十九歳のサラリーマンで、高校生ぐらいの二人連れに、暗闇で脅かされて、二万円ばかり取られたというやつで、このほうは、まだ、犯人は見つかっていません」

「それだけですか？」

「今のところは、これだけですが――」

と、山田が、いっているところへ、新しい事件が、報告されてきた。

「薄野の路地で、三十歳前後の男が、死んでいるのが見つかったそうです」

と、山田が、いった。

「殺人ですか？」

「それは、まだわかりません。一緒に行かれますか？」

「連れて行っていただけるのなら」

と、亀井は、いった。

亀井は、山田と同じパトカーで、現場に急行した。

薄野の、南五条通りから、細い路地を横に入った場所だった。

バーや、スナックや、ソープなどが並ぶ、その裏側の路地で、ダンボール箱や、ウイスキーやビールの空びんが転がっている。

その薄暗い路地の隅に白いサファリルック姿の男が、俯《うつぶ》せに倒れていた。

「最初は、てっきり、酔っ払いが倒れているんだなと、思ったんですよ」

と、発見者であるこの近くのバーのバーテンが、刑事に喋っている。

山田が、死体を、仰向けにした。

投光器の光の中に、男の顔が、浮かびあがった。

亀井は、その顔に見覚えがあった。

十津川から、七人の顔写真を預かって、函館へ飛び、それを、日下刑事に渡した。その七人の中の一人だった。

名前は、確か、佐々木修といったはずである。職業は、コピーライター。

「さっきいわれたお友だちですか？」

山田が、振り返って、亀井を見た。

「そうです」

と、亀井は、肯いた。

「名前は？」

「佐々木修です。東京で、コピーライターをやっている男です」

「東京の方ですか」

山田は、肯いてから、ポケットをさぐっていたが、

「財布がありませんね。それに、腕時計もしていない。物盗りの犯行かもしれませんね。この辺りは、最近、引ったくりや、強盗事件の起きるところですから」

「後頭部を殴られているようですね」

と、亀井は、死体をのぞき込みながら、いった。

「そうです。何回か、強打されたんでしょう。たぶん、これが、致命傷だと思います」

山田は、なおも、死体を調べていたが、胸のところについている円形のワッペンを見て、

「これには、『旅』の文字が入っていますが、亀井刑事は、何かご存じですか？」

「日本一周の旅行中、札幌で、彼に会ったんです。国鉄が計画した十日間の旅です。その記念ワッペンでしょう」

「そういえば、話は聞いたことがあります。今、札幌へ来ているということですね？」

「一行は、今日は、サッポロホテルに泊まっているはずですよ」

「すぐ、連絡をとってみましょう」

「一つお願いがあるんですが」

「何ですか？」

「この事件について、私のことは、伏せていただきたいんです」

「わかりました。ただ、捜査には、協力していただけますね？」

「もちろん」

と、亀井はいい、もう一度、死体を見つめた。

恐れていた四人目の死者が出てしまった。

これが、新聞に出たら、三上刑事部長は、きっと、真っ赤になって、怒るだろう。「旅号」の乗客、特に6号車の乗客の中から、四人目の犠牲者が出るのを、防げなかったからだ。

(やられたな)

と、思う一方で、亀井は、小さな疑惑が、頭をもたげてくるのを感じた。

今まで、犯人は、三人の乗客を殺してきたが、すべて、病死か、事故死に見せかけてきた。

そのために、警察沙汰にもならなかったし、マスコミも、大きくは取りあげていない。

なぜ、犯人が、そうしてきたのか、はっきりした理由は、わからなかった。

警察が介入してくるのを防ぐためなのか、次の犠牲者を油断させておくためなのか、それとも、病死や事故死に見せかけるテクニックを誇っているのか、亀井にも、判断がつかなかった。

それが、この四人目になって、がらりと、犯人は方針を変えてしまったらしい。

これは、誰が見ても、殺人である。後頭部を殴りつけて気絶させ、息の根が止まるまで、殴ったのだ。

事故死に見せかける努力など、全くとられていない。

理由は、二つ考えられる。

第一は、今までの三件とは、全く違う人間の犯行だということである。

山田刑事は、財布や腕時計が失《な》くなっているといった。単純に考えれば、物盗りの犯行ということになる。この暗がりで、犯人は、佐々木修を襲い、殴り殺してから、財布や腕時計を盗んだのだと。

しかし、物盗りの犯行に見せかけるために、殺してから、財布や腕時計を持ち去ったという可能性だってあるのだ。

今まで、「旅号」の6号車の人間ばかり、三人も死んでいて、今度、同じ客車の乗客が、死ねば、誰だって、同一線上の事件と思うだろう。

第二の理由は、同一犯人だとして、今までは、病死や事故死に見せかける必要があったが、今度からは、その必要がなくなったのではないかということである。

なぜ、そうなったのかは、わからないが、とにかく、この死者は、間違いなく殺されたのだ。

死体は解剖のために、車にのせられて、運ばれていった。

とうに十二時を過ぎているというのに、どこからか、人が集まってきて、死体が運ばれていくのを、見守っている。

亀井は、ひとまず、ホテルへ戻った。自分の部屋に入ると、電話を、日下の部屋へかけた。

日下は、待ちかねていたらしく受話器をとり、

「どうでしたか？」

と、きいた。

「やはり、四人目の犠牲者が出たよ。6号車の佐々木修という乗客だ」

「えっ！　コピーライターのですか……。また、事故死に見せかけてでしょうね？」

「いや、今度は、はっきりと、殺人とわかる方法で殺している。後頭部を、何回も強打しているんだ」

「じゃあ、道警本部は、殺人事件として、捜査するわけですね？」

「ああ、そのとおりだ。死体は、解剖される。薄野の路地裏で死んでいたんだ。道警本部では、腕時計や財布が失《な》くなっているんで、物盗りの犯行の可能性もあるとしているようだ」

「そんなばかな。これは、四件とも、同一犯人による殺人ですよ。他には考えられませんよ」

「そんなに、むきになって怒りなさんな」

と、亀井は、笑ってから、

「道警本部では、『旅号』の6号車の乗客が、すでに、三人も死んでいることを知らないんだから、無理もないさ。夜が明けたら、道警の刑事が、このホテルにやって来るよ」

「私は、どう受け答えしたらいいですかね？」

「君は、十津川警部からいわれているだろうが、この旅行には、個人の資格で参加していることになっている。三上刑事部長の名前は、絶対に出さないほうがいい。道警本部が、四人目の死者のことを、物盗りに殺されたといえば、黙って聞いていればいいだろう」

亀井は、電話を切ると、次に、東京の警視庁捜査一課に、連絡してみた。

十津川は、ちょっと眠そうな声をしていた。

「起こしてしまって、申しわけありません」

と、亀井は、まず、わびた。

「かまわないよ。それより、何かわかったかね」

「とうとう、四人目の死者が出てしまいました」

亀井は、そういってから、薄野の路地で起きた事件を説明した。

「今度は、はっきりと、殺人とわかる仕方で殺されています。そこが、これまでの三人とちがうところですが」

「犯人が、別人ということは？」

と、十津川が、きいた。

「可能性はあります。今いったように、道警本部は、物盗りの線だと見ていますから。しかし、私も、日下君も、前の三人と同じ犯人の仕業《しわざ》だと思っています」

「私も、君たちの考えに賛成だね。君の話のとおりだと、今度は、犯人が、被害者の頭を、何回も殴りつけている。つまり、止《とど》めを刺している。単なる物盗りなら、そんな真似はしないだろう。特に、流しの犯行なら、殺す必要はないわけだからね」

「問題は、動機なんです。それが、全くわかりません。日下君は、作家の中川晴夫は明らかに、躁鬱症だといっています。四人が殺されたのは、精神異常者の行為として片付ければ、簡単なんですが――」

「その中川晴夫が、柳沼功一だと思うのかね？」

「たぶん、そうだと思います」

「今度の事件で、その男のアリバイは？」

「ありません。が、彼の犯行だと証明するのも難しいかもしれません。いってみれば、動機なき殺人ということになりますからね」

「そうだな。収拾が難しいな。部長は、あくまでも、三田良介や、柳沼功一の名前を出さずに今度の事件を収拾しろと、いうだろうからね」

と、十津川が、いった。

「昼ごろまでに、柳沼功一の写真が、手に入るということでしたが？」

「ああ、入手出来る予定だ」

「まず、柳沼功一が、中川晴夫だという確証がほしいですね」

# 第八章　釧路

## 1

八月十日の午前十時を五、六分過ぎたころ、十津川は、柳沼功一の顔写真を、外務省から入手した。

茶封筒に入れて、送られてきたものを、十津川は、珍しく、わくわくしながら、取り出したのだが、そこに見た顔写真は、亀井がいったように、七人の一人、中川晴夫と同じ顔だった。

十津川は、桜井や小川たちに、もう、他の乗客を洗う必要がないことを告げたあと、改めて、問題の顔写真を見た。

本名・柳沼功一、中川晴夫というのは、作家としてのペンネームだったのだ。作家の団体へでも所属していれば、その名簿を見れば、本名がわかったのだろうが、新人の中川はまだ、どの団体にも所属していないらしい。それとも、一匹狼が好きなのか。

十津川は、腕時計を見て、まだ、日下が、札幌のホテルにいると思い、電話に手を伸ばした。

柳沼功一が、中川晴夫だと教えてやらなければならない。それに、昨夜の殺人事件を、道警本部が、どう捜査しているのかも知りたかった。

受話器をとって、ダイヤルに指をかけたとき、

「三上部長が、お呼びです。急用だそうです」

と、若い刑事が、大声で呼んだ。

十津川は、桜井に、柳沼功一のことを、札幌の日下に知らせておいてくれと頼んでから、刑事部長の部屋に出向いた。

三上は、小柄な身体を、気ぜわしげに動かしていた。

机の上には、朝刊が、広げたまま、放り出されている。

「あれは、中止だ」

と、三上は、いきなり、いった。

「あれといいますと？」

「わかってるじゃないか。日本一周列車の件だよ。君は、亀井刑事を、日下刑事の応援に行かせたようだが、すぐ、引き揚げさせるんだ。日下刑事も、呼び戻したまえ」

三上は、顔を朱《あか》くしていった。

「おっしゃっている意味が、よくわかりませんが」

十津川は、冷静にいった。

「簡単なことだよ。二人を、呼び戻したまえといってるんだ。だいいち、『旅号』の中で起きている事件は、うちの管轄じゃないだろう？」

「そうだからこそ、亀井刑事は、同じ列車には同乗させず、側面から、日下刑事を応援させているだけですし、日下刑事も、警官として動いてはいません。あくまでも、一人の乗客として行動するように命じてあります」

「それなら、呼び戻すのは、簡単なはずだ。すぐ、指示したまえ。君が出来ないなら、直接、私が連絡する」

「しかし、部長。最初は、部長が、日下刑事に、休暇をとって、その列車に乗り、新しい犠牲者が出るのを防いでほしいといわれたんじゃありませんか？」

十津川は、じっと、三上を見た。

三上は、面倒くさそうに、手を振って、

「私の考えが変わったんだ」

「部長のというより、白井さんが、方針変更を、いってこられたんじゃありませんか？」

と、十津川がいうと、三上は、顔色を変えて、

「部長。昨夜、また、6号車の乗客が一人、札幌で死にました。今度は、明らかに、殺人です」

「そんなことはない！」

「そんなことは、ニュースで知っているよ」

「それなら、なぜ、こんなときに、二人を引き揚げさせろといわれるんですか？」

「前の三人は、病死と事故死だ。今度の事件についても、道警本部に問い合わせたら、物盗りの犯行にちがいないといっている。他の乗客とは、関係ないんだ」

「どうも、わかりません。急に、何もかも止《や》めろといわれる理由がです」

「これは、命令なんだ。それから、もう一ついっておこう。君は、私に内緒で、白井さんに会いに行ったようだが、その白井さんも、『旅号』から、手を引くようにと、いっておられた。わかったね。すぐ、亀井刑事と、日下刑事に連絡したまえ」

「亀井刑事には、すぐ戻るようにいえますが、日下刑事は、休暇をとって、両親と一緒に乗っているわけですから、命令は出来ません」

「それなら、もう、何もするなと、命令したまえ」

三上は、怒ったような声でいうと、それっきり、横を向いてしまった。

## 2

十津川は、自分の机に戻ると、すぐ、サッポロホテルにいる亀井刑事に電話を入れた。

「君は、すぐ、東京へ帰って来てくれ」

と、十津川はいい、三上刑事部長の話を伝えた。

案の定、亀井は、不審そうに、

「どうも、よくわかりませんね。昨夜の事件は、明らかに、殺人事件です。これは、はっきりしています。ある意味でいえば、犯人がいよいよ、本性を現わしてきたということです。必ず、また、五人目の犠牲者が出ますよ。そんなときに、引き揚げろというんですか？」

「私にも、わからんよ。とにかく、これは、命令なんだ。それから、日下君たちは、もう出発したかね？」

「まもなく出発します。まさか、彼まで、東京へ引き揚げろという命令じゃないでしょうね？」

「部長は、引き揚げさせたがっているが、私が、無理でしょうといっておいた。ただし、何もするなと伝えろといわれたよ。日下刑事に、その旨を伝えてくれないか」

「何もするなというのは、どういうことなんですか？」

「乗客、特に、柳沼功一について、何も、詮索するなということだろう。これも命令だそうだ」

「一応、伝えておきますが――」

亀井は、不服そうにいった。

十津川は、気乗りのしない電話をすませると、朝刊を広げた。

札幌で起きた事件は、まだ、のっていなかった。三上が、ニュースで知ったといったのは、テレビか、ラジオのニュースのことだろう。

だが、別の記事が、十津川を引きつけた。

二面の「政界通信」という欄である。そこに、こんな記事がのっていた。

○動き出した実力者
先ごろ、病院に入院した政界の実力者三田良介氏が、突然、退院して、伊東の別荘に入った。どうやら、十一月に迫った総裁選挙に向かって、動き出したと見る向きが多い。

現総裁の仁村氏は、内外とも人気が下降気味で、戦後最低の首相という評も出ている。三田派のリーダーである三田良介氏は、ここまで、仁村氏を支援してきたが、この辺で、政界の刷新を考え出したのかもしれない。そう考えると、先週の突然の入院も、各派閥の動きを見るための仮病だった匂いがしてくる。

（仮病？）

十津川は、考え込んでしまった。

白井久一郎の話では、わが子柳沼功一のことが心配で、脳溢血を起こして入院したということではなかったのか。

それが、仮病だったかもしれないというのは、いったい、どういうことなのだろうか？

三上刑事部長の突然の態度の変化と、何か関係があるのだろうか？

十津川は、真相が知りたかった。

電話をとると、中央新聞の田島にかけて、新宿の喫茶店で会いたいと伝えた。

先日と同じ駅ビルの八階にある喫茶店で会った。

「どういう風の吹き回しなのかね」

と、田島は、笑った。

「三田良介のことで、君にききたいことがあってね」

と、十津川は、いった。政治の話は苦手だった。というより、努めて、近づくまいとしてきたのである。自分は、刑事警察の人間だという気持ちがあったからだった。捜査方針が、政治の力で、ねじ曲げられるのが嫌だからでもあった。

「また、三田良介のことかい？　急に、政治に目覚めたみたいだな。いったい、何があったんだ？」

田島が、のぞき込むように、十津川を見た。

十津川は、相手の質問には答えず、

「今朝の中央新聞に、三田良介が、退院して、伊東の別荘に行ったと出ていたが――」

「ああ、それで、こっちも取材でてんやわんやさ」

「なぜ？」

「第二次戸田内閣を作ったのは、三田良介と佐伯大造だといわれているんだ。そのときも、三田は、伊東の別荘に籠《こも》って、根まわしをした。だから、また、何かやるつもりだというわけだよ。以前から、三田は、仁村首相の人気のなさや、無責任な発言に、嫌気がさしていたようだからね。ここで、新しい総裁、首相をと考えたのかもしれない。ひょっとすると、暫定的に、三田自身が、次の首相になってもよいと考えているのかもしれないね」

「三田自身がか？」

「そういう話は、前からあるんだ。仁村首相は、とにかく、人気がないからね。特に、若手の代議士連中からの批判が強いんだ。といって、ニューリーダーの誰かに引き継がせるのは、まだ、時期尚早だ。そこで、三田良介を、もう一度、総裁にして、二年間、首相をやらせ、そのあと、ニューリーダーの誰かにやらせるというのが、現実味を帯びてきているんだ。仁村首相だって、三田良介に見限られたら、十一月の再選は難しいから、あわてて、病気全快の祝いに、伊東へ駆けつけるんじゃないかね。まあ、そういえば、君たちの先輩に当たる白井久一郎は、もう、伊東に行ってるそうだよ」

「入院したのは、仮病だったんじゃないかと書いてあったね」

「こうなってくると、いろいろと、噂が出てくるんだ。六十九歳だが、三田は、頑健そのものだったからね。突然の入院も、ちょっとおかしいんじゃないかと、見ていたんだよ。ひとりになって、じっと、政界の動きを見るには、病院が一番だからね」

「君も、当然、伊東の別荘へ行ってみるんだろう?」

「もちろん、行ってみるさ。政治に新しい動きが出るとすれば、伊東の三田良介が、震源地になることは、はっきりしているからね」

「三田良介は、本当に、もう一度、総理の椅子を狙っているのかね?」

「三田派は、派閥としては大勢力だし、三田良介だって、野心満々だよ。いろいろと、問題のある人物だが、今の仁村首相と比べれば、はるかに、実行力がある。国民の間にだって、根強い三田良介への待望論がある。三田派の人間だって、ボスが総理になれば、要職につけるから、張り切ってるさ。白井久一郎も、第二次三田内閣誕生ともなれば、大臣の椅子につけるんじゃないかね」

「こんなときに、スキャンダルでも起きたら、三田良介にとって、命とりになるかな?」

「スキャンダルの程度によるが、まずいだろうね。なにしろ三田は、政治倫理の確立を、いつも口にしている男だからね。何かあるのかい？　三田良介に」

「いや、別に」

と、十津川は、言葉を濁した。

愛人に産ませた子供とはいえ、自分の息子が、この時期に、殺人犯として逮捕されたら、確かに大きな痛手だろう。

だから、突然、白井久一郎を通して、十津川たちに、「旅号」から手を引き、何もするなと、命令してきたのだろうか？

しかし、それなら、なぜ、四日前に、第三の犠牲者が出ないようにしてくれと、いったのだろうか。

どうも、わからないことが多すぎるのだ。

「伊東にある三田良介の別荘というのは、駅から遠いのかね？」

「車で十二、三分だが、どうする気だい？　君までが、彼にとり入って、政界へ打って出ようっていうんじゃあるまいね？」

「まさか」

と、十津川は苦笑した。

三田良介に会ってみたいというより、もう一度、白井久一郎に会って、真相をききたいと思った。

3

東京鉄道管理局の人間が一人残って、あとの一行は、予定どおり、十一時十分に、臨時列車「旅号」で、釧路に向かって、出発した。

出発前、ホテルで、富田営業部長が、昨夜、一行の一人、佐々木修が、薄野で殺されたこと、警察は、物盗りの犯行と見ているらしいということを説明している。

釧路に向かう列車の中が、何となく、沈んでいるのは、そのせいだった。

日下は、腕を組み、斜め前の座席に腰を下ろしている中川晴夫を、じっと見つめていた。

東京からの連絡で、やはり、中川が、柳沼功一だとわかった。

(あの男が、三人の乗客を殺し、昨夜は、また、佐々木修を殺したのだろうか?)

彼の隣りの座席には、由紀が腰を下ろして、何か話をしている。また、小説の話でもしているのだろうか?

ときどき、由紀の小さな笑い声が聞こえてくる。

(彼女に、注意しておいたほうがよかったかな)

とも、思った。

由紀は、一度、殺されかけている。犯人は、また、狙ってくるかもしれないのだ。

（それにしても――）

突然、何もするなというのは、どういうことなのだろうかと、日下は、考え込んでしまった。

今日、出発間際に、亀井にいわれたのだが、理由が、よくわからないのだ。亀井も、判然としないらしく、刑事部長からの指示としか、いわなかった。

三上部長は、最初、日下が個人の資格で、今度の日本一周旅行に参加することに賛成していた。いや、それだけでなく、事件が起きないようにしろと、指示したのだ。

だが、第三の犠牲も防げなかったし、昨夜の殺人も、防ぐことが出来なかった。そのことで、叱責されるのならわかる。叱責したうえで、次の犠牲こそ防いでくれ、犯人を逮捕せよというのが本当ではあるまいか。第一、第二、第三の事件は、殺人を証明するのが難しいが、昨夜の事件は、誰が見ても、殺人事件なのだから。

それなのに、何もするなというのは、いったい、どういうことなのだろうか？　亀井刑事は、命令で、東京に引き揚げるという。これでは、犯人を野放しにするようなものではないか。

第五、第六の殺人が起きても、目をつぶっていろというのだろうか？

臨時列車「旅号」は、函館本線を、東に向かって、走っている。

神居《かむい》トンネルに入る。四五〇〇メートルのトンネルである。トンネルが、二つ、三つ続き、五つ目のトンネルを抜けると、右手に石狩川の川面が、白く光って見えてきた。

その石狩川の流れに沿うように、大きくカーブしながら列車は、旭川《あさひかわ》の駅に到着した。

「旅号」は、ここに、十分ほど停車してから、石北《せきほく》本線に入った。

函館本線は、一部を除いて、複線電化されているが、石北本線は、非電化で、単線である。

左右に、北見山地と石狩山地を見ながら、その間を、のんびりと走る。やがて、右手に北海道の屋根といわれる大雪連峰が見えてきた。

このころになると、乗客も、札幌での事件を忘れて、車窓の北海道らしい景色を楽しむようになった。

さかんに、カメラのシャッターを切っている乗客もいる。

旭川に停車中に配られた駅弁を、もう食べてしまった人もいるし、ゆっくりと、大雪連峰を肴《さかな》に飲み始める人もいた。

日下は、なかなか、食事や、景色を楽しむ気にはなれなかった。

駅弁も、半分ほど食べただけでやめてしまい、デッキに出て、煙草に火をつけた。

(これは、狂気が起こした殺人だ)

と、日下は、思う。

これまでに殺された四人の間に、何かの関係や、共通点があるとは思えないからである。

ただ、不運にも、同じ日本一周旅行に参加し、同じ6号車に乗っていたというだけに過ぎない。無差別殺人に近いのだ。

だが、一方では、第三の殺人まで、冷静に計算して、病死や事故死に見せかけている。狂気の果てに、殺人に走りながら、殺す瞬間は、氷のように冷静なのだろうか?

そうなのかもしれないが、それなら、なぜ、札幌での殺人は、不恰好に、誰が見ても、殺しとわかるようなやり方をしたのか?

4

亀井は、飛行機で、東京に帰って来た。

十津川は、「ご苦労さん」と、彼をねぎらってから、

「私は、ちょっと出かけてくる。課長や部長にきかれたら、適当に答えておいてくれ」

と、いった。

「白井さんに、会いに行かれるんですか?」

亀井がきく。十津川は、苦笑して、

「カメさんには、何も隠せないね。白井さんにというより、出来たら、三田良介氏に会って、話を聞きたいんだが、そうもいかんだろう」

「お気をつけて」

と、亀井が、心配そうにいった。

十津川は、昼からの早退届けを書いてから、警視庁を出ると、伊東にある三田良介の別荘に向かった。

伊豆急を利用して、伊東に出ると、タクシーを拾った。

運転手に、三田良介さんの別荘を知っているかときくと、相手は、ニヤッと笑って、今日は、やたらに、車が行きますよといった。

「社旗をはためかせた新聞社の車が、ほとんどで、そのほかに、黒塗りの高級車も、何台か見たなあ」

「そんなに行っているのか」

白井久一郎に会うのも難しいなと思った。

三田良介の別荘は、駅から車で十二、三分の、小高い場所にあった。

周囲を深い木立ちに囲まれ、車を降りると、ひんやりした冷気と、鳥の声に身体を包まれた。

いつもなら、ひっそりと静かなのだろうが、今日は、新聞社の車や、政治家が乗ってきたらしい高級車が、ずらりと並んでいる。

入口の低い鉄柵《さく》が閉じられて、その向こう側に、三田良介の秘書と思われる、若い屈強な男が二人、腕組みをして、ガードしていた。

記者たちは、その鉄柵のこちら側に集まって、しきりに、邸の中をのぞき込んでいた。

十津川が、近づいていくと、「おい」と、中央新聞の田島が、腕をつかんで、樹の陰に引っ張っていった。

「何しに来たんだ？」

「ある人に会いに来たんだ」

と、十津川は、いった。

「ある人って、誰だ？　まさか、三田良介じゃあるまいね？　警察が、彼に眼をつけているとなると、こりゃあ、大ニュースだが」

田島は、眼を光らせていった。

「おれは、今日は、個人の資格で来たんだよ。警察の仕事とは、関係なく来たんだ。中の様子は、どうなんだ？　君のいったように、お偉方が集まってきているようじゃないか」

「それは、そうなんだが、どうも、気に入らないんだよ」

「何が？」

「警察畑出身の白井久一郎は、今、三田良介のふところ刀といわれている。冷静で、切れるからね。三田派のそうそうたる顔ぶれが集まって、今、会議中なんだが、それに、白井久一郎が、加わっていないんだ。白井だけは、別に、ひとりで、何かやってるらしいんだが、何をやってるのか、全くわからないんだ」

「ふーん」

「さっきも、急に、ひとりで、車で出て行った。それで、あわてて、つけてみたんだが、どこへ行ったと思う？」

「わからんね」

「横浜さ。それも、アメリカンインターナショナル銀行の横浜支店へ入って行った」

「何の用があったんだろう？」

「うちの記者が、銀行にきいてみたが、教えてくれん。白井久一郎も、ノーコメントでね」

「それで、今は？」

「さっき、帰って来たよ」

と、いってから田島は、十津川の顔を、じろりと見て、

「まさか、白井久一郎に会いに来たんじゃあるまいね？」

「いや、彼に会いに来たんだ」

5

門をガードしている男たちに、十津川は、警察手帳を見せて、白井久一郎氏に会いたい旨を告げた。

新聞記者の攻勢に悩まされていた男は、毛色の変わった十津川の出現に戸惑いながら、奥に消えたが、しばらくして、戻って来ると、中へ通してくれた。

十津川は、裏庭に案内された。

広い芝生の庭の隅に、椅子とテーブルが置かれ、それに、白井が、腰を下ろしていた。

白井は、十津川に向かって、手招きし、彼が、向かい合って、腰を下ろすと、

「何か、緊急の用件でもあるのかね？」

と、きいた。

十津川が、母屋のほうに眼をやると、一階の広間の窓に、昼間だというのに、厚いカーテンが降りていた。三田派の連中が、会議を持っているのだろう。

そんなときに、番頭役の白井が、一人だけ、庭に出ているのは、何か異様だった。中央新聞の田島が、不思議がるのも、無理はないと思った。

十津川に会うために、わざわざ、庭に出て来たのでないことは、ガラス製のテーブルの上に、電話がのっていたことでわかった。長いコードが、母屋から、引っ張ってきてある。

白井は、ここで、何か仕事をしていたらしいのだ。それも、他の連中に聞かせたくない仕事をである。

「どうなんだね？」

と、白井が、重ねてきいた。

「柳沼功一さんのことですが」

「それは、もういい。忘れてくれないか」

「刑事部長に、もう、何もするなといわれました」

「私が頼んだのだ。もう、何もしなくていい。日下君といったかな。その刑事も、すぐ、戻しなさい」

「あれは、休暇をとっていますし、両親と一緒に、列車に乗っているので、帰って来いと命令するわけにはいきません」

「それなら、それでもいい。ただ、非番ならば、警察の真似はやらぬように伝えたまえ」

「しかし、前には、日下刑事に、注意して、次の犠牲者が出ないようにしろと、いわれたはずですが」

「そんなことをいった記憶はないが、もし、いったとしたら、撤回する。それだけのことだ」

「理由を教えていただけませんか？」

「理由？」

「そうです。あの日本一周旅行の一行の中で、続けて、三人、四人と、死者が出ています。特に、四人目の犠牲者は、明らかに、殺人です。それなのに、突然、何もするなといわれる理由が、わからないのです。柳沼功一さんが、乗っていることもわかりましたし、このままでは、また、殺人事件が起きることも考えられます」

「道警では、札幌の殺人は、物盗りの犯行といっている。現地の警察に委《まか》せたらいいじゃないか」

「しかし、道警は、柳沼功一さんのことを知りません」

「それでいいじゃないか。とにかく、もう、何もしなくていい。どうせ、警視庁にとっては、管轄外の事件だからな」

「納得したいのです」

「そんな必要はない。東京では、毎日のように、凶悪事件が起きているじゃないか。管轄外の事件について悩むより、足元の事件を追いかけたらどうなのかね。このごろ、未解決の事件が多くなったという噂を聞くがね」

「理由は、教えていただけませんか？」

「向こうの警察に委せたまえと、いっているだけだよ。それだけのことだ」

白井は、そっけなくいうと、十津川の帰りを促すように、立ちあがった。

十津川は、仕方なしに、腰をあげた。

さっきの若い男がやって来て、「どうぞ」と、いった。

十津川が、その男と、歩き出したとき、背後で、電話が鳴った。

立ち止まって、振り向くと、白井が、受話器をとって、何か喋っている。だが、声は聞こえなかった。

「どうぞお帰りください」

と、男が、強い調子でいった。

十津川は、ここへ来たときよりも、一層、疑問が大きくなった思いで、門を出た。

6

午後八時三十五分。予定より三分ほどおくれて、臨時列車「旅号」は、釧路に到着した。

列車が、途中の網走駅に停車したときは、ここに、有名な刑務所があるのかと口々にいい、オホーツクの海が見えたときには、さかんに、カメラを向けていた乗客も、札幌から九時間以上もゆられてきた疲れが出たのか、釧路で降りて、改札口を通るときには、みんな、口が重くなっていた。

釧路では、駅前から大型バスに分乗し、幣舞《ぬさまい》橋を渡ったところにある釧路観光ホテルに泊まることになった。

九時から、ホテルの広間で、歓迎会が開かれたが、出席したのは、半数の百五十人くらいで、他の乗客は、自分の部屋に入って、ベッドに寝転んでしまったらしかった。

日本一周の旅も、八日目を迎えて、疲れが出てきたのだろう。

日下の両親は、元気なもので、ニコニコしながら歓迎会に出席し、ミス・釧路から、花束を貰《もら》って、悦に入っていた。

歓迎会は、市長のあいさつがあったり、民謡が披露されたり、お土産に、タラの燻製が贈られたり、なかなか、盛大だった。

問題の中川晴夫、というより、もう、柳沼功一といったほうがいいだろうが、彼は、ホテルに着くとすぐ、部屋に引き籠って、歓迎会には、出て来なかった。

日下は、ミス・釧路に、赤いハマナスの花を、髪にさしてもらった由紀に、話しかけた。

「その後、何もありませんか？」

「え？」

「西鹿児島で、命を狙われたでしょう？　睡眠薬入りのコーヒーを飲まされて。だから、そのあとも、何かあったかと思ってね」

「私も、心配で、気をつかっているんですけど、幸い、今のところは、何もありませんわ」

「それなら安心だけどね」

「心配してくださって、どうも、ありがとう」

と、由紀は、微笑した。

「ところで、中川晴夫のことを、どう思う？」

「どう思うって、才能のある人だと思いますわ。あの人の感覚が素晴らしいの」

「僕が見ると、典型的な躁鬱症だがね」

「そういえば、感情の起伏の激しいところがあるわ」

「別に、やきもちでいうんじゃないけど、あの男には、気をつけたほうがいいね。怪しいところがあるんだ」

「じゃあ、中川さんが、私に、睡眠薬入りのコーヒーを飲ませたの？　そのうえ、札幌で、佐々木さんを殺したり？」

由紀は、眼を大きく見開いて、日下を見た。

「彼がやったという証拠はないけどね。彼が一番、怪しいとは思っている」

「そうなの」

「だから、注意したほうがいいね」

「ええ。気をつけるわ」

由紀が、いったとき、カメラを持った福井が、近寄ってきて、

「どうですか？　お二人が並んでいるところを撮りましょう。出来たら、あとで、送りますよ」

と、日下にいった。

日下が、照れていると、由紀のほうが、手を組んできて、

「お願いしますわ」

と、福井にいった。

7

その夜、釧路の街に出かけていく者は、ほとんどいなかった。

次の十一日の出発が、午後の二時過ぎになっているので、その日の午前中に、街を見物してもいいと思ったのだろう。

日下も、自分の部屋に入って、ゆっくり、眠ることにした。

みんなが、各自の部屋に入ってしまっていれば、第五の事件が起きることはないだろうと思ったからである。それに、突然、何もするなといわれたことへの腹立たしさもあった。次の事件が起きても、知ったことじゃないという気持ちである。

眠って、由紀の夢を見た。

彼女と、恋人のように腕を組んで、どこともわからぬ海辺を歩いている夢だった。

そこへ、突然、若い男が、ナイフを振りかざして、飛び出してきた。青白い顔、血走った眼、まぎれもなく、柳沼功一である。

由紀が、悲鳴をあげる。日下は、素手で、立ち向かっていった——

眼がさめたとき、日下は、びっしょりと、寝汗をかいていた。

起きあがって、下着を着かえた。疲れているので、あんな夢を見るのだろうか？

まだ、午前六時を、回ったばかりである。

朝食は、七時から九時までに、ホテルのレストランで、とるようにといわれていた。

煙草をくわえ、カーテンを開けて、窓の外に、眼をやった。

眼の下に、釧路の町の真ん中を流れる旧釧路川が見えるはずだったが、白く、ガスが発生して、川も、建物も、包んでしまっている。

幣舞橋を渡る車が、黄色いフォグランプをつけている。

北の港町ならではの景色だった。

日下は、ふと、この白い霧を、もっと間近で見たくなって、手早く外出の仕度をして、部屋を出た。

ロビーに降りてみると、ちょうど、由紀が、コートを羽おって、ホテルを出て行くところだった。

（彼女も、この霧を見に行くつもりなのだろうか？）

と、思い、声をかけようとして、日下は、急にやめてしまった。

由紀の後ろ姿に、何か、ただならぬ緊張感のようなものを感じたからであった。

日下は、つけてみる気になった。

ホテルの前には、三台ばかり、タクシーが停まっていたが、由紀は、それには、見向きもせず、幣舞橋に向かって、歩いて行く。

この橋の先が、釧路港で、河口には、数隻の漁船が繋留されていたが、その漁船も、ガスのために、ぼんやりした影絵のようにしか見えない。

由紀は、コートの襟《えり》を立て、まっすぐ前を見て、急ぎ足に歩いて行く。濃いガスのために、視界は、七、八メートルしかなく、ともすれば、彼女の姿を見失いがちだった。

歩いていると、顔が濡れてくる。真夏だというのに、肌寒かった。

このまま、大通りを進めば、釧路駅である。

(由紀は、駅に行くのだろうか?)

それなら、なぜ、ホテルで、タクシーに乗らなかったのか。駅までは、歩くと、かなりの距離である。

しかし、いつの間にか、釧路駅が、見えるところまで、来てしまった。

由紀が、手をあげると、駅前にいた男も、手を振った。

少しずつ、霧が晴れてくる。

日下は、眼をこらした。

(福井じゃないか)

と、思った。先に、駅に来て、由紀に向かって、手を振ったのは、カメラマンの福井だった。

二人は、一緒になると、駅前のタクシー乗場で、タクシーに乗り込んだ。

日下も、気になって、タクシーを拾うと、運転手に、

「前の車をつけてみてくれ」

と、いった。

二人で、タクシーを拾って釧路周辺を見物するつもりなら、なぜ、ホテルから乗らなかったのだろうか？　ホテルからでは、誰かに見られると困ると思ったのか？

二人の乗ったタクシーは、国道三八号線に出て、西に向かった。

左手は、釧路港である。

やがて、新釧路川の大きな橋が見えてきた。

「どこへ行くんだろう？」

日下が、運転手にきくと、

「この先なら、空港だと思うがね」

「釧路空港か」

運転手のいったとおり、由紀と福井の乗ったタクシーは、四十分近く走ってから、空港へ入って行った。

二人が、空港に何の用があるのかわからなかった。まさか、「旅号」での旅行を中止して、二人で、東京へ帰ってしまうつもりではないだろう。昨夜は、由紀も、福井も、そんな素振

りは、全く見せていなかったからである。

日下も、タクシーから降りると、サングラスをかけて、空港のロビーに入って行った。釧路からは、札幌と、東京に、毎日、かなりの便が出ている。

二人は、札幌行きのカウンターへ行き、何か喋りながら、搭乗券を買い求め、搭乗口のほうへ歩いて行った。

日下は、素早く、二人が切符を買ったカウンターへ行った。

「今の二人連れだが、何時の便の切符を買ったのかね？」

と、日下は、係員にきいた。

「あなたさまは？」

「今、警察手帳を持っていないが警視庁捜査一課の日下という者だ。不審なら、問い合わせてくれてもいい。緊急の用件なんだ。教えてほしい」

日下は、相手を、じっと見すえていった。その気迫に呑《の》まれたのか、

「札幌行き九時十分の便の切符を、一枚お買いになりました」

と、教えてくれた。

「一枚？」

「はい。男の方だけです」

「そうか。ありがとう」

日下は、礼をいったが、その顔は、当惑していた。

プロカメラマンの福井一人が、札幌へ飛ぶという。由紀は、それを送りに来たのか。

札幌に、いったい、何の用なのだろうか？

もし、福井の札幌行きが、日本一周旅行の間に起きた四つの殺人事件と関係があるのなら、福井を追って、札幌へ行く必要がある。

しかし、犯人は、柳沼功一なのだ。とすると、福井は、何か、撮り残したものがあるので、札幌へ飛ぶのかもしれない。現に、彼は、今も、カメラをぶら下げている。

それなら、福井を追いかけても、何の役にも立たないだろう。

8

十津川は、伊東の駅近くで、レンタカーを借りると、三田良介の別荘を見張った。

三田良介を監視するためというより、白井久一郎が、どう動くか知りたかったからである。

夜が明けてすぐ、白井は、ひとりで車に乗って別荘を出た。運転しているのは、秘書と思われる若い男である。

別荘の前に張っていた記者たちは、中の会合のことが気がかりで、たったひとりで、外出する白井の車を追おうとはしなかった。

昨夜おそく、他の派閥のボスである佐伯大造が、別荘にやって来ていることも、記者たちに、白井を無視させせた理由だったろう。

十津川だけが、白井の車を尾行した。

まだ、五時を過ぎたばかりである。

白井を乗せた車は、東名高速に入ると、まっすぐ、東京に向かった。

（このまま、東京の自宅に戻るのだろうか？）

しかし、伊東の別荘では、ボスの三田良介と、佐伯大造が、会っている。その大事なときに、三田派の有望株で、第二次三田内閣が出来れば、一躍大臣候補になろうといわれる白井が、勝手に、自宅に帰るというのは、不自然だった。

何か、緊急な用件があって、ひとりで、別荘を出たにちがいない。

陽が昇ってきて、強い夏の太陽が、真正面から車内一杯に、射し込んでくる。十津川は、サングラスをかけた。

神奈川県から、東京に入る。

東京出口で、白井の車は、高速を出ると、今度は、多摩川沿いの道を、蒲田《かまた》の方向に走って行く。

新幹線の下を抜け、さらに走ると、いつの間にか羽田空港が見えてきた。

（羽田から、飛行機に乗るのか？）

と、思っているうちに、白井の車は、空港の中に入って行って、停まった。

黒いアタッシェケースを持った白井が降りると、運転していた秘書が、ロビーの中へ、走り込んで行った。切符の手配でもするのだろう。

十津川も、少し離れた場所に車を停め、ロビーに入って行った。

彼が思ったとおり、秘書の若い男は、日航の窓口で、切符を買い求め、それを、白井に渡している。

十津川は、二人の姿が、消えるのを待って、同じ窓口に行き、警察手帳を見せた。

「今の若い男は、どこまでの切符を買ったか、教えてくれないかな？」

「八時二十分の札幌行きの搭乗券をお買い求めになりましたが」

「じゃあ、私も、その便に乗りたいんだが」

と、十津川は、いった。

まだ、その便が出るまでには、四十分近くあった。

十津川は、亀井に電話をかけた。

「私も白井久一郎を追って、札幌へ行ってみることにする」

「札幌ですか？」

「何かあるのかい？」

「五分前に、日下刑事から電話がありまして、一行の中の福井淳という乗客が、釧路空港から札幌行きの便に乗ろうとしているというんです」

「福井淳？」

「写真を集めた七人の中の一人です」

「ああ、思い出したよ。カメラマンだったな」

「そうです」

「札幌へ行くというのは、柳沼功一の中川晴夫じゃないのか？」

「私も、念を押したんですが、日下君は、柳沼功一じゃなくて、福井淳だといっています」

「わかった。ありがとう」

十津川は、電話を切ると、朝刊を二紙、買い求め、それで、顔を隠すようにして、札幌行きの搭乗口へ歩いて行った。

札幌行きのボーイング747SRは、五百人乗りである。

乗り込んでしまうと、乗客が多く、白井に見つかる恐れはなかった。

それでも、十津川は、新聞を広げて、眼を通した。

第一面に、政局の動きが出ている。

どうやら、政界は不人気の仁村首相を十一月の総裁選挙で蹴落とし、再び三田良介を総理にという方向で動いているようだった。

快晴で、水平飛行に移ると、機体は、全くゆれなかった。

白井久一郎が、札幌に飛び、一方、「旅号」の乗客、それも、問題の6号車の乗客の一人が、釧路から札幌へ来るというのは、偶然の一致だろうか。

もし、会うためだとすると、何のために、会おうとしているのか？

予定どおり、九時四十五分に、千歳空港に到着した。

白井は、アタッシェケースを持って立ちあがり、腕時計を見ながら、降りて行った。

十津川は、そのあとをつけた。

白井は、ロビーに出ると、中央にあるソファに腰を下ろした。

ここで、誰かと、待ち合わせらしい。

白井は、しきりに、腕時計を気にしている。

十時十二、三分過ぎになって、カメラを肩からさげた二十七、八の男が、まっすぐに、白井に近づいてきた。

(福井だ)

と、思った。サングラスをかけているが、写真で見た男に間違いなかった。

福井は、白井に、何か話しかけ、彼の横に腰を下ろした。

白井の顔は、明らかに、不機嫌だった。

それでも、手にしていたアタッシェケースを、福井に渡した。

福井は、それを膝の上にのせ、ふたを開けた。

十津川のいるところからでは、二人の会話も聞こえてこないし、アタッシェケースの中身が、何なのかもわからなかった。福井は、ポケットから白い封筒を取り出して、白井に渡した。白井が、今度は、封筒の中のものを抜き出して見ている。これが何なのかも、わからない。

福井は、ケースのふたを閉めると、何か、白井に向かっていった。

その瞬間、白井の顔色の変わるのが、十津川のところからでも、はっきりとわかった。明らかに、何かに腹を立てたのだ。

福井が、腹を立てるようなことをいったにちがいない。福井のほうは、ニヤニヤ笑っている。白井は、必死に、怒りを抑えている様子だった。

警視総監時代の白井は、ワンマンで、短気だった。言葉より先に手が出るほうだったのが、今は、じっと耐えている。政治家になって、我慢することを覚えたのだろうかと、十津川は、緊張の中でも、ふっと、可笑《おか》しくなった。

福井は、威嚇《いかく》するように、指を立てて見せてから、ニヤッと笑い、くるりと、白井に背を向けると、釧路行きの搭乗口に向かって歩いて行った。

明らかに、あのプロカメラマンの青年は、白井久一郎を、威嚇したのだ。

白井は、じっと、福井の後ろ姿を睨《にら》んでいたが、しばらくすると、ロビーの隅にある黄色い電話機のところへ歩いて行った。

十津川は、白井に見られぬように、そっと、公衆電話の並ぶコーナーへ近づいていった。

白井は、ポケットから、百円玉を何枚か取り出し、それを、電話機の上に積み重ねておいてから、それを、次々に、投げ入れて、かけ始めた。かなり、遠距離に、かけているのだとわかる。

(伊東にある三田の別荘だろう)

と、十津川は、近づきながら思った。

白井の両隣りの電話機には、人がいない。

右隣りの電話機に、十津川は、白井に背を向けて手をかけたとき、

「6号車だ。間違えるな」

と、白井が、いうのが聞こえた。

そのあと、白井は、送受器を置いて、電話コーナーから、立ち去ってしまった。

9

十津川は、ゼスチュアだけで手にした送受器を元に戻すと、難しい顔になって、東京羽田行きの搭乗口に歩いて行く白井の後ろ姿を見送った。

伊東にある別荘の三田良介に連絡するものとばかり思っていたのだが、それは、間違って

いたらしい。

だいいち、札幌から羽田まで、飛行機で一時間二十五分しかかからない。羽田から、伊東まで、車を飛ばすにしろ、列車を利用するにしろ、二時間ほどで行ける。なにも、電話で連絡しなくても、帰ってから、連絡すれば、すむことである。

それに、十津川が聞きとれたのは、「6号車だ。間違えるな」という言葉である。

明らかに、命令する調子だった。まさか、自分の尊敬する三田良介に、あんな言葉は、使わないだろう。

電話の相手は、秘書でもなく、三田良介でもない。

白井は、これから、まっすぐ、伊東へ帰るのだろう。そして、大事な三田派の会合に出席するのだと思う。だから、寄れない場所にいる相手へ電話したのだ。

しかし、「6号車だ。間違えるな」というのは、どういう意味なのだろう？

すぐ考えつくのは、「旅号」の6号車のことである。

問題の柳沼功一が乗っていて、四人の死者が出た、車両である。

その6号車が、どうだというのだろうか？

警察に委《まか》せられないので、誰かに、6号車から、柳沼功一をさらってしまえとでもいうのだろうか？

引っさらって、アメリカか、ヨーロッパへでもやってしまえば、三田良介が、傷つかずにすむ。

今、三田良介は、不人気な仁村首相を、十一月の総裁選で引きずり下ろし、自ら、第二次三田内閣を作ろうとしている。忠臣の白井久一郎は、どんな小さな傷でも、消しておこうと考えるだろう。

三田良介の子供の柳沼功一は、殺人容疑者で、時限爆弾に等しい。一刻も早く、海外へ送り出してしまおうと考えたとしても、不思議ではない。

だが、白井は、誰に、どうしろと、命令したのだろうか？

それにしても、「6号車だ。間違えるな」というのはどういう意味だろう？　何かの指示を与えたあと、白井は「6号車だ。間違えるな」と、念を押したのだ。

日本一周旅行の一行は、今、釧路にいる。北海道内は、寝台特急《ブルートレイン》ではない、六両編成の気動車で回っていて、最初の「旅号」とは、グループの分け方がちがってしまっているはずだった。

東京から九州を回ったブルートレインの「旅号」は、今、青森にいて、約三百人の乗客が、青森へ戻って来るのを待っている。青森から、終着東京（上野）までは、再び、ブルートレインの「旅号」になるのだ。

したがって、6号車が、意味を持ってくるのは、青森からである。青森から東京までの間で、何かしようというのだろうか？

もう一つ、福井淳に渡したアタッシェケースには、何が入っていたのだろうか？

どう見ても、あれは、福井に脅迫されて、金を渡した感じである。

ゆすりだ。

ゆすりのタネは、柳沼功一だろう。他には考えられない。

福井は、プロのカメラマンである。ひょっとすると、柳沼功一が、6号車の四人の誰かを殺すところを、写真に撮ったのかもしれない。ポラロイドカメラだって、持っているだろう。

そういえば、福井は、アタッシェケースと引きかえに、白い封筒を、白井に渡していた。あの中に、ゆすりのタネの写真とそのネガが入っていたのではないか。

一方、白井のほうは、中央新聞の田島によれば、横浜のアメリカンインターナショナル銀行に行ったという。とすると、その鞄の中は、日本円ではなくて、ドル紙幣だろうか。

たとえば一万円札で一億円だと、大きなスーツケースでなくては入らないが、百ドル紙幣なら一ドル二百円でも、二分の一の枚数ですむのだ。あのアタッシェケースでも、一億円分の百ドル紙幣が入るだろう。

十津川が、そんなことを考えているうちに、白井が乗り込んだ十一時十分発の羽田行きの日本航空のボーイング747SRは、飛び立ってしまった。

十津川は、別に、しまったとは思わなかった。機内で、白井をつかまえて、質問しても、何も答えてはくれないだろうからである。

十津川は、東京の亀井に電話をかけた。

千歳空港での出来事を説明すると、亀井も、

「明らかに、福井という男が、ゆすったんでしょうね。白井久一郎ではなく、三田良介を。その交渉を、白井が委《まか》されて、札幌へ飛んだんでしょう」

と、いった。

「わからないのは、そのあとの白井の電話なんだ。たぶん、『旅号』の6号車から、柳沼功一を引っさらって、アメリカか、ヨーロッパへ、追い払ってしまうつもりなのだろうが、それを、誰に命令したかだ」

「白井の秘書じゃありませんか？　白井には、秘書が十人以上いるといいますから」

「しかし、殺人容疑者を、海外に逃亡させる、いわば、ダーティな仕事だからね。自分の秘書に委すとは思えんな。白井の手足になって働くような人間に、心当たりはないかね？　ダーティな仕事を引き受けるような連中だ」

「至急、調べてみます」

「頼むよ。私は、十二時十分の便で、東京へ帰る」

## 10

福井の出発を、釧路空港で見送ったあと、由紀は、タクシーで、ホテルへ戻った。そのまま、自分の部屋に入ってしまった。

日下は、ロビーに腰を下ろし、考え込んだ。

由紀は、由紀に好意を感じていた。彼女を守ってやることに、楽しさを覚えてもいたのだ。

由紀のほうも、自分を頼りにしてくれているものと思っていたのだ。

ところが、彼女は、福井と親しくしている。二人の様子は、どう見ても、恋人だった。ちょっとばかり、裏切られた気分になったが、それは、仕方がない。

問題は、あの二人が、何をしようとしているかである。

急に、ロビーが騒がしくなって、三十五、六人の泊まり客が、ぞろぞろと、降りて来た。

その中に、日下の両親もいて、

「これから、バスで、釧路湿原を見に行くんだけど、お前も、行かないかい？」

母の君子が、声をかけてきた。

日下は、断わって、一行が、チャーターしたバスが出かけるのを見送ったあと、自分の部屋に入り、東京へ電話をかけた。

その電話で、日下が亀井から知らされたのは、千歳空港でのことだった。

「警部も、私も、明らかに、福井淳が、『旅号』での四人の死者を夕ネに、三田良介をゆすったにちがいないと考えているんだ。たぶん、得意のカメラで、柳沼功一が、四人の誰かを殺すところを写したんだろうね」

「福井が、ゆすりですか」

すると、和田由紀は共犯なのだろうか。そう考えることは、また、日下の気持ちを重いものにした。

「金は、ドルで受け取ったと思われるから、福井は、この旅が終わり次第、海外へ逃亡するつもりだろう。ブルートレインで上野に着いたら、その足で、成田の国際空港へ直行するかもしれん。『旅号』の上野着は、予定では十七時五分になっている。上野から京成電鉄のスカイライナーに乗れば、一時間で、空港へ着くから、まだ、国外へ飛ぶ便はいくらでもあるからね。問題は、ゆすりで、福井を逮捕出来るかどうかだ。白井は、金を渡したことなど、きっと否定するだろうからね」

「東西商事の会計課に勤める和田由紀という女性と、福井淳の関係を調べてくれませんか」

「その女が、ゆすりの共犯者なのかい？」

「とにかく、調べてください」

と、日下は、いった。

また、日下の胸が痛んだ。

亀井は、そんな日下の気持ちには、気がつかない様子で、

「犯罪のかげに女か」

と、呑気《のんき》なことをいってから、

「白井久一郎は、誰かに命じて、『旅号』の6号車から、柳沼功一を引っさらって、海外へ飛ばしてしまう気だ」

「とすると、青森と上野の間か、上野駅に着いてからですね」

「誰が、どんな方法をとるかわからないから、気をつけてくれ」

# 第九章　青森

## 1

十津川は、午後二時過ぎに、警視庁に帰った。

「刑事部長が、さっき、顔を出して、警部が帰って来たら、すぐ来るようにといっておられましたよ。だいぶ、おかんむりでしたね」

「きっと、白井久一郎から苦情がきたんだろう」

と、十津川は、笑ってから、

「あとで、叱《しか》られるさ。それより、頼んでおいたことは、調べてくれたかね？」

「白井さんの知り合いで、ダーティな仕事を引き受ける人間ということで調べていくと、一つだけ浮かんできました」

亀井は、メモを見ていった。

「どんな人間だね？」

「白井さんが、城西警察署の署長をしているとき、あの辺りを縄張《なわば》りにしていたS組という暴力団がいました」

「知っているよ。確か、署長が、組長と話し合って、解散させたんじゃなかったかな？」

「そのとおりです。白井署長が解散させたんですが、その後、S会という右翼の政治結社に変身して、存続しているのです。一応、右翼ということになっていますが、中身は、昔の暴力団と同じです。ボスも同じ羽島英吉です」

「白井久一郎との関係は、今でも続いているのかね？」

「白井さんのすすめで、政治団体に衣替えしたので、警察の取締まりをまぬかれたということで、感謝していると思いますね。白井さんが、政界に打って出たとき、このS会が、応援に動いています」

「そうか。すると、今度も、白井久一郎は、S会に、頼んだのかもしれないな」

「小川刑事と桜井刑事が、S会の動きを監視していますが、まだ、何の動きも見せていません」

「動き出すとしても、明日になってからだろう。ブルートレイン『旅号』が、青森を出発するのは、明日十二日の五時七分だし、上野着が同日の十七時五分だからね」

「それから、日下刑事から、連絡がありまして、和田由紀という女と、福井淳の関係を調べてくれといってきました。どうやら、ゆすりの共犯のようなのです。この二人のことは、田中刑事が調べています」

その田中刑事が、戻って来たのは、午後四時に近かった。

顔全体に吹き出した汗を、しきりに、ハンカチで拭きながら、

「二人の関係がわかりました」

と、十津川に報告した。

「前からの知り合いだったのか？」

「二年前、ある男性週刊誌が、わが社の美人ＯＬというのを五カ月ばかり続けたことがありました。その写真を、雑誌社から頼まれて撮ったのが、カメラマンの福井淳です。東西商事からは、二人の若い女性社員が、雑誌を飾ったわけですが、その一人が、和田由紀という娘で、関係は、そのころからだったと思います」

「具体的な関係は、わからないのかね？」

「福井の住んでいるマンションの管理人や、隣室の人にきいてみたんですが、和田由紀と思われる女が、ときどき、遊びに来ていたようです」

「日下君が、ちょっと気の毒だな」

「は？」

「まあ、いい。二人で海外旅行でもしたのか？」

「警部もお調べのとおり、福井淳のほうは、去年の十一月八日から十八日まで、アメリカに行っています」

「そうだ」

十津川は、急に、眼を光らせて、手帳を見ていたが、

「柳沼功一が、アメリカで問題を起こしたとき、福井も、行っていたことになるんだ。柳沼が、滞米中、アパートを一緒に借りていたアメリカ人が変死し、彼が疑われたときだよ。そのころから、福井は、柳沼功一をマークしていたのかもしれないな。三田良介の愛人の子だということも、どこかで調べたんだろう」

「柳沼が、中川晴夫というペンネームで、小説を書いていることも知っていたと思いますね」

と、亀井が言った。

「そして、中川晴夫が、『旅号』の日本一周旅行に、応募したのを知って、自分も、応募したか？」

「いや、中川晴夫が、応募したのを知ったのは、和田由紀のほうだと思います。日下君の報告では、彼女は、文学少女で、中川晴夫の小説をよく読んでいるそうですから」

「中川晴夫、つまり、柳沼功一が、応募したのを知って、福井と、由紀の二人も応募した。三田良介をゆすることが出来るかもしれないと思ってね。いや、これはちょっと、おかしい

ぞ」

と、十津川は、眉を寄せて、

「アメリカで、精神異常と診断され、同室のアメリカ人が変死したとしても、今度の『旅号』の中で、柳沼功一が、誰かを殺すかどうかは、わからないわけだからね」

「とすると、あるいは――？」

「福井が、自分で殺しておいて、三田良介を脅迫したのかもしれん。そのほうが納得がいくんじゃないか。まず、柳沼と同じ6号車を希望し、それから、同じ6号車の乗客を、次々に殺していったんだ」

「しかし、なぜ、病死や、事故死に見せかけて殺したんでしょうかね？　殺人とわかるように殺して、それを、柳沼功一のせいにして、三田良介を脅したほうが、効果的だったと思いますが」

「理由は、二つあったと思う。一つは、明らかに殺人とわかる事件が三つも続けば、いやでも、警察が介入してきて、三田良介を、ゆする可能性が少なくなってしまうかもしれない。それに、万一、自分が疑われるようになったら、元も子もない。だから、警察が介入出来ない状態で、殺していったんだ。そうしておいて、柳沼功一が殺したとして、三田良介をゆすったのだろう。第二は、アメリカの事件も、はっきり殺人とはわからない変死だったからじゃないか。つまり、変死でも、三田良介は、精神異常と思っている息子の柳沼功一がやったのではないかと疑うにちがいないと、福井は、計算したんだろう。6号車の乗客だけを狙ったのもそのためだ。同じ6号車に乗っている柳沼功一のせいにできるからね」

「しかし、三田良介は、金を払おうとしなかったんじゃありませんか？　だから、四人目は、明らかに、殺したとわかる方法で、殺したんだと思いますね」

「同感だね。福井は、最初、誤算したんだと思う。単なる変死で、三田良介をゆすれると思ったんじゃないかな。ところが、三田良介も、したたかな古狸だからね。病死や事故死なら、警察沙汰にはならない。第一、息子の柳沼功一が犯人だという、確かな証拠もないではないかと考えたんだ。したがって、金を払う必要もない。ただ、このまま、放置しておくわけにもいかない。すぐにも、『旅号』から功一を連れ戻すのも、かえって周囲から疑われて、身許がばれる可能性があると考えたのかもしれないね。しかし、柳沼功一が、日本一周旅行を終えて、東京へ帰って来次第、アメリカか、ヨーロッパへ、追いやってしまうにしても、『旅号』の中でこれ以上、事件を起こしてもらいたくない。そこで白井久一郎が、うちの刑事部長に会ったんだろう。日下君の長期休暇を認める代わりに、彼に、『旅号』の乗客の間で、次の事件が起きるのを防げという指示になったわけだよ。三田良介にしてみれば、それで、福井の脅迫は無視していいと考えたんだろう。逆に、福井にしてみれば、計画どおりに金が手に入らなくて、作戦の変更を迫られた。病死や、事故死に見せかけて、それを、柳沼功一の犯行だと脅迫しても、三田良介は、金を払わない。それならば、というので、札幌では、一見して殺しとわかる方法で、やはり同じ6号車の乗客佐々木修を殺し、改めて、三田良介を脅迫したんだ。確かな証拠も持っていると、いったんだろう」

「それで、三田良介側は、あわてたわけですね」

「そうだ。あわてて、福井と取引をすることに決めたんだろう。とにかく、柳沼功一を、海外へ出してしまうまで、事件を、押さえ込もうと考えたんだろう。白井久一郎が、その仕事を引き受けたんだと思う。三田良介の保守党総裁への復帰《カムバック》と、第二次三田内閣の誕生が、取り沙汰されているときだけに、一層、臭いものには、ふたの気持ちが強く出たんじゃないかな。福井と取引となれば、警察は、邪魔になる。それで、また、刑事部長を通じて、われわれに手を引け、日下刑事には、何もするなと、圧力をかけてきたのさ」

「しかし、警部の見られたところでは、福井は、白井さんから金を受け取っておきながら、また、何か、要求した感じですか――？」

亀井が、きいた。

十津川は、千歳空港ロビーでの光景を思い出しながら、肯いた。

「これは、明らかに、福井が、新しい要求を、白井久一郎に突きつけたんだと思うね。白井は、激怒していたよ。それを、必死に、抑えつけているようでもあった。福井は、柳沼功一を罪に落とせるような写真を撮っていたんだと思うが、その全部は渡さず、さらに、金を要求したんだろう」

「それで、白井さんが、対決するために、どこかに、電話をかけたというわけですね」

「その相手は、たぶん、カメさんが調べてくれたS会の羽島英吉だと思うね。彼に命じて、何かやらせる気なんだ。状況が変わった以上、柳沼功一を、今すぐにも強引に海外へ連れ出してしまうことだと思うんだが――。あるいは……」

「あるいは……何ですか、警部？」

「いや、まあいい」

「これから、どうしますか？　部長からは、何もするなと釘を刺されていますが」

「あの旅行には、日下刑事が同行しているんだ。それに、すでに四人の人間が殺されている。部長が何もするなといっても、ただ、腕をこまねいていられるかい？　カメさん」

「私も、それは出来ません」

亀井が、ニヤッと笑った。

「それなら、まずS会の動きを監視、それを続けてくれ。それから、福井淳と和田由紀が、十二日の海外へ飛ぶ飛行機を予約しているかどうかを、調べてくれ」

と、十津川は、いってから、肩をすくめて、

「それじゃあ、これから部長のお叱言《こごと》をきいてくるかね」

## 2

十四時十分。

日本一周旅行の一行を乗せた臨時列車は、釧路を発車し、函館に向かった。

福井は、いつの間にか、札幌から帰って来て、再び、一行の中に加わっている。

東京からの電話では、福井は、柳沼功一をタネに、三田良介をゆすって、白井久一郎から千歳空港ロビーで、金を受け取ったという。そういえば、福井は、ショルダーバッグのほかに、黒いアタッシェケースを持っている。

日下は、あのアタッシェケースを押さえて、中を改めてみたくなった。中には、ドル紙幣が詰まっているのだろう。

しかし、それを確認しても、どうにもならない。金を渡した白井久一郎のほうが、否定するに決まっているからである。

十津川は、福井が、四人を殺して、それを、柳沼功一の犯行に見せかけて、三田良介をゆすったのだろうといった。

とすると、和田由紀は、福井の共犯ということになるのか？

今も、由紀は、福井とは、わざと離れて、柳沼功一の中川晴夫と、並んで腰を下ろし、窓の外の景色を見ながら、何か話している。

（本当に、彼女が、共犯者なのだろうか？）

殺人と、ゆすりの共犯者には、とうてい見えない。

だが、彼女が、釧路空港へ、福井を送っていったことは、間違いないのだ。

男は、甘いもので、美人を見ると、頭から、悪いことはしないものだと思い込んでしまう。

日下は、そんなことを考えながら、じっと由紀を見つめた。

もし、彼女が、福井の共犯者なら、柳沼功一と親しげにしているのも、何か目的があるからに決まっている。ペンネームの中川晴夫の小説が好きだからというのは、口実だろう。

福井は、白井久一郎から金を受け取り、代わりに、写真らしきものを渡したといわれている。

福井自身が、乗客を殺し、それを、柳沼功一の犯行に見せかけて、写真を撮るというのは、難しいだろう。しかし、柳沼が、由紀を好きになってしまっていれば、案外、楽かもしれない。由紀が、甘い言葉で誘って、柳沼を、福井の指示する場所に、指示する時刻に連れて行けばいいからだ。それに、福井は、プロのカメラマンである。写真には素人の白井久一郎をだます合成写真を作るぐらいのことは、朝飯前だろう。

（しかし、由紀は鹿児島市内のホテルで、睡眠薬入りのコーヒーを飲まされたのではなかったろうか？）

この疑問には、二つの解釈が可能だと、日下は、思った。

一つは、まず、自分を容疑者の圏外におくために、自分も狙われたと見せたという考え方である。

第二は、最初、福井は、三人の乗客を病死と、事故死に見せかけて殺した。だが、それだけでは、逆に殺人の証拠がなく、柳沼功一のせいにして、三田良介をゆすれない恐れがある。そこで、ひょっとすると、殺人かもしれないという空気を作ることにした。その工作をやったのが、由紀ではなかったのか。睡眠薬入りのコーヒーを飲まされ、殺されかけたという芝居を打ったのだ。

おそらく、第二の解釈のほうが正しいだろうと、日下は、思った。

となれば、その睡眠薬は、由紀自身が、東西商事の診療室から、盗んで持ってきたものにちがいない。

なぜ、睡眠薬を持ってきたのか？

彼女自身が、狙われたと見せる芝居のためもあるだろう。が、他に、殺人のために、睡眠薬を使うつもりで、福井が、持ってこさせたのではあるまいか。

たとえば、寝台の中で死んでいた第一の被害者・村川誠治、あるいは、鹿児島市内の川で溺死した、第二の被害者・笹本貢などは、前もって、睡眠薬を飲まされていたということだって、十分に考えられるのだ。

もちろん、何かに混入して、この二人に、睡眠薬を飲ませる役は、由紀だったのだろう。

また、由紀の楽しそうな笑い声が聞こえた。

日下は、聞いているのが辛くなって、デッキに出てしまった。

(いったい、どういう女なのだろうか？)

日下は、煙草に火をつけ、小窓の外の景色を見ながら、考え込んだ。

彼女が、福井の共犯であることは、まず、間違いないだろう。

福井は、十津川たちの推理が正しければ、すでに、四人の男を殺している。その共犯なのだ。

その女が、明るい美しい声を立てている。いざとなると、女のほうが、度胸があるのか。

日下がぶつかった殺人事件では、最初は、男のほうが主導権を握っているが、いざとなると、女のほうが度胸があることが多い。筋骨たくましい、いかにも、悪の権化みたいな大男が、普段、大言壮語しているくせに、意外に小心なのに比べると、可愛らしい顔をした女が、平気で人を殺したりするのも、知っている。

だが、和田由紀だけは、ちがうと思い込んでいたのである。というより、彼女が、犯罪に関係していようなどとは、微塵《みじん》も考えなかった。ひたすら、彼女も被害者のひとりと思い込み、守ってやらなければと、思い続けていたのである。

自分の甘さが嫌になってくる。恥ずかしくなってくる。

今、二人を逮捕することが出来れば、この自己嫌悪も、少しは、和らいでくれるだろうが、すべてが想像で、証拠のないことだったし、休暇をとって、この旅行に加わっている日下には、何の権限もない。それに、何もするなと、釘を刺されている。

「日下さん」

と、ふいに、呼ばれて、日下は、はっとして、振り向いた。

東鉄管理局の富田営業部長が、変な顔をして、こちらを見ていた。

「どうなさったんですか？」

「いや、別に」

と、日下は、いった。

今、福井淳と、和田由紀の二人が、四人の乗客を殺し、三田良介をゆすっていると話したら、富田は、どんな反応を見せるだろうか？

富田は、日下が刑事であることを知っているから、頭から無視したりはしないだろうが、信じはしないだろう。そして、事なかれ主義で、対処するに決まっている。

「まもなく、この旅行も、終わります。何人かの乗客の方が、病死や、事故死されましたが、その他は、大過なく終わりそうで、ほっとしています」

富田は、そういった。

「大過なくですか――」

日下はぶぜんとした顔で、呟《つぶや》いた。

四人も死んでいるのに、と思ったが、それは、口にしなかった。あれは、すべて殺人なのだといっても仕方がない。彼は、国鉄職員として、この旅行が無事終わることだけを考えているのだろうから。

夕方から雨になった。

午前〇時二十分。函館着。函館の街にも、雨が降っていた。

十八日ぶりの雨らしい雨だということだった。

3

午前二時を過ぎても、新宿歌舞伎町には、人通りが絶えない。

ディスコから出て来て、そのまま、通りを踊り歩いている若者たちもいる。

田中刑事は、あとから応援に来た亀井刑事と一緒に、歌舞伎町にあるS会の事務所を見張っていた。

七階建てのビルの二階が、事務所である。

道路に面した窓には、厚いカーテンがおりているが、室内から、かすかに明かりが洩《も》れていた。

「ずいぶん長いですよ。いったい、何をしているのか」

田中が、首をかしげた。

「長い？」

「ええ。S会の幹部が、招集を受けたとみえて、次々に集まってきてから、もう八時間以上たっています。ずっと、明かりがついたままです」

「どうやって、事件をうやむやにしたまま、柳沼功一を引っさらって、海外へ放り出すか、それを協議しているんだろう」

「十津川警部も、そういわれましたが、私には、どうも、そこのところが納得出来ないのですが」

田中が、いった。

亀井は、おやっという顔で、眼鏡をかけている田中を見た。

田中は、三十二歳。平凡を絵に描いたような男である。捜査会議では、ほとんど発言したこともない。命ぜられたことは、過不足なく、きちんとやり遂げるが、自分の意見を主張するようなことはなかった。

捜査の最前線にいる刑事は、仕事柄かもしれないが、ひと癖も、ふた癖もある者が多いのだが、この田中だけは、ちがっていた。少なくとも、亀井は、そう思っていたのだが、その田中が、納得出来ないというのである。

自己主張をほとんどしたことのない男の発言だけに、亀井は注目した。

「どう納得出来ないのかね？」

「私の勝手な考えかもしれませんが――」

田中は、度の強い眼鏡の奥の、いかにも、気の良さそうな細い眼を、ぱちぱちさせた。

「かまわないから、いってみたまえ」

「日本一周列車『旅号』が、上野に到着したあと、柳沼功一を、そのまますぐ、成田に連れて行き、用意しておいたパスポートと航空券を持たせて、海外へ飛び立たせるだけなら、別にS会に頼まなくても、白井久一郎が、自分の秘書にやらせても出来ることだと思うのです。白井久一郎ひとりでも可能でしょう。柳沼功一というのは、別に、大男でも、腕力すぐれた人間でもないようですから」

「それは、君のいうとおりだ。だから、『旅号』が、上野に着くまでの間に、引っさらってしまうのではないかと、思っているのだがね」

「私は、そうは、思わないんですが――」

田中は、また、眼をぱちぱちさせた。

「じゃあ、君は、どう思うんだ？」

亀井は、興味を持ってきいた。

「もし、それだけのことなら、S会の幹部たちが、八時間も協議はしないんじゃないでしょうか。それに、予定によれば、日本一周旅行の一行は、午前五時七分に青森を発車します。臨時列車ですから、途中で、S会の人間が乗り込むことが出来るかどうか」

「疑問は、それだけかね？」

「いいえ。いちばんの疑問は、こうなった事情にあります。『旅号』の中で、四件の殺人事件があり、それをタネに、福井淳というカメラマンが、三田良介をゆすった。それが始まりでした。白井久一郎が、千歳空港で、福井に金を支払いましたが、どうやら、福井は、さらにゆすった。それで、白井は、S会に何かを頼んだ。ゆすったということは、福井が、たぶん、写真だと思いますが、柳沼功一を犯人に仕立てられるものを持っているということになります」

「そうだろうね」

「青森から上野までの途中で、厄介者の柳沼功一を引っさらって、海外へ追い出したとしても、福井は、三田良介をゆすれるわけです。三田良介の子供の柳沼功一が、殺人犯だという写真を持っていると思われますからね。白井久一郎にとって、一番の気がかりは、柳沼功一の安全よりも、ボスの三田良介の名前に、少しでも傷がつくことではないでしょうか。そうだとすると、S会に、柳沼功一をさらわせて、海外へ飛ばしても、それだけでは、全く意味がないわけです」

「うーん」

と、亀井は、小さく唸《うな》ってから、

「それで、君は、S会が、何をしようとしていると思うのかね？」

「おそらく、脅迫者の福井淳を、消してしまうことではないでしょうか？」

田中がいったとき、急に、ビルの入口から、逞《たくま》しい身体つきの男が二人、急ぎ足で出て来た。

「S会幹部の入江と安東です」

と、田中が、緊張した顔でいった。

4

入江と安東は、ビルの横に停めてあった車に乗り込んだ。大型のアメリカ車である。

田中と、亀井は、覆面《ふくめん》パトカーのところへ駆けて行き、尾行にかかった。

田中が、運転する。亀井は、無線電話で、十津川に連絡した。

彼は、その中で、田中の考えを紹介した。

「正直にいって、私も、田中君の考えに賛成です。人間一人を消すぐらいのダーティな仕事でなければ、白井さんが、S会には頼まないと思います」

「さっきは言いそびれたが、やはり、君たちもそう思うか。それに、S会の入江には、殺人の前科があるね」

「安東のほうも、傷害で二回捕まっているはずです」

「つまりプロか」

「そうです」

「その二人は、どこへ向かっているようかね」

「まだわかりませんが、明治通りを北へ向かっています。ひょっとすると、銃を所持しているかもしれません。S会は、一カ月前に、拳銃の不法所持で、二人の人間が逮捕されていますから」

「わかった。途中で、検問するようにしよう。理由は、何とでもつけられるだろう」

「お願いします」

電話を切って、亀井は、腕時計を見た。

午前三時四十分。

周囲は、まだ暗い。道路はすいていて、前を行く車は、五十キロぐらいのスピードで走っている。

スピードをあげないのは、そんなことで、警察に捕まっては合わないと考えているのかもしれない。

入江たちの車は、明治通りから、北本《きたほん》通りに入った。

「日本一周旅行の一行は、青函連絡船の中だな」

と、亀井がいった。一行は、〇時四十分に函館から青函連絡船に乗り、青森着は、四時三十分の予定である。

無線電話が鳴った。

「北区神谷《かみや》三丁目付近に検問所を設けたよ」

と、十津川が、いった。

しばらく走ると、前方にパトカーが二台待っていて、制服姿の警官が、数人、立っているのが見えた。

亀井たちは、車を停め、入江たちの車が、検問で停まるのを見つめた。

警官たちは、徹底的に車内を調べ、入江と安東のポケットまで調べている。

二人は、文句もいわず、笑いながら、トランクをあけて見せたりしている。

だが、何も見つからなかったらしく、彼らの車は、検問を抜けて走り出した。

亀井たちは、検問のところまで走らせて、警察手帳を見せた。

「銃は見つからなかったのか？」

亀井がきくと、警官は、首をかしげて、

「この近くで、拳銃強盗があったことにして、徹底的に調べてみたんですが、拳銃も、猟銃も所持していません。ナイフの類もです」

「それで、行く先は、どこかきいてみたかね？」

「埼玉県の大宮だといっていました」

「そうか。ありがとう」

亀井が、礼をいい、二人は、再び、入江たちの車を追った。

「大宮から、東北新幹線に乗るつもりでしょうか？」

田中が、きく。

「そうだとすると、盛岡までのどこかで、『旅号』を待ち受ける気かもしれないな」

東北新幹線の各駅は、白石蔵王《しろいしざおう》駅と古川駅を除いて、在来線と併設されている。したがって、新幹線を降りて、在来線のホームへ行けば、そこで、「旅号」を待ち受けられるのだ。

だが、彼らの車は、新幹線大宮駅には向かわず、浦和《うらわ》インターチェンジから東北縦貫自動車道に入った。

5

青函連絡船「羊蹄丸」は、午前四時三十分の予定より、五分ほどおくれて、青森港の国鉄連絡栈橋に横付けされた。

雨は止んだが、どんよりと曇っている。

そのせいか、周囲は、まだ、薄暗かった。

一行は、来たときとは逆に、長い通路を渡って、青森駅の一番線ホームに歩いて行った。

そこには、懐かしいブルートレイン「旅号」が、点検、整備をすませて、乗客を待っていた。

青森発は、五時七分、上野着が十七時五分の予定なので、寝台は解体されて、どの車両も、座席になっている。

日下は、発車までの時間に、東京に電話した。

電話に出たのは、桜井刑事だった。

「警部は？」

と、日下がきくと、

「大宮発の東北新幹線の始発に乗るために、もう車で出かけたよ。盛岡までのどこかで、そちらの『旅号』に乗り込むはずだ」

「事態が急変したのか？」

「S会幹部の入江と安東の二人が、今、東北自動車道を、北に向かっている。カメさんと田中刑事が、この二人を追っているよ。ひょっとすると、彼らは、白井久一郎に頼まれて、脅迫者の福井淳を消そうとしているかもしれないというんだ。福井は、どうしている？」

「今、少し離れたところで、どこかへ電話しているよ。たぶん、白井久一郎か、三田良介へ、新たな金を要求しているんだろう」

「もう一つ、ニュースがある。福井淳と、和田由紀の二人が、今夜の二十時三十分のパンナムの航空券を買っていることがわかったよ。二人は、やはり、『旅号』で上野に着いたら、その足で、成田空港へ向かうことになっているんだ」

「その前に、三田良介をゆすって、もうひともうけを企《たく》らんでいるんだな」

「それが、白井久一郎を怒らせたんだと思うね。際限《きり》がないと思ったんだろう。あるいは、脅迫者の息の根を止めておかないと、いつ、三田良介が、スキャンダルに巻き込まれるかわからないと、危惧《きぐ》したのかもしれない。だから、注意してくれよ」

と、桜井が、いった。

日下は、電話を切ると、ちらりと、福井のほうに眼をやった。

離れた公衆電話で、どこかにかけていた福井は、満足そうに、笑いながら、電話を切り、「旅号」の停まっているホームのほうへ歩いて行った。

白井久一郎に電話し、相手が、もう一度、金を出すと約束したので、喜んでいるのか。自分の身に危険が迫っているのも知らずに。

五時七分に、予定どおり、「旅号」は、青森駅の一番線ホームを離れた。

厚い雲が、ようやく、東に移動していき、雲間から、朝の光が射し始めた。

6号車の乗客は、また、元の6号車へ戻っている。

日下と向かい合って腰を下ろした母親の君子がいった。

「もうじき終わりだねえ。あっという間に終わっちゃったみたいだよ」

「そうだね」

「由紀さんと、ぜんぜん話をしないみたいだけど、どうしたんだい？」

「彼女には、好きな人がいるんだ」

「ほんとかい？　そんなふうじゃなかったがねえ」

君子は、信じられないというように、首を振った。

「もう、その話は、いいじゃないか」

と、日下がいったとき、いい具合に、朝食の駅弁とお茶が、配られてきた。トイレに行っていた父の晋平も、戻って来ての食事になった。

日下は、食事中も、電話で聞いた桜井の言葉を思い出していた。

S会の二人の幹部が、福井を消すかもしれないという。

その二人は、東北自動車道を北に向かっているらしい。どこかの駅で、この「旅号」に乗り込んできて、福井を殺《や》るつもりなのか。

日下は、食事をすませると、富田に会いに、4号車のほうへ歩いて行った。

富田も、部下の営業部員と、駅弁を食べていた。

「この列車は、上野まで、ノンストップで走るんですか？」

と、日下は、富田にきいた。

富田は、箸《はし》を持ったまま、日下を見て、

「他の列車も走っているので、そうもいきません。どうしても普段の列車を、時刻表どおりに動かさなければなりませんのでね。仙台に、停車します。ここでは二十分停車し、ホームで、ミス・仙台が、こけしを乗客にプレゼントしてくれるはずです」

「仙台に停車せずに、そのまま、走り続けるわけにはいきませんか？」

「それは出来ません。何カ月もかかって計画したわけだし、過密なダイヤの中に、苦労して、この『旅号』を、割り込ませたんですからね。勝手に走ったら、他の列車のダイヤまで、混乱してしまいますよ」

「仙台に着くのは、何時ですか？」

「十時四十二分の予定です」

「東北新幹線の始発の下りが、仙台に着くのは、何時ですか？」

「ちょっと待ってください」

富田は、時刻表を取り出して、調べてから、

「七時十五分大宮発のやまびこ一一号の仙台着が九時十四分ですね。七時四十五分のやまびこ四一一号で、九時四十四分。八時二十分発のあおば二〇一号なら、十時三十七分に仙台に着きますね。それが、どうかしましたか？」

「いや」

日下は、首を振った。

十津川は、仙台で、待っていてくれるだろう。十津川が来てくれれば、心強い。だが、S会の幹部二人も、こちらに向かっているのだ。

日下も、東北自動車道を走ったことがある。単調な景色しか見えないのが難だが、すいているので、飛ばすことも出来る。浦和インターから入って、仙台までの三百キロ余りを、六時間で走ったことがある。別に、無理して走ったわけではなかった。それを考えると、S会の二人も、十時までには、仙台へ来ていると見たほうがいいだろう。

入江と安東という名前だというが、日下は、彼らの顔を知らなかった。右翼を標榜《ひょうぼう》する彼らを扱うのは公安だったからである。

午前十時四十二分といえば、ホームに乗客もいるだろう。そこへ、この列車が着き、ミス・仙台の歓迎を受けて、乗客がぞろぞろホームに降りて行けば、ホームは、人で一杯になってしまう。鉄道マニアが、押しかけてきて、写真を撮ることだって考えられる。そうなると、S会の二人が、まぎれ込んでいても、見つけ出すことは、難しいのではあるまいか。

しかも、仙台駅の停車時間は、二十分もあるという。その間、福井淳を、車内に引き留めておくことは、難しいだろう。何といっても、彼は、プロカメラマンなのだ。カメラを持って、ホームに出て行くにちがいないからだ。それを二十分間車内に引き留めておくには、彼を殺人、脅迫で告発し、手錠でもかけるより仕方がない。もっとも、非番の日下には、どちらも出来ないが。

6

入江たちの車は、東北自動車道の安達太良《あだたら》サービスエリアに入って行った。

尾行してきた亀井たちも、彼らのあとに続いた。

入江たちは、ここで給油したあと、食堂に入った。

現在、八時二十分。

早朝の午前三時半に、東京を飛び出してきたので、腹が空いたのか。

亀井たちも、同じ食堂に入り、名物の山菜そばを注文した。

入江と安東は、ステーキを注文し、ナイフとフォークを、せわしく動かしている。旺盛《おうせい》な食欲だった。

「仙台まで、あと、百キロぐらいですね」

こちらは、そばを、ぼそぼそ食べながら、田中が、いった。

「十時半には、着けるよ。おそくとも、仙台駅に十一時には着けるだろう。『旅号』の仙台着は十時四十二分で、二十分停車するから、あの二人が、ホームで、福井淳を殺すことは可能だ」

「検問では、銃は出ませんでしたが――」

「ナイフで刺すつもりなら、どこでも買えるよ」

亀井がいったとき、入江が、急に立ちあがって、電話をかけに行った。

「S会の本部に連絡しているんだろう」

亀井が呟いた。

入江は、二、三分で電話をすませると、安東も、あわただしく立ちあがった。

亀井たちも、山菜そばを食べ残したまま、席を立った。

入江たちは、車に乗り込むと、再び、東北自動車道を、北に向かった。

このまま、仙台に行くにちがいないと、運転している田中も、助手席の亀井も、思ったのだが、相手の車は、福島西インターチェンジで、ハイウェイから出てしまった。

そのまま、福島市内に入って行く。

「どこへ行く気ですかね？」

と、田中がいったとき、突然、眼の前に、大型トラックが、飛び出してきた。

右隣りを走っていたトラックが、加速したかと思うと、突然、ハンドルを左に切ったのだ。

田中は、あわてて、急ブレーキを踏んだ。

タイヤが、悲鳴をあげた。

大型トラックは、斜めに突っ込んだ形で、止まり、亀井たちの車は、フロントを、トラックにぶつけてしまった。

「この野郎！」

と、大人しい田中が、怒鳴った。

トラックを運転していた若い男は、反対側のドアから飛び降りて、逃げ出した。

「カメさん。あいつを捕えましょう！　わざと、やりやがったんだ」

「それより、車は動くか？」

「動くことは、動きますが」

「じゃあ、あんな運転手にかまわず、福島駅へ急ぐんだ」

「しかし、カメさん。入江たちの車は、見えなくなっちゃいましたよ」

「十中八九、福島駅へ行ったんだ。新幹線で、仙台へ行くつもりだよ。『旅号』は、仙台にしか停まらないからね。東北自動車道を仙台まで行ったのでは、ぎりぎりになる。だから、新幹線にしたんだ」

と、亀井は、いった。

田中は、肯《うなず》いて、車をいったんバックさせてから、トラックをよけて、走り出した。

「あのトラックは、入江たちに頼まれて、故意に妨害したんですよ」

田中が、いまいましげにいった。

「おそらくな。サービスエリアでの電話は、それだったんだろう。S会は、暴力団のころ、この辺りのN組とつながっていた。政治結社になった今でも、その関係は、変わっていないかもしれない。だから、あのトラックの運転手はN組の人間じゃないかな」

福島駅には、九時十分に着いた。

二人が、仙台までの新幹線の切符を買い、三階にあるホームへあがったとき、ちょうど、九時十五分発のやまびこ四一一号が、出てしまったところだった。

「畜生！」

と、田中が、舌打ちをした。

亀井は、ホームの売店で、時刻表を買い求め、東北新幹線の頁を開けた。

「大丈夫だよ。十時二分に、ここを出るあおば二〇一号でも、仙台には、十時三十七分に着く。『旅号』が、仙台へ着く十時四十二分には、間に合うんだ。それに、仙台には十津川警部が、先に行っている」

# 第十章　上野

## 1

「やまびこ一一号」で九時十四分に、仙台へ着いた十津川は、まず、腹ごしらえをすませてから、在来線ホームに入った。

まだ、「旅号」が入って来るまでには、一時間はあるので、ホームの歓迎準備は、出来ていなかった。

十時三十七分着の「あおば二〇一号」で、亀井と、田中も、遅れて到着した。

亀井は、福島市内で、入江たちにまかれてしまったことを話してから、

「九時四十四分仙台着のやまびこ四一一号で、入江と安東が、やって来ませんでしたか？」

と、十津川に、きいた。

「いや、気がつかなかったな。少なくとも、この東北本線のホームには、二人は現われてい

ないよ」

「入江たちは、ここへ来ているはずなんです。『旅号』は、上野まで、仙台にしか停車しないんですから」

「『旅号』が着いたときの混雑にまぎれて、ホームに入って来るつもりじゃないかな。仙台市内で、ナイフでも買っているのかもしれん」

時間がたつにつれて、ホームが賑やかになっていった。

「旅号」の歓迎準備が始まったのである。

着物姿のミス・仙台など五人の美女が、駅長と一緒に姿を見せ、ホームに置かれたテーブルには、いろいろな形のこけしが並べられた。

鉄道マニアの少年たちも、どこできいたのか、カメラや、テープレコーダーを持って、ホームに入って来た。

「県警に協力してもらいますか?」

と、亀井がきいた。

「いや、われわれだけでやるんだ。われわれが、ここに来ていることだって、部長は、おかんむりだろうからね」

「しかし、警部、今でもこのホームは、かなり混雑しています。ここへ、『旅号』の約三百人の乗客が降りて来たら、大混雑ですよ。入江と安東の二人を見つけるのは、大変です」

「わかってるさ。しかし、日下君を入れて、四人いるんだ。それに、無理して入江と安東を見つけようとしなくてもいい。福井淳をガードしていれば、二人が近づいてくる。止《や》むを得ないときは、相手を撃ってもかまわん」

十津川は、内ポケットの拳銃に触りながら、いった。

十時四十二分。

ヘッドマークをつけたブルートレイン「旅号」が、到着した。

十津川たちは、ゆっくりと、6号車のほうへ歩いて行った。

ドアが開き、どっと、乗客が降りて来て、歓迎会が始まった。

十津川は、日下を見つけて、傍へ寄った。

「ご苦労さん。カメさんたちも、来ているよ」

と、十津川が声をかけると、日下は、ほっとした顔になって、

「助かりました。S会の二人は？」

「まだ見つからないが、福井を狙うとしたら、ここしか考えられん。当の福井は、どこにいるんだ？」

「あそこで、呑気に、写真を撮っていますよ」

日下が、あごをしゃくった。

その先で、福井が、歓迎の様子を、しきりに、カメラにおさめていた。

「君は、彼の傍に、へばりついていてくれ」

と、十津川は、いった。

駅長の歓迎のあいさつのあと、ミス・仙台たちから、こけしの贈呈が行なわれた。

そのたびに、フラッシュの閃光《せんこう》が、ホームに走る。

しかし、入江と安東は、姿を見せなかった。

あっという間に、二十分がたってしまった。

——まもなく、日本一周「旅号」が発車いたします。

と、アナウンスがあった。

「どうします？」

亀井が、きいた。

彼も、S会の二人が現われないことに、戸惑いの表情を見せていた。

「仕方がない。われわれも、『旅号』に乗り込もう」

と、十津川は、決断した。

車掌長と、富田に、警察手帳を見せて、十津川たちは、強引に、列車に乗り込んだ。

十一時二分。「旅号」は、仙台駅を離れた。あとは終着上野まで停車しない。

2

亀井は、6号車のデッキで、首をかしげながら、

「どうもわかりませんね。なぜ、奴らは仙台駅で、福井を狙わなかったんでしょうか？」

と、十津川にきいた。

「中止の指示があったのかもしれないが、それはまず考えられないな。白井久一郎は、中途半端な妥協はしない男だ。となると、上野でやるつもりなのか、それとも、仙台駅の混雑にまぎれて、この列車にもぐり込み、トイレにでも、隠れたのかもしれない。隙《すき》を見て、福井を殺し、非常ブレーキを引いて、列車を停めて、逃げるつもりなのかもわからん」

「それは、十分に考えられますね。われわれは、6号車と、福井の周辺だけを見ていましたから、先頭車か、最後尾の車両から乗り込めば侵入出来ますよ」

「だから、もう、車掌長に頼んで、1号車から、11号車まで、調べてもらっている」

と、十津川は、いった。

福島近くまで来て、車掌長が、首を振りながら、十津川に、報告に来た。

「全車両を調べましたが、トイレにも、どこにも、それらしい人間が、隠れている気配はありませんでした」

「そうですか――」

十津川は、戸惑いながら、肯いた。

白井久一郎は、上野で、福井を消せと、命令したのだろうか？

それとも、S会の幹部が、福井を消そうとしていると考えるのは、こちらの妄想《もうそう》なのだろうか？

（しかし、白井久一郎は、ボスである三田良介の総裁再選に賭けている。その邪魔になる人間を、このままにしておくとは思えないのだが――）

「もし、上野で、消す気だとすると、入江と安東の行動は、どう説明したら、いいんでしょうかね？」

亀井が、首をかしげた。

「陽動作戦じゃありませんか」

といったのは、田中だった。

「というと、おれたちを、福島まで引っ張っておいて、あの二人は、逆に、上野へ引き返したというのかい？」

亀井が、きいたとき、急に、列車のスピードが落ちた。

「旅号」は、停車した。

十津川は、4号車の乗務員室に飛んで行って、そこにいた石井車掌長に、

「どうしたんですか?」

と、きいた。

車掌長は、窓を開け、首を突き出していたが、

「信号が赤になってます。前の列車が故障でもしたんでしょう」

「この『旅号』の故障じゃないんですね?」

「違います」

車掌長は、きっぱりいった。

作業服姿の保線区員が近づいてきた。車掌長は、その男に向かって、

「どうしたんだ?」

と、大声できいた。

「カーブの向こうで、線路にいたずらがあったんだ。大きな石を、五つも、六つも、誰かが線路に並べやがったんだ。今、取りのぞいているから、まもなく動けるようになるよ」

と、保線区員が、いった。

「置き石ですか？」

十津川が、車掌長にきいた。

「そうらしいです。たぶん、子供のいたずらでしょう。夏休みですからねえ」

「ドアは、開けないでください」

「もちろん、開けませんよ」

車掌長が、微笑した。なぜ、そんなことをきくのか、わからなかったらしい。

十津川は、入江と安東が、置き石をして、この列車を停めたのだとしたらと、考えたのだ。

十津川は、6号車に戻ると、日下を、デッキに呼び出した。

「福井は、窓際に座っているのか？」

「なぜですか？」

「入江たちは、列車を停めて、窓際にいる福井を、狙撃《そげき》するかもしれないからだ」

「それなら大丈夫です。陽差しが強いので、片側の窓は、全部カーテンを降ろしていて、福井は、そちら側に腰を下ろしています」

「しかし、列車が停まったので、どうしたんだろうと、カーテンを開けて、外を見ているかもしれない。それを狙って、S会の二人が、置き石をして、列車を停めたのかもしれないぞ」

「見て来ます！」

日下が、顔色を変えたとき、十津川たちの心配を、吹き飛ばすように、「旅号」が動き出した。

スピードが、あがってくる。

何も起きなかったのだ。

十津川は、6号車のデッキで、考え込んでしまった。

(何か、考えちがいをしているのではあるまいか？)

それが、不安だった。

間違った推理が、取り返しのつかない事態を、招くのではあるまいか。

「カメさん」

と、十津川は、呼んだ。

「何です？　警部」

「福井が柳沼功一の仕業《しわざ》と見せかけて、『旅号』の乗客を次々に殺し、三田良介をゆすった。白井久一郎は、その交渉を頼まれて、千歳で、金を渡したが、福井は、図にのってさらに要求し、白井が怒った。ここまでは、間違いないと思っている。君が、白井久一郎なら、どうするね？」

「そうですね。三田良介を、再び、首相にするためには、そのさまたげになるものは、除去しなければならない。だから、やはり福井を消すでしょうね。自分の手は汚さずに。田中君の考えに、私も賛成なんです」

「私も同じだった。しかし、われわれは、一つ見落としていることがあるんじゃないか？」

「といいますと？」

「福井には、共犯者がいるということをだよ。彼には、和田由紀という共犯者がいるんだ」

「それは、知っていますが――」

「福井だって、馬鹿じゃない。金をゆすり取って、さらに要求すれば、相手が怒って、自分を消そうとするかもしれないぐらいのことは考えたろう。だから、そのとき、自分には、共犯者がいると、釘を刺したんじゃないだろうか？　自分を殺したりすれば、共犯者が、柳沼功一のことを、公《おおやけ》にして、三田良介の政治生命を絶つことが出来るとね」

「その可能性はありますね。私が、福井でも、共犯がいると匂わせますよ」

亀井が、肯いた。

「とすると、白井としては、うかつに、福井を殺せないんだ。まさか、福井は、共犯者は和田由紀という女だなどとはいうまいから、白井には、共犯者が誰なのかわからない」

「しかし、白井さんは、S会に頼み、入江と安東の二人が動いています」

「そうだ。だから、問題なんだ」

と、十津川は、じっと考え込んでいたが、青ざめた顔で、

「まさか――」

と、呟いた。

「何ですか？」

「すべてが、6号車で起きている。だから、白井は、共犯者も6号車にいて、福井に協力していると考えたんじゃないだろうか。名前はわからないが、とにかく、6号車の乗客のひとりだと。私が聞いた白井の電話は『6号車だぞ。間違えるな』だった。それは、福井が乗っているのは、6号車だから間違えるなと、私は受け取ったのだが、ひょっとすると、6号車自体が、目的だということだったのかもしれない――」

「まさか、警部――」

今度は、亀井が、悲鳴に近い声をあげた。

「さっきの停車中に、保線区員が、4号車まで来ていた。あれだって、考えてみれば、おかしいんだ。それに、S会と親しい福島のN組は、建設業なんだろう？」

「そうです」

「すぐ、福井を連れて来るんだ」

十津川は、青ざめた顔でいった。

## 4

福井は、相変わらず、カメラを持って、日下と一緒に、客席から、デッキに出て来た。

「いったい、何の用なんですか？」

と、福井は、笑いながら、日下にいってから、デッキで、待ち受けていた十津川と亀井を見て、ぎょっとした表情になった。

「あんた方は、誰なんだ？」

「警視庁捜査一課の十津川だよ。君を呼んだ日下君も、うちの刑事だ。彼は、ただ、両親のことが心配で、個人として、この旅行に参加しているだけだがね」

十津川がいうと、福井は、じろりと日下を見てから、「ふん」と、鼻を鳴らした。

「それが、どうかしたんですか？　僕は、警察に文句をいわれるような真似はしていませんよ」

「もう、何もかもわかってるんだよ」

十津川は、あっさりと、福井にいった。

「何のことですか？」

「君が、柳沼功一のことをタネにして、三田良介をゆすっていることをだよ。君にとって、今度の日本一周旅行は、ゆすりの旅だったんだ。旅行の間に、ひとりずつ、罪のない乗客を殺していき、それを、精神異常の疑いのある柳沼功一の犯行として、三田良介を脅迫したんだ。そうして、大金を手に入れ、終着駅の上野に着いたら、そのまま、成田へ直行して、海外へ逃げる気だったんだろう？　同じ6号車の人間なら、殺す相手は、誰でもよかった。そうじゃないかね？」

「何をいってるのか、さっぱりわかりませんね。第一、6号車の乗客に、柳沼功一なんて人はいませんよ」

「小説を書いている中川晴夫のことさ。君が、釧路で一泊したとき、札幌へ抜け出し、白井久一郎に会って、アタッシェケースを受け取ったことは、わかっているんだよ。多分、その中には、札束が詰まっているはずだ。君の共犯者も、わかっている。同じ6号車の和田由紀だ。柳沼功一こと中川晴夫を、この旅行に誘ったのは、彼女なんだろう？」

「さあ、何をいっているのか、わかりませんね」

福井は、笑った。

その笑いは、何をいわれようと、証拠はないんだというしたたかさだろう。

「日下君、彼のアタッシェケースを持ってきてくれ」

十津川は、日下にいった。

日下は、肯いて、客室の中へ入って行った。

何も知らない日下の母親の君子が、

「何を出たり、入ったりしてるんだい？　落ち着いて、ここへお座りよ」

と、日下にいった。

日下は、こわばった表情で、「ちょっとね」と、あいまいな返事をしてから、福井の座席の横に置かれたアタッシェケースを、手に取った。

ずっしりと重い。それを提《さ》げていこうとしたとき、

「何をなさるの！」

と、咎《とが》める女の声が、鞭《むち》のように、日下の耳を打った。

はっとして、振り向くと、やはり、由紀だった。

「それは、福井さんのものよ」

「わかっている。彼は、今、デッキにいるんだ。持ってきてくれと頼まれたから、持っていくんだよ」

「彼が、あなたに、そんなことを頼むはずがないわ」

「しかし、頼んだんだ。邪魔はしないでくれ」

「駄目よ！」

由紀は、人が変わってしまったような、憎しみを込めた眼で、日下を睨んだ。

ぞっとするような、冷たい、怒りの眼だった。

一瞬、日下は、たじろいだ。が、それを振り払うように、大股に、歩いた。

「待ちなさい！」

由紀が叫んだ。

その甲高い声に、事情のわからない他の乗客が、ざわざわと、立ちあがり、まるで、悪人でも見つめるような眼で、日下を見つめた。

日下は、いっそのこと、その場で、アタッシェケースの中身を、通路に、ぶちまけてしまおうかと思った。それを、辛うじて抑えたのは、刑事としての自制心と、由紀にこんな場所で、恥をかかせたくないという感傷のせいだったろう。

日下は、まるで、彼が悪いことをしたみたいに、デッキに逃げ出した。

由紀は、顔色を変えて、追いかけてきて、デッキに飛び出してきたが、そこに、福井と一緒にいる十津川や、亀井の姿を見て、立ちすくんだ。

5

狭いデッキは、四人の男と、一人の女で、一杯になった。

日下は、ドアのところに立ち、物見高い乗客が、デッキに出て来るのを押えた。

「そのアタッシェケースを、君の手で、開けてもらいたいね」

十津川は、福井に、いった。

「なぜ、開けなければいけないんですか？　僕のアタッシェケースですよ」

福井は、肩をすくめて見せた。

「とにかく、開けるんだ。いやなら、私が、こじ開ける。それでもいいのか、時間がないんだ」

十津川は、抑えた声でいった。ともすれば、怒鳴りたくなってくる。ひょっとすると、危険が、迫っているかもしれないからだ。だが、それを確かめるには、この男の協力が必要だった。

福井は、黙っている。

十津川は、内ポケットから拳銃を取り出すと、その台尻で、いきなり、アタッシェケースの片方の錠を、叩いた。

「待ってくれ。自分で開けるよ」

福井は、あわてて、いい、アタッシェケースを、十津川の手から奪い取ると、ポケットから、キーを出して、開けてみせた。

中には、やはり、ドル紙幣が、ぎっしり詰まっていた。それも、百ドルという高額紙幣ばかりだった。

「いくら、あるんだ？」

と、亀井が、きいた。

「五十万ドルだよ」

福井は、面倒くさそうにいった。

「一億円か」

「しかし、これは、僕のものだ。白井久一郎という代議士とは、昔から知り合いでね。僕と彼女が、アメリカで生活したいといったら、白井久一郎が、プレゼントしてくれたんだ。嘘だと思うのなら、彼にきいてみてくださいよ。僕にプレゼントしたと、いうから」

福井は、アタッシェケースを閉じると、それを、抱きかかえるようにして、十津川にいった。

「白井久一郎にきけば、そういうだろうさ」

「それに、僕が、四人も殺したなんて、何か証拠でもあるんですか？」

福井は、反撃してきた。

四人の乗客を殺したことについて、この男は、自信を持っているのだ。

「証拠はないさ」

十津川は、いった。

「それじゃあ、自分の席に戻らしてもらうよ」

「死にたければ、戻ればいい」

十津川は、わざと、突き放すようにいった。

福井は、「え?」と、十津川の顔を見た。

由紀も、じっと、十津川の顔を見ている。

「死にたければばって、何のことですか?」

福井は、アタッシェケースを抱えたまま、きいた。

「君は、札幌の千歳空港のロビーで、白井久一郎に、五十万ドル入りのそのアタッシェケースを貰《もら》った。それで、満足していればいいのに、簡単に大金が手に入ったものだから、さらにゆすった。まあ、黙って聞くんだ。白井は、君には、上野に着いたときに、払うといったろう。君は、あのとき、得意そうだったからな。だが、白井久一郎は、怒った。これは、際《き》限《り》がないと思ったんだ。しかし、君は、白井を脅かすとき、自分には共犯者がいると、釘を刺したんじゃないのか? 共犯者がいるから、おれを殺したら、すべてが、明るみに出る手はずになっていると、白井久一郎を脅したんだろう? どうなんだ?」

「白井久一郎は、知り合いで、僕たちのアメリカ行きに、五十万ドルをくれた。それだけのことだ。それ以外のことは、知りませんよ」

「白井久一郎は、怒って、二人の男を、差し向けてきた。殺しのプロだ」

「その男たちが、僕を殺すというんですか?」

「それならいいがね。君には、そこにいる美しい共犯者がいる。君は、白井に対して、共犯者の存在を匂わせたはずだ。だから、殺し屋たちは、君ひとりを殺しても、仕方がないと思った。問題は、君が、白井に、どういったかだ。もし、共犯者が、同じ列車、それも、同じ6号車に乗っていることを、少しでも匂わせたんだとしたら、彼らは、6号車ごと、ダイナマイトで、吹っ飛ばすぞ。そうなれば、君たちだけじゃない。何も知らない他の乗客も死ぬんだ。千歳空港で、君は、白井久一郎に何をいったんだ？　正確なところが知りたいんだ。いってくれ！」

「冗談じゃない」

福井は、にべもない調子でいうと、由紀を促して、

「席へ戻ろう。こんな馬鹿げた話につき合っちゃいられないよ」

「でも、あなた」

由紀は、青ざめた顔で、福井を見た。

「他の乗客が、君たちのおかげで、死んでもいいのか！」

十津川が、怒鳴った。

「こいつらは、罠をしかけて、おれたちを、殺人と、ゆすりの犯人に仕立てあげる気なんだ。由紀、行くぞ！」

福井は、彼女の手をつかむと、強引に、ドアのところにいた日下を押しのけ、客室に入ってしまった。

「どうします？　警部。もう一度、二人を連れて来ますか？」

日下がきいた。

「この列車に、ダイナマイトが仕掛けられているとしたら、もう時間がないだろう」

「それなら？」

「列車を停めて、乗客を避難させるんだ！」

十津川は、デッキにある非常コックに手を伸ばすと、思いっきり引いた。

十一両編成の「旅号」は、突然、見えない壁にぶつかったみたいに、よろめき、スピードを落とした。

乗客の悲鳴が、あちこちで聞こえた。

車掌長が、飛んで来た。

「何をするんですか？」

と、怒鳴る。それに向かって、十津川は、

「ダイナマイトが爆発するんだ！　6号車、いや、他の車両の乗客も、すぐ避難させるんだ！」

と、怒鳴り返した。

「本当なんですか？」

「こんなことで、嘘がいえるか！」

十津川が、また、怒鳴った。

車掌長は、あわてて、乗務員室に取って返すと、マイクをつかんで、

「この列車に、ダイナマイトが仕掛けられています。すぐ、避難してください！」

と、叫んだ。

十津川や、亀井たちも、通路を走り回って、乗客に、すぐ、列車から降りろと叫んだ。

ドアが開くと、青い顔をした乗客たちが、一斉に、線路上に飛び降りた。

幸い、線路の両側には、青々とした水田が広がり、人家はない。

十津川たちの誘導で、乗客は、百メートルほど離れた地点まで、避難した。

線路上には、乗務員も、乗客もいなくなった十一両編成のブルートレインが、取り残された。

爆発は、なかなか起きない。

突然、日下の傍から、福井が、飛び出そうとした。

日下が、その足をつかんだ。

振り向いた福井は、血走った眼で、日下を睨むと、

「五十万ドルが、あそこにあるんだ！」

と、叫び、日下を蹴倒して、走り出した。

そのあとを追おうとする日下を、今度は、十津川が、抱き止めた。

福井の姿が、6号車に消えた。

「早く戻って来い！」

と、日下が、絶叫した。

黒いアタッシェケースを手にして、ドアのところに、福井が顔を出した。

その瞬間、最初の爆発が起きた。

6号車の両端、ちょうど、ドアのところで、爆発し、続けて、中央部が爆発した。

火煙が吹きあげ、空気がふるえ、地鳴りがした。

6号車の車体も、福井の身体も、アタッシェケースも、ばらばらになって、宙に舞った。

誰かが、悲鳴をあげた。

百メートルも離れた十津川たちのところにまで、破片が、落下してきた。

ダイナマイトが仕掛けられていたのは、6号車の床下三カ所だけだが、両側の5号車と7号車も、転覆し、4号車が、脱線した。

乗客たちは、身を伏せたまま、声もなく、押し黙っている。

最初に、ふらふらと、立ちあがったのは、由紀だった。

まるで、幽霊のように、生気を失った顔で、列車のほうへ歩いて行った。

十津川たちも、起きあがって、歩き出した。

十津川の額から血が流れていた。何かの破片が飛んできて、怪我をしたのだが、彼は、痛みを感じていなかった。

6

ひん曲がった線路を修理する間、爆発で脱線転覆した「旅号」の乗客たちは、国鉄バスで、仙台まで運ばれ、市内のホテルで待つことになった。

どの乗客も、意外な事の成行きに、驚愕《きようがく》し、ホテルに落ち着いてからも、興奮が、さめない様子だった。

その乗客の中で、日下は、辛い仕事を、自ら、かって出た。

和田由紀の訊問だった。

仙台の警察署でではなく、ホテルのロビーで、日下は、由紀から話を聞くことにした。

由紀は、何もかも失って全く辛そうな、うつろな眼をしていた。

(そんなにも、福井という男を、愛していたのだろうか？)

と、日下は、なかば、ねたましい思いにかられながらも、

「こんな結果になってしまって、あなたにはお気の毒だと思っています」

と、丁寧にいった。

由紀は、黙っている。

「しかし、福井は、死んだほうがよかったのかもしれない。四人もの人間を殺し、その上、ゆすりも働いていては、死刑は、まぬかれませんからね」

日下がいうと、由紀は、はっとするほど、強い眼で、日下を見返した。

「あなたを殺しておけば、よかったんだわ」

その言葉は、ぐさりと、日下の胸に突き刺さった。

日下は、蒼白い顔に、わざと、微笑を浮かべて、

「じゃあ、なぜ、僕を殺さなかったんですか？」

「あの人が、警告だけでいいといったからよ」

「なるほどね。ただ、あなたみたいな人が、殺しや、ゆすりの共犯になったのが、僕には、わからない。福井を、愛していたんですか？」

せめて、福井に脅かされて、仕方なくと、いってほしかった。が、ちがうことは彼女の返事を待つまでもなくわかっていた。「旅号」の車内で、彼が、アタッシェケースを持っていこうとしたとき、それを制止しようとした彼女の眼は、ただ単に、福井に脅かされて、仕方なく動いている女の眼ではなかった。それに、彼女は、福井のことを、思わず、「あなた！」と、呼んだではないか。

「愛していたんですね？」

重ねて、日下がきくと、由紀は、ふいに、ポロリと、涙を落とした。

「それ以上だったんです、私は——」

「愛していた以上というのは、どういうことなんですか？」

「——」

「僕は、今も、非番で休暇中です。だからこれを、警察の訊問とは思わないでください。正直にいいます。父や母が、あなたに好意を持っていただけじゃない。僕も、好きになっていた。だから、僕は、あなたに、話を聞きたいんです。ただ、それだけです。だから、調書も作りませんよ。話を聞かせてください」

「彼は、私の命の恩人なんです」

由紀は、そういうと、急に、喋り始めた。

「彼と知り合って、間もない頃、私の住んでいたマンションが火事になったことがあるんです。煙にまかれて、私は死ぬところでした。そのとき、彼が、炎の中に飛び込んできて、私を助けてくれたんです。燃えた柱が、倒れて、彼を焼きました。だから、彼の背中には、ケロイドがあるんです。そのケロイドに触れるたびに、私は、この人のためなら、死んでもいいと思いました」

「それで、彼を愛したんですね？」

「ええ」

「しかし、今度の計画を彼から聞かされたときは、驚いたんじゃありませんか？」

「彼は、プロカメラマンとして、一流になることを夢みていたんです」

「それなら、なぜ、こんなことを——？」

「それが、挫折したからですわ。彼の作品が今年の五月、写真界の最高の賞といわれるフォト・グランプリに、決まりかけたんです。でも、それが、有名な写真家の作品に酷似していたということになって、駄目になりました。それだけじゃありませんわ。カメラマンとして、不適格の烙印《らくいん》を押されて、いい仕事が来なくなってしまったんです。そんなことから、彼は、前にアメリカで知っていた柳沼功一さんをタネに、三田良介をゆすることを計画したんです。日本一周旅行の『旅号』と組み合わせてですわ」

「あなたは、やめろといわなかったんですか？」

「一度はいいましたわ。でも、彼の決心が動かないと知ったとき、私は、地獄に落ちるなら、彼と一緒に落ちていこうと決心したんです」

7

「柳沼功一こと、中川晴夫を、『旅号』に誘ったのは、あなたですか？」

日下がきくと、由紀は、悪びれずに、「ええ」と、肯《うなず》いた。

「中川晴夫の作品のファンということで、彼に近づきました。本当に、彼の作品が、好きでもあったんです。彼は、列車の旅が好きでしたから、私が、一緒に、日本一周の列車旅行をしてみませんかといったら、すぐ、賛成してくれましたわ」

「そして、『旅号』に、応募したんですね？」

「ええ」

「しかし、あなたも、彼も、中川晴夫も、よく当選しましたね。かなりの倍率だったはずでしょう？」

「本当のことをいうと、私たちか、中川晴夫が、外《はず》れて、この旅行に参加できなければいいなと、ひそかに、期待していたんです。そうなれば、彼も、諦《あきら》めてくれるんじゃないかと思って。でも、三人とも、当選してしまいましたわ」

「東西商事の診療室から、ＲＥという睡眠薬を持ち出したのは、あなたですね？」

「ええ」

「福井が、そうしろと、命令したんですね？　そうでしょう？」

日下がいうと、由紀は、小さく笑って、

「あなたは、何でもかでも、彼が命令して、私が、それに従っただけにしてしまいたいみたいね」

「そうなんでしょう？　あなたのような人が、積極的に、殺人や、ゆすりを手伝ったとは思えないんだ」

「でも、睡眠薬を持っていったのは、私が、自分で考えたことなんです」

「何のためにですか？」

「いざというとき、彼と一緒に死にたかったから」

「それは、計画が、失敗したときという意味ですか？」

「ええ」

「しかし、鹿児島で、あなたは、睡眠薬入りのコーヒーを飲みましたね？」

「あれは、彼が、そうしたほうがいいといったんですわ。そうすれば、私が、容疑者にならなくて、すむから。彼が、そういってくれたので、私は、ルームサービスにコーヒーを持ってきてもらい、それに、睡眠薬を入れて、飲んだんです」

「それを、あなたは、福井の優しさと思っているんじゃありませんか？」

「ええ」

「しかし、それはちがう。彼は、6号車の二人の乗客を、病死と、事故死に見せかけて、殺した。そうして、三田良介をゆすった。病死と事故死に見せかけたのは、誰の眼にも、他殺に見えたのでは、警察が捜査にのり出してきて、三田良介をゆすれなくなると考えたからですよ。ただ、病死と事故死と思われても、相手が、金を払わない恐れもある。それで、あなたに、睡眠薬を飲ませ、何者かに、睡眠薬を飲まされたという状況を作っておこうとしたんです。あなたのためじゃない。あくまでも、金を手に入れるため、自分のために、やらせたことなんですよ」

「たとえ、そうであっても、私は、いいんです。彼が望むなら、一緒に、地獄へ落ちようと決めていましたもの」

由紀は、きっぱりといった。

日下は、ぶぜんとしながら、

「四人の乗客を殺したのは、あなたでなく、福井だったんでしょう？」

「ええ」

「彼は、最初の村川誠治をどうやって、殺したといっていました？　医者は、心臓麻痺だといっていましたがね」

「血管へ空気を注射したんだと、彼は、いっていましたわ」

「やっぱりね。なぜ、彼は、最初の犠牲者に、村川を選んだんですか？」

「一番よく眠っていたし、柳沼功一さんの近くの寝台にいたからだといっていましたわ」

「それだけの理由で、選んだんですか？」

「――」

「次の笹本貢は、なぜ、選んだんですか？」

「あの人は、汽車の中でも、よく、ウイスキーを飲んでいました。だから、西鹿児島で、夜、街に出て、泥酔《でいすい》して、川に落ちて溺死してもおかしくはない。彼は、そういっていましたわ」

「なるほどね」

「それに、彼が、列車の中で話をして、泳げないと知ったともいっていましたわ」

「夜おそく、都合よく、川の傍にいたというのは、なぜなんですか？」

「私が、十時に、川の傍で待っていてくれと、誘ったからですわ。駅で写真を撮ってもらったときにね」

由紀は、落ち着いた口調でいった。まるで、自分の行為が誇らしげでさえあるいい方に、日下は、戸惑いながら、

「もちろん、福井に頼まれたから、そうしたんでしょうね？」

「ええ。でも、彼が黙っていても、私は、彼の計画に、協力していたと思いますわ」

「そんなのは、愛じゃないでしょう？　殺人に協力するなどというのは」

日下は、咎めるようにいった。が、返ってきたのは、由紀の微笑と、

「彼がそうしてほしいと思うことを、私はしてあげたかったんですわ」

という言葉だった。

日下は、福井だけを犯人にし、由紀を、被害者にするのを諦めた。

「三人目の浜野栄一は、どうして、犠牲者に選んだんですか？」

と、やや、事務的にきいた。

「この人は、新聞記者ということで、いろいろと、6号車の中をきき回っているので、彼が、危険な人間だと考えたんだと思いますわ」

「それで、京都のホテルのプールで、溺死させたんですか？」

「彼が、事件の真相を知っているから、泳ぎながら話したいといって、浜野さんを、プールに誘って、溺死させたといっていましたわ」

「四人目の佐々木修だけを、すぐ殺人とわかる方法で殺したのは、病死や、事故死に見せかけて殺していたのでは、三田良介が、脅迫に応じてこなかったからですね？」

「彼は、西鹿児島、京都と、『旅号』が着くところで、三田良介に電話しました。でも、向こうは、お金を払おうとしなかった。それで、腹を立てて、札幌で、あんな方法で、殺してしまったんですわ。それで、やっと、三田良介は、お金を払う気になったんです」

「脅迫に使った写真は、どうやって、撮ったんですか？　まさか、柳沼功一が、四人を殺しているところを、撮ったわけじゃないでしょう？　彼は、実際には、四人を殺していないんだから」

「ええ」

「恐らく、あなたが、柳沼功一を誘って、それらしい写真を、福井が撮ったんだと思っています。あなたが、いいたくなければ、それでもかまわないが――」

「いえ、お話ししますわ」

と、由紀は、いった。

8

「私は、柳沼さんを誘って、一人ひとりと、握手をさせて、写真を撮りましたわ。殺す直前に、柳沼さんと二人でいる写真を撮っておくんです。それに、柳沼さんは、妙な茶目っ気があったから、例えば、二人目の笹本さんが、ひとりでいるところを、背後から、ワッと驚かしてみてと、私が頼むと、彼は、そのとおりに、やってくれたわ。6号車の中では、乗客同士、仲間という気持ちになっていたから、そんな茶目っ気も許されたんです。柳沼さんが、笹本さんの背後から、そっと忍び寄って、『ワッ』といって、両手で突く。笹本さんも、驚いて、よろける。それを、すかさず、彼が写真に撮ったんです」

「それが、笹本貢を、柳沼功一が、川へ突き落とす写真になったわけですか？」

「次の日に、笹本さんが、川で溺死すれば、誰だって、その写真を、犯罪に結びつけて考えますわ。それに、彼は、写真の専門家だから、昼間、撮っても、フィルターをかけて、夜、撮ったように出来ますものね」

「浜野栄一を、プールで溺死させたところも、同じような写真を撮ったわけですか？」

「そのときは、私と、柳沼さんと、浜野さんの三人で、ふざけているところを、彼が、そっと、望遠レンズで撮ったんです。いかにも、盗み撮りをしたという感じで。ふざけて、おたがいの頭の上から押えて、沈めるんです。よく、子供がやるでしょう？」

由紀は、淡々と、喋《しゃべ》った。

反省がないというより、愛する福井を失って、自分たちの行為を、弁明しようという気を、失ってしまっているのだろう。

恐ろしい殺人の過程を喋ることが、今の由紀にとっては、死んだ福井への追悼《ついとう》になっているのかもしれない。

「最後の佐々木を殺すときも、写真を撮ったんですか？」

「あれは、それらしい写真は、撮れませんでした。ふざけて、相手を背後から殴る真似を、柳沼さんにさせるわけにもいかなくて——」

「それで、どうしたんですか？」

「柳沼さんは、躁鬱症で、突然、怒り出したりするんですわ。だから、佐々木さんと、私と、柳沼さんと、それに彼の四人で、会っていて、柳沼さんと、佐々木さんが、口論するように、仕向けて、それを、録音したんです」

「なるほどね。脅迫に使ったのは、写真だけじゃなかったというわけですか。青函連絡船の中で、僕を殴ったのも、福井ですね？」

「ええ」

「京都のホテルで、僕の部屋の様子を、ドアの外でうかがっていた人間がいるんだが、あれも、福井ですか？」

「いいえ。あれは、私です。あなたが、刑事と知っていたから、どこまで気がついたのか、心配だったんですわ」

「彼のために、心配だったんですか？」

「ええ」

と、由紀は、肯いてから、

「これ以上、もうお話しすることはありませんわ」

「最後に一つ聞かせてください。殺人をして、大金を手に入れて、それで幸せになれると思っていたんですか？」

日下は詰問する口調できいた。何とか、彼女から、後悔の言葉を聞きたかったのだ。

四人の人間を殺し、三田良介から、五十万ドルをゆすり取り、なおも、ゆすっていたのは、福井淳なのだ。由紀は、ただ、彼に命令されて、動いたに過ぎない。

それに、彼女が、自分のしたことを反省し、後悔していれば、罪は、軽くなるだろうと、日下は、思った。

三田良介のほうも、自分たちのしたことを公表されたくないから、ゆすられたことは、黙っているだろう。白井久一郎も同じだ。

そうなれば、由紀の罪は、もっと軽くなるだろう。

しかし、由紀の口から、反省や、後悔の言葉は、出てこなかった。

ただ、黙って、笑っただけである。

五時間たって、線路が修復され、別の臨時列車が、仙台駅へ回送されてきた。

一行は、その臨時列車で、終着駅である上野に向かった。

## 9

警視庁に帰った十津川は、ありのままを報告書の形に書いて、捜査一課長を通じ、三上刑事部長に提出した。

部長が、それを、どう読んだかは、わからない。

だが、爆破事件の捜査に当たる福島県警に、十津川の報告書を渡さなかったことだけは、はっきりしている。

しかし、その後の一週間に、さまざまな反響が起きた。

和田由紀は、留置場で自殺した。

中川晴夫こと柳沼功一は、アメリカに留学した。

三田良介は、相変わらず、十一月の総裁選挙に向けて、活発に動き回っているが、白井久一郎は、突然、ヨーロッパの視察旅行に出発してしまい、今のところ、いつ帰国するか不明だという。

S会の入江卓二と、安東誠の二人は、列車爆破容疑で、福島県警に逮捕され、自供はしたが、動機については、サービスの悪い国鉄に腹が立ったからだとしかいわなかった。

アタッシェケースの中にあった五十万ドルは、爆破と同時に起きた火災で、半分が焼け、あとの半分は、持ち主不明のまま、福島県警に保管されている。

「警部は、これから、どうされるつもりですか?」

と、亀井が、きいた。

十津川が、答える。

「一つだけ、いえるのは、私は、最後まで、この事件を見届けてやるということだ」

# 著者のことば

子供のころから、鉄道を利用して日本を一周したいという夢を持っていた。それも、いろいろな列車を乗り継いでではなく、特別仕立ての列車での日本一周である。

先に、国鉄が10日間で日本一周列車を走らせたとき、発表当日に切符が売り切れたと聞いて、私とおなじ夢を持つ人が意外に多いことを知った。

私はいま、時間がとれず、特別列車があっても乗ることができない。そこで、推理作家としての夢をのせて日本一周列車を走らせたい。恐怖とサスペンスの夢をのせて、いま、日本一周「旅号」《ミステリー・トレイン》は発車する——。

カッパ・ノベルス版のカバーソデより

ブルートレインの個室寝台で取材に旅立つ著者
撮影・島内英佑
カッパ・ノベルス版の裏カバーより

# 鉄道ミステリーの新世界

宮《みや》脇《わき》俊《しゅん》三《ぞう》
（紀行作家）

鉄道ミステリーといえば「時刻表」を使ったトリックが主流であった。けれども、ダイヤ改正のたびに、列車の種別や時刻は整理され合理化され、「急行を追い抜く鈍行《どんこう》列車」などの愉快な列車は姿を消して、トリックが作りにくくなってきた。

これでは鉄道ミステリーはつまらなくなってしまうが、と危惧を抱いていたところ、西村京太郎氏が登場した。

氏が着目するのは時刻表のみではない。それは車両、施設、さらには巨大にして複雑な日本国有鉄道の組織・制度にまでおよぶ。比類のない幅の広さと深さを備えた鉄道ミステリーの新世界が構築されるに至ったのも当然であろう。

カッパ・ノベルス版の裏カバーより

# 解説

萩《はぎ》原《わら》良《よし》彦《ひこ》
（作家）

西村京太郎氏は、いまや、トラベル・ミステリー作家の範疇《カテゴリー》をはるかに超えているといっても、過言ではあるまい。

往々にして、世に鉄道マニアと呼ばれている人々は、虚構《フィクション》か、実話《ノンフィクション》かの区別を逸脱《いつだつ》して、西村作品を批判しがちだが、いかにフィクションだからといって、絶対、犯してはならない、考証ミスや、ケアフル・ミスがあってはならない。

しかし、西村作品には、それがない。

私事をもちだして恐縮だが、かつては、私自身、国鉄マンであったし、現場職員三十余年のキャリアも持っている。

現在、世はあげて、国鉄民営・分割の熱に酔っているが、果たして成功するか、失敗するかの保証はどこにもない。成功すれば、それにこしたことはないが、それでは、もし失敗したら、いったいその責任を誰がとるのか？　そこまで明確にした資料《データ》ひとつとてない。

現に、国鉄用地の売却問題で、政・財界が甘い汁を吸うのではないかとの懸念も、最近はマスコミの一部でとり上げられている。

こうした不安、疑惑をいつ時にしろ、解消してくれるだけの要素《エレメント》が、この『日本一周《ミステリー》「旅号《トレイン》」殺人事件』の中には、ちゃんと盛《も》り込まれている。

たとえば、現在、国鉄には、〝スジ屋〟と呼ばれる運転ダイヤ製作のベテランが、本社はじめ、地方各管理局に相当数在職し、明治期、運転ダイヤづくりの神さまといわれた英人ウォルター・フィンチ・ページからぬすみとった技術を駆使して、長距離列車の運転ダイヤを製作している。

国鉄には、本社、支社、地方管理局といった組織があって、二支社以上にまたがる長距離列車を走らせるためには、たった一本の列車の時刻表《スジ》をダイヤグラム上に引くのに、最低二十余人の〝スジ屋〟が、約二十日間もカン詰《づめ》にされて仕上げるという、実に煩雑《はんざつ》な作業をおこなっている。

民営・分割となれば、まず、そんな人手の要《い》る、煩雑きわまりない長距離列車など走らせはしないであろう。そう思われるほど煩雑で、稠密《ちゅうみつ》な運転ダイヤを、西村京太郎氏は、この『日本一周「旅号」殺人事件』の中で、みごと独自で作製し、長距離寝台列車を走らせている。

長距離車掌の経験を持つ私自身、事故や、天災のあるたび、急遽、運転路線を変更され、常時、乗り馴れていない枝線《ブランチ》を通過させられるたび、貴重な人命をあずかっているだけに、ずいぶん、苦悩させられたものであったが、西村京太郎氏は、まるで自身が機関士か、車掌でもしているかのように、十一両編成の臨時寝台列車を、たくみに走らせ、しかも、列車の、あるいは人（乗客）の移動とともに、沿線風物の案内や、描写を挿入しながら、〝殺人〟という、どちらかといえば殺伐な事件を、詩情ゆたかないろどりをそえて、解決にみちびいていく。

　まず、こういう特殊な長距離貸切り列車を走らせるためには、途中、乗客が滞在中、空車《カラ》列《ミ》車を繋留《けいりゅう》するだけの能力《ファカルティ》を有する駅構内を考慮にいれなければならない。編成両数があまり長いと、たとえそれが主要駅であっても、地方の場合には、それだけのファカルティを備えていない駅が多い。

　また、ディーゼル機関車にしろ、電気機関車にしろ、一両で牽引《プル》するファカルティには限度というものがある。ましてや、ブランチには、そんな長大編成の列車が運転不能に陥るような、急カーブ区間や、急坂区間が各所随所にひかえている。

　たとえば、電車列車ならば37パーミル（斜度約2度）ぐらいの急勾配《こうばい》ぐらいは、わけもなく上り下りしてしまうが、この『日本一周「旅号」……』のような客車列車では、25パーミル（斜度約1・3度）の急勾配ともなると補助機関車を重連するとか、あるいは、信越本線横川〜軽井沢間のように、急勾配用の特殊電気機関車を併結しなければ、上り下りもできない。といって、このミステリー・ドラマに電車列車を走らせるわけにはいかない。非電化区間があるからだ。

そういうことをも配慮して、北海道地内だけは、常時、北海道地内のみしか走っていないディーゼル列車に、西村京太郎氏は、三百人近い団体客を乗車させたのであろうが、こうした専門家はだしの鉄道知識《レールウエイ・ノリジ》をふんだんに、しかも、たくみに、昇華して、ただでさえ迫力のあるミステリー・ドラマによりいっそうの迫真性をくわえたのも、このドラマの特色といえよう。

元総理で、しかも現政界にも隠然たる勢力を持つ三田良介の愛人の子柳沼功一が、こうした特殊列車に乗り込んだばかりに、次々と、殺人事件が持ち上がる。その犯人の一味が、ご存じ十津川警部の部下の日下功刑事の両親が、できることならゆくすえ息子の嫁にと目ぼしをつけた一流企業に勤める美人ＯＬであったという設定《イスタブリッシュ》が、また、このドラマに格別の奇抜性を盛り込んで、読者を魅了する。

とにかく、十津川警部は、いまや、西村京太郎氏の分身といってもよいくらい、このドラマの中では、これまでの十津川警部シリーズにはなかったほどの大活躍をしている。

またしても、私事をもちだして恐縮だが、西村京太郎氏同様、私も故長谷川伸《はせがわしん》門下〝新鷹会《しんようかい》〟へ出入りしている、いわばカンパニアンであるが、いつ、どこで、これだけのレールウエイ・ノリジを彼が仕入れたのか、私は知らない。

かつて、鉄道推理小説の代表作とまでいわれた松本清張氏の『点と線』(昭和33年、カッパ・ノベルス）にも、また、鮎川哲也氏の『下り〝はつかり〟』（昭和37年、カッパ・ノベルス）にも、それなりの魅力があった。当時としては、たしかにユニークな代表作であったことにまちがいはない。森村誠一氏の『新幹線殺人事件』（昭和45年、カッパ・ノベルス）にも、相応の説得力があった。

しかし、年々歳々、ネコの眼のように、国鉄は、その機構が変化している。技術面はもちろん、営業面にも、かなりの進歩を見ることが多い。そういう、めまぐるしい変化の中で、人々は移動し、生活している。だからこそ、推理ストーリーの要素《エレメント》を引き出すのが容易であるともいえるかもしれない。

いや、むしろ、変化の多い鉄道を素材《マテリアル》として、これだけの推理ストーリーを展開させていくためには、そこにたゆまぬ探究心と、旺盛《おうせい》な取材眼がなくてはならないといえる。西村作品――ことにこの『日本一周「旅号」殺人事件』の中からは、そうした創作意欲が犇々《ひしひし》とつたわってくる。したがって、読んでいて飽《あ》きることがない。安心して読める。

西村作品ならではの真骨頂《しんこっちょう》が、そこにはある。だからこそ、今日《こんにち》、ミリオン・セラー作家としてゆるぎない地位を築くことができたのであろう。人間西村京太郎の衒《てら》いのなさ、気さくさが、スピーディな文章のすみずみにいきわたっているのも、魅力のひとつとして数えられる。

もはや、西村京太郎氏は、単なるトラベル・ミステリー作家とはいいがたい。レールウェイ・ノリジの権化といっても過言ではあるまい。そう痛感されるほどの妙味が、この『日本一周「旅号」殺人事件』の中には横溢《おういつ》している。

鉄道マニアはもちろんのこと、愛読者すべてが唸《うな》るだけの魅力が、この作品の各所随所にちりばめられている。

読者もまた、そういう西村作品にしかない秘訣《ひけつ》を感じとって、読むたび魅了されるのであろう。この作品こそは、まさに、西村京太郎氏の代表作といえるものである。

それから、もう一つ——西村作品の持つ特色は、むくつけきセックス描写の氾濫《はんらん》するマスコミの中にあって、あえて、そういう風潮にさからうかのようなロマンチシズムを作品のすみずみにとけこませていることだ。

作品のテーマには、なんら関連性のない低俗なセックス・シーンを書くことによって、読者におもねる、そして読者の関心をことさらにかきたてようとする時代にあって、どちらかというと淡泊過ぎるくらいのロマンチシズムだけを作品の精《エキス》として、推理ストーリーを書くことは、今日《こんにち》非常な勇気が要る。

そうした勇気を西村京太郎氏は、原稿のマス目の中にすんなりととけこませている。

西村ファンは、西村作品の持つそういうあらゆる特色を熟知して、安心しきって、西村作品になじんでいるに相違ない。

*『日本一周《ミステリー》「旅号《トレイン》」殺人事件』は、一九八二年九月に、書下ろし長編推理小説として、カッパ・ノベルス（光文社）より刊行され、一九八六年四月に、光文社文庫に所収された作品です。

*「西村京太郎ミリオンセラー・シリーズ」として、新装版で刊行された本書の初版部数を含む光文社文庫版の累計発行部数は、百五万五千部。カッパ・ノベルス版の累計発行部数は、三十九万四千部。両判型をあわせた総発行部数は、百四十四万九千部となります。

*解説は、光文社文庫旧版から再録しました。

*なお、今回の新装版の刊行にあたって、文字を大きく読みやすくするため、版を改めました。

*この作品はフィクションであり、実在の個人・団体・事件などとは、いっさい関係ありません。


（編集部）

光文社文庫

長編推理小説／ミリオンセラー・シリーズ

日本一周「旅号」《ミステリー・トレイン》殺《さつ》人《じん》事《じ》件《けん》

著　者　西《にし》村《むら》京《きよう》太《た》郎《ろう》

2010年2月20日　初版1刷発行
2022年3月30日　10刷発行

発行者　鈴木広和
印　刷　堀内印刷
製　本　榎本製本

発行所　株式会社　光　文　社
〒112-8011　東京都文京区音羽1-16-6
電話（03）5395-8149　編集部
8116　書籍販売部
8125　業務部



落丁本·乱丁本は業務部にご連絡くだされば、お取替えいたします。
ISBN978-4-334-74736-7　Printed in Japan



組版　萩原印刷

十津川警部、湯河原に事件です

# 西村京太郎記念館

Nishimura Kyotaro Museum

**1階●茶房にしむら**

サイン入りカップをお持ち帰りできる京太郎コーヒーや、
ケーキ、軽食がございます。

**2階●展示ルーム**

見る、聞く、感じるミステリー劇場。小説を飛び出した三次元の最新作で、
西村京太郎の新たな魅力を徹底解明！！

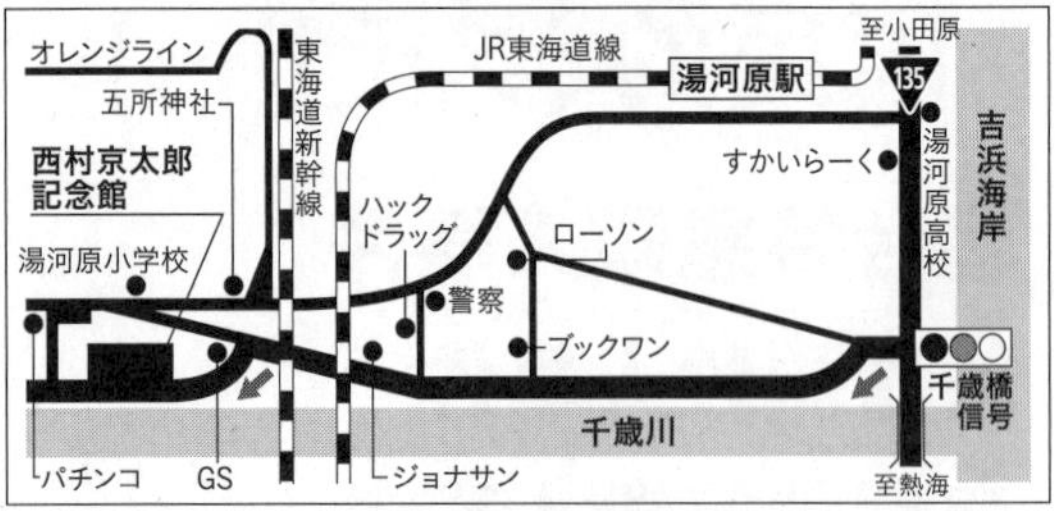


**交通のご案内**

◎国道135号線の千歳橋信号を曲がり千歳川沿いを走って頂き、途中の新幹線の線路下もくぐり抜けて、ひたすら川沿いを走って頂くと右側に記念館が見えます。

◎湯河原駅からタクシーではワンメーターです。

◎湯河原駅改札口すぐ前のバスに乗り［湯河原小学校前］（160円）で下車し、バス停からバスと同じ方向へ歩くとパチンコ店があり、パチンコ店の立体駐車場を通って川沿いの道路に出たら川を下るように歩いて頂くと記念館が見えます。

◆入 館 料　800円（一般／ドリンクつき）・300円（中・高・大学生）
・100円（小学生）

◆開館時間　9:00〜16:00（見学は16:30まで）

◆休 館 日　毎週水曜日（水曜日が休日となるときはその翌日）

〒259-0314　神奈川県湯河原町宮上42-29
TEL:0465-63-1599　FAX:0465-63-1602

**西村京太郎ホームページ**（i-mode、Yahoo!ケータイ、EZweb全対応）

http://www.i-younet.ne.jp/~kyotaro/

光文社文庫　好評既刊

誰知らぬ殺意　夏樹静子
いえない時間　夏樹静子
雨に消えて　夏樹静子
すずらん通り　ベルサイユ書房　七尾与史
すずらん通りベルサイユ書房リターンズ！　七尾与史
東京すみっこごはん　成田名璃子
東京すみっこごはん　雷親父とオムライス　成田名璃子
東京すみっこごはん　親子丼に愛を込めて　成田名璃子
東京すみっこごはん　楓の味噌汁　成田名璃子
東京すみっこごはん　レシピノートは永遠に　成田名璃子
血に慄えて瞑れ　鳴海章
アロの銃弾　鳴海章
体制の犬たち　鳴海章
帰郷　新津きよみ
父娘の絆　新津きよみ
誰かのぬくもり　新津きよみ
彼女たちの事情　決定版　新津きよみ

ただいまつもとの事件簿　新津きよみ
死の花の咲く家　仁木悦子
しずく　西加奈子
さよならは明日の約束　西澤保彦
寝台特急殺人事件　西村京太郎
終着駅殺人事件　西村京太郎
夜間飛行殺人事件　西村京太郎
夜行列車殺人事件　西村京太郎
北帰行殺人事件　西村京太郎
日本一周「旅号」殺人事件　西村京太郎
東北新幹線殺人事件　西村京太郎
京都感情旅行殺人事件　西村京太郎
つばさ111号の殺人　西村京太郎
知多半島殺人事件　西村京太郎
富士急行の女性客　西村京太郎
京都嵐電殺人事件　西村京太郎
十津川警部　帰郷・会津若松　西村京太郎

光文社文庫　好評既刊

特急ワイドビューひだに乗り損ねた男　西村京太郎
祭りの果て、郡上八幡　西村京太郎
十津川警部　姫路・千姫殺人事件　西村京太郎
風の殺意・おわら風の盆　西村京太郎
マンション殺人　西村京太郎
十津川警部「荒城の月」殺人事件　西村京太郎
新・東京駅殺人事件　西村京太郎
祭ジャック・京都祇園祭　西村京太郎
消えた乗組員　新装版　西村京太郎
十津川警部「悪夢」通勤快速の罠　西村京太郎
「ななつ星」一〇〇五番目の乗客　西村京太郎
消えたタンカー　新装版　西村京太郎
十津川警部　幻想の信州上田　西村京太郎
十津川警部　金沢・絢爛たる殺人　西村京太郎
飛鳥II SOS　西村京太郎
十津川警部　トリアージ　生死を分けた石見銀山　西村京太郎
リゾートしらかみの犯罪　西村京太郎

十津川警部　西伊豆変死事件　西村京太郎
十津川警部　君は、あのSLを見たか　西村京太郎
能登花嫁列車殺人事件　西村京太郎
十津川警部　箱根バイパスの罠　西村京太郎
迫りくる自分　似鳥鶏
レジまでの推理　似鳥鶏
100億人のヨリコさん　似鳥鶏
難事件カフェ　似鳥鶏
難事件カフェ2　似鳥鶏
雪の炎　新田次郎
悪意の迷路　日本推理作家協会編
殺意の隘路（上・下）　日本推理作家協会編
沈黙の狂詩曲　精華編Vol.1・2　日本推理作家協会編
象の墓場　楡周平
デッド・オア・アライブ　楡周平
痺れる　沼田まほかる
アミダサマ　沼田まほかる

## 光文社文庫　好評既刊

| | |
|---|---|
| 師弟　棋士たち　魂の伝承 | 野澤亘伸 |
| 宇宙でいちばんあかるい屋根 | 野中ともそ |
| 洗濯屋三十次郎 | 野中ともそ |
| 襷を、君に。 | 蓮見恭子 |
| 輝け！浪華女子大駅伝部 | 蓮見恭子 |
| 蒼き山嶺 | 馳　星周 |
| シネマコンプレックス | 畑野智美 |
| やすらいまつり | 花房観音 |
| 時代まつり | 花房観音 |
| まつりのあと | 花房観音 |
| 京都三無常殺人事件 | 花房観音 |
| 心中旅行 | 花村萬月 |
| スクール・ウォーズ | 馬場信浩 |
| CIRO | 浜田文人 |
| 機密 | 浜田文人 |
| 利権 | 浜田文人 |
| 叛乱 | 浜田文人 |

| | |
|---|---|
| ロスト・ケア | 葉真中顕 |
| 絶叫 | 葉真中顕 |
| コクーン | 葉真中顕 |
| アリス・ザ・ワンダーキラー | 早坂　吝 |
| 「綺麗な人」と言われるようになったのは、四十歳を過ぎてからでした | 林　真理子 |
| 私のこと、好きだった？ | 林　真理子 |
| 出好き、ネコ好き、私好き | 林　真理子 |
| 母親ウエスタン | 原田ひ香 |
| 彼女の家計簿 | 原田ひ香 |
| 彼女たちが眠る家 | 原田ひ香 |
| 密室の鍵貸します | 東川篤哉 |
| 密室に向かって撃て！ | 東川篤哉 |
| 完全犯罪に猫は何匹必要か？ | 東川篤哉 |
| 学ばない探偵たちの学園 | 東川篤哉 |
| 交換殺人には向かない夜 | 東川篤哉 |
| 中途半端な密室 | 東川篤哉 |
| ここに死体を捨てないでください！ | 東川篤哉 |